U0906029

Yilin Classics

МАКСИМ ГОРЬКИЙ

经/典/译/林

Детство

童 年

[苏联] 高尔基 著

聂刚正 高厚娟 译

译林出版社

图书在版编目(CIP)数据

童年 / (苏) 高尔基著; 聂刚正,高厚娟译. —南京: 译林出版社, 2018.5(2024.6 重印)
(经典译林)
ISBN 978-7-5447-6216-8

Ⅰ. ①童… Ⅱ. ①高… ②聂… ③高… Ⅲ. ①长篇小说-苏联 Ⅳ. ①I512.45

中国版本图书馆 CIP 数据核字 (2017) 第 090764 号

书　　名 童年
作　　者 [苏联]高尔基
译　　者 聂刚正　高厚娟
责任编辑 冯一兵
责任印制 颜　亮
原文出版 Гослитиздат, 1980г.
出版发行 译林出版社
地　　址 南京市湖南路 1 号 A 楼
邮　　箱 yilin@ yilin. com
网　　址 www. yilin. com
印　　刷 江苏凤凰盐城印刷有限公司
开　　本 880 毫米 × 1230 毫米　1/32
印　　张 7. 125
插　　页 4
版　　次 2018 年 5 月第 1 版
印　　次 2024 年 6 月第 22 次印刷
书　　号 ISBN　978-7-5447-6216-8
定　　价 38. 00 元

译林版图书若有印装错误可向出版社调换
市场热线: 025-86633278　质量热线: 025-83658316

给

我的

儿子

一

在一间晦暗而又狭窄的小屋里，父亲躺在窗下的地板上，他穿一身白衣裳，身子显得特别长；两只光脚丫子上的脚趾全都奇怪地叉开，那双令人感到亲切的手却温顺地搭在胸前，但也是扭曲的；他那双快乐的眼睛紧紧地闭着，就像上面盖着两枚圆的黑色的铜钱。善良的脸黝黑，只是那龇出的牙齿使我害怕。

母亲半光着身子，下身围着红裙，跪在地上，用那把我爱用来锯西瓜皮的梳子，把父亲长而又软的头发，一下一下地从额头往后脑勺梳着。母亲的声音低沉、嘶哑，不停地说着什么，她那双灰色的眼睛肿了起来，大滴大滴的泪水，仿佛融化了的水滴似的扑簌扑簌往下掉。

外祖母抓着我的手，她胖胖的体形，大脑袋，大眼睛，鼻子上的肌肉松弛，可笑地耷拉着。她穿一身黑衣服，整个儿人都软绵绵的，出奇地招人喜欢。外祖母也在哭，可哭得有点儿特别，似乎在陪哭，而且随着妈妈呜呜咽咽配合得挺合拍。她全身哆嗦，一只手扯动着我，另一只手推摇着父亲。我紧靠着外祖母，躲在她的身后，感到害怕，不自在。

我从来没见过大人哭，听不懂外婆不住地说的那些话：

"你和你爸告别吧，你可再也见不到他啦，他死了，亲爱的，他死得太早啦，不是时候啊……"

我前些时害过一场重病，刚刚下床。我清楚地记得，生病的时候，父亲快快活活地忙碌着照料我，可后来他突然不见了，外婆这个怪人来接替了他。

“你是从哪儿来的啊?”我问她。

她回答说:

“从上面①,从尼日尼②来,可不是走来的,是搭船来的。水上不能走,小鬼!”

这真好玩,也弄不明白:她说“上面”,我家楼上是住着几个染了大胡子的波斯人,而地下室里住的是一个卖熟羊皮的黄皮肤的卡尔梅克老头。完全可以骑在栏杆上沿着楼梯从楼上往下滑,要是跌下来,可以就势翻个跟头,向下一滚。这事儿我清楚得很,这跟水有什么关系?全弄错了,乱七八糟得滑稽可笑。

“干吗喊我小鬼?”

“因为你乱嚷嚷。”她也笑着说。

外婆说起话来和蔼可亲、快快活活、流利自如。从第一天起我就和她成了好朋友,现在我真想她马上带我离开这间屋子。

母亲的样子使我感到压抑。她的眼泪和哀号在我心中引起了一种从未体验过的忐忑不安的感觉。我第一次看见她这样,而她从前一贯态度严厉,沉默寡言,平常还总是全身上下收拾得干净利落,头发梳得油光水滑。她个头又高又大,像一匹高头大马,她的身子骨硬朗结实,手劲大得吓人。但此刻,不知怎么的,她浑身浮肿得难看,衣衫凌乱不堪,全都撕得破破烂烂,过去整整齐齐梳理的头发,伏在头上像一顶光亮的帽子,现在一半头发散落在裸露的肩上,拖到脸上,而编成辫子的另一半头发,摇来晃去,不时地触到沉睡不醒的父亲的脸上。我早就站在房间里了,可她没有瞧我一眼,一边替父亲梳头,一边不停地痛哭流涕,有时被眼泪噎得喘不过气来。

几个穿黑衣服的庄稼汉和一个岗警往门里张望,岗警生气地喊道:

“快点收拾!”

窗户上用一块深色的大披巾蒙着,披巾被风吹得像帆似的鼓起来。从前有一次父亲带我坐小帆船玩,突然天上轰隆打了一个响雷。父亲笑了起

---

①② “从上面”(俄语 верху),文中意思是“从上游来”,小孩误会外祖母是从楼上来的;“从尼日尼来”(俄语 из Нижнего),尼日尼是尼日尼·诺夫哥罗德的简称,俄语尼日尼又是“下面”的意思。这里小孩误会外祖母又说“从楼下来的”。

来，牢牢地用两个膝盖夹住了我，大声喊道：

“不要紧，别怕，葱头儿！[①]”

母亲忽然费力地从地上爬了起来，随即又无力地倒下，仰面跌倒在地上，头发散乱一地。她紧紧闭住眼睛，苍白的脸发青了。她像父亲一样龇露出牙齿，用可怕的声音说：

“你们把门关上……阿历克谢——走开！”

外婆用力把我往外推，自己扑到门口，喊叫起来：

“亲爱的好心人啊，你们不要怕！请你们别动她，看在基督的面上，行行好，你们走开吧！这可不是霍乱病，她要生孩子啦，饶恕我吧，我的老天爷！”

我趁机躲到房间角落的一只大箱子后面，从那里看见母亲在地板上身子像陀螺似的扭着、哼着，牙齿咬得格格响，而外婆则在她的四周爬来爬去，亲切而快乐地说着：

“为了圣父和圣子！忍着点，瓦留莎[②]！圣母啊，保护神啊，保佑她吧！”

我怕极了，她们在父亲旁边折腾着，常常碰到他。她们哼呀、喊呀，而父亲却一动不动，还仿佛在笑。她们在地板上折腾了很长时间，母亲不止一次地站起身来，又跌倒下去。外婆几次从房间里冲出去，像抛出去的一个又大又软的黑皮球。后来，突然在黑暗中响起了婴儿的哭喊声。

“上帝啊，光荣属于你！”外婆说，“是个小子！”

外祖母点亮了蜡烛。

我大概在屋角里睡着了，以后的事一点儿都记不得了。

在我记忆中的第二个印象是——天下着雨，在墓地的一个僻静的角落，我站在又黏又滑的小土墩上向墓穴里看，人们把父亲的棺材放进去，坑底积了好多水，还有几只青蛙，有两只青蛙已经跳到了黄色的棺材盖上。

在墓旁站着的有我、外祖母，还有浑身淋得湿透了的岗警和两个手中拿着铁锹板着脸的庄稼汉。温暖的雨点像小玻璃珠似的不停地洒落在大家身上。

“埋吧。”岗警离开墓穴走到一边去，说道。

---

① 主人公阿历克谢的父亲昵称自己的儿子为 лук，俄语意思为“葱头”。

② 瓦尔瓦拉的昵称。

外祖母用头巾角捂住脸，两个庄稼汉弯下腰急忙铲土往墓坑里抛，坑底的水劈劈啪啪地响起来；那两只青蛙从棺材上跳下去，然后开始向坑壁上跳，可土块又把它们打落到坑底。

“走吧，廖尼亚①。”外婆抓住我的肩膀说。我轻轻地把肩从她的手下面挣开，不想离开。

“你真是个……上帝啊。”外婆抱怨了一句，不知是对我，还是对上帝，久久地站着，低着头不说话。墓穴已经填得和地一样平了，可外婆还是一直站在那儿。两个庄稼汉用铁锹在土上啪嗒啪嗒地拍打，发出很响的回声。这时，骤然刮起了风，把雨赶跑了，刮走了。外祖母牵着我的手，穿过黑压压的一片十字架领我向很远的教堂走去。

“你怎么不哭？”出了教堂的院墙后，她问我。“哪怕哭一下也行啊！”

“不想哭。”我说。

“嘿，不想，这就不应该了。”她轻声地说。

所有这一切都很奇怪：我从小就很少哭，只是在受了委屈后才哭，疼了不哭。父亲见我淌眼泪总是笑我，而母亲则是常常大声呵斥我：

“不许哭！”

后来我们坐一辆小马车在很宽很脏的大街上行驶，街的两旁是一幢幢深红色的房子，我问外祖母：

“那两只青蛙还能爬出来吗？”

“不，它们可爬不出来了。”她答道。上帝保佑它们。

无论父亲，或者母亲，从来没有这样多和这样亲切地提到主的名字。

几天以后，我、外祖母、母亲乘上了轮船，坐在一间小船舱里。我那刚出生的兄弟马克西姆死了，现在用白布裹着，上面扎着根红布条，放在舱角的桌子上。

我将就地坐在包袱和箱子上，向窗子外面看，船舱的窗子是圆的，向外突出，很像马的眼睛。窗玻璃外，浑浊、翻起泡沫的河水永无止境地流着。有时河水猛地冲上来，打到窗玻璃上。我吓得身不由己地跳到地上。

---

① 主人公阿历克谢的小名。

“别怕。”外婆说道，她用软绵绵的双手轻轻抱起我，又把我放到包袱上。

河面上空，飘着灰濛濛的湿雾；远处有个地方是一片黑黝黝的土地，过了会儿又逐渐消失在雾和水里。周围的一切都在晃动，只有母亲双手抱在脑袋后面，靠船壁站着，笔直地一动不动。她的面色阴暗、铁青，瞎子般地两眼紧闭，一直闷声不响，压根儿变成了另一个人，变成一个我未见过的不认识的人，甚至她身上穿的连衣裙我都没见过。

外婆不止一次地轻声对她说：

“瓦里娅①，你最好吃点什么吧，少吃一点儿，好吗？”

母亲仍然默不作声，还是一动不动。

外婆跟我说话时，轻声细语，和母亲说话的声音比较大，但不知为什么有点小心翼翼，仿佛有点胆怯，而且说得很少。我觉得似乎她惧怕母亲。我明白这一点，这一点也使我和外婆更加亲近了。

“萨拉托夫，”母亲出其不意大声生气地说，“水手在哪儿？”

她说的这句话十分奇怪，叫人听不懂：萨拉托夫，水手。

一个肩宽背厚、满头白发的人走进了船舱，他身穿蓝色衣服，带来了一个小匣子。外祖母接过了匣子，把弟弟的尸体放进去，整理了一下后，双手捧着匣子向舱门走去。但是，她身体太胖，只有侧着身子才能走过狭窄的舱门，站在门前，进退两难，使人好笑。

“唉，妈。”母亲喊了一声，从她手中夺过小棺材，两个人一起走了，舱里就剩下我一个，我仔细地打量着那个穿蓝衣服的庄稼汉。

“怎么，死了的是小弟弟吧？”他弯下身子对我说。

“你是谁？”

“水手。”

“而萨拉托夫又是谁呢？”

“是座城市。你瞧窗外，那就是萨拉托夫！”

船舱外，大地在慢慢地移动着，黑压压的陡峭的岸上雾气腾腾，很像一块刚从大圆面包上切下来的一大片热乎乎的面包。

---

① 瓦尔瓦拉的小名。

“外婆到哪儿去了?”

“埋外孙去了。”

“要把他埋到地里去吗?”

“那还用说,当然埋到地里去。”

我对水手讲述了几天前埋葬父亲时他们把几只活青蛙也埋进去的事。他抱起了我,把我紧紧贴在他身上,亲了我一下。

“唉,小兄弟,现在你还什么都不懂呢!”他说道,“那两只青蛙不必去可怜了,上帝保佑它们!你心疼心疼你母亲吧,她可真够伤心的!”

突然,我们头顶上呜呜地响起来,还长啸了一声。现在我知道了,这是轮船上在拉汽笛,所以没有害怕,但水手却急急忙忙把我放下,立刻向舱外奔去,口中说:

“该快点跑!”

我也想跑走。我走出了舱门。半明半暗的狭窄走道里,一个人也没有。离门不远的扶梯台阶上镶的铜条闪着光。我向上一看,只见很多人拿着包袱、行李,挎着背囊。显然,大家都在忙着下船,这就是说,我也该下船了。

但是,当我随着一群庄稼汉走到从船舷架到岸上的跳板前时,大家都对我喊了起来:

“这是谁的孩子?你是谁的孩子?”

“我不知道。”

好长时间,人们把我推来挤去,有人摇晃着我的身子,有人摸索我的身上。终于那个白头发的水手来了,他猛地抓住我,向大家解释说:

“他是从阿斯特拉罕来的,从船舱里跑出来的……”

他抱着我飞快地跑着把我送下船舱,塞到包袱上,临走前还伸出一个指头吓唬我:

“瞧我收拾你!”

头顶上的嘈杂声愈来愈轻了,轮船虽然还在颤动,但已经不在水上扑扑地发出响声了。有一堵湿漉漉的墙挡住了船舱的窗子,舱里立刻变得黑糊糊的,闷得我透不过气来,几个包袱好像也鼓胀起来,挤压住我,一切都叫我感到害怕和难过。也许,我就这样一个人永远被丢在空船上?

我走到舱门口。门打不开,铜把手转不动。我拿了一个装着牛奶的瓶子，使劲向把手上砸。瓶子打碎了，牛奶把我的两只脚泼得湿透了，灌满了靴子，门还是没砸开。我很伤心，便躺到包袱上轻声地哭起来，哭着哭着就带着眼泪睡着了。

当我醒来的时候，轮船又扑扑地响着、颤动着，船舱的窗子像太阳似的雪亮。外婆坐在我的身旁梳头。她皱着眉头，口中不停絮絮叨叨地说着什么。她的头发多得吓人，密密麻麻披满了她的双肩、胸口、两个膝盖，一直拖到地板上，乌油油的，泛出蓝色的光辉。她一只手从地板上将头发稍微撩起来悬空拿着，另一只手费劲地把没剩几根齿的木梳塞进厚厚的发绺里去；她的嘴唇紧撇着，乌黑的眼珠气呼呼地闪着光，在这一大堆头发里，她的脸变得小得滑稽可笑。

今天，她似乎很生气，但当我问起她头发为什么这么长时，她还是像昨天那样温柔地对我说：

“大概是上帝给我的惩罚吧，上帝说：你好好地去梳吧，这些该死的头发！年轻时我还常为这又长又密的狮子毛洋洋得意呢，现在老了，我可恨死它了！你睡吧！早着呢，太阳还刚刚露头……”

“我不想睡了！”

“好吧，那就别睡啦。”外婆立刻同意了。她一面编着辫子，一面不时地向沙发那边看看，妈妈脸朝上像绷紧的琴弦一样直挺挺地睡在沙发上。“你昨天怎么把奶瓶打碎了？你说话轻声点！”

外婆说起话来，有点像特别用心唱出来似的，娓娓动听，一句句话好似一簇簇鲜花，那么温馨，那么鲜明，那么生动，一下子就刻印在我的记忆里了。她笑的时候，那乌黑的像樱桃似的眼珠睁得圆圆的，迸发出一种难以形容的令人愉快的光芒，微笑时，快活地露出一排雪白的、坚固的牙齿，尽管黝黑的面颊上有不少皱纹，可整个面孔仍然显得年轻、有光泽。就是这松软的鼻子，两个肿胀的鼻孔和红鼻头，把一张脸全给搞糟了。她闻鼻烟，用的是一个镶有银饰的黑色鼻烟壶。外婆虽然外面穿着一身黑衣裳，但透过她的眼睛，从内心却闪耀出一种永不熄灭的、快乐的、温馨的光芒。她躬着脊背，几乎有点驼，身体很胖，可跑起路来却轻便灵活，活像一只大猫咪，浑身柔软得也像这种可爱的小动物。

在外婆没来之前，我仿佛一直躲缩在黑暗中睡觉，但自从她来了以后，就唤醒了我，将我领到了明亮的大千世界，把我身边的一切，连结成一根连绵不断的线，编织进五彩缤纷、灿烂的花边。外婆立刻成了我的终身朋友，成了我心灵上最亲近的、最了解我的和最珍贵的人，这是她那对世界的无私的爱充实了我，使我面对艰难的生活充满了坚强的力量。

四十年前的轮船行驶得很慢。我们在去尼日尼的路上走了很多天，至今最初那些充满了美的日子仍历历在目。

天气一直很晴朗。从清晨至傍晚我和外婆都待在甲板上，头上碧空如洗、万里无云，周围一片金秋，伏尔加河两岸景色如绣。浅棕黄色的轮船后面有一根很长的缆绳，拖着一艘大驳船，不紧不慢、懒洋洋地沿着蓝灰色的河水，溯流而上，轮船的外轮片打着水，通通、通通地发出沉重的回响。驳船灰濛濛的，宛似一只慢吞吞向前爬行的灰褐色的甲壳虫。伏尔加河上空，太阳不知不觉缓缓地向前移动，周围的一切，变化万千，每时每刻都是一番新景象：绿色的群山，犹如大地披着的华贵衣裳上层层叠叠松软的皱褶；沿河两岸，城市、村庄错落有致，宛然远方点缀的雕饰；金黄的秋日落叶顺水飘游。

“你瞧啊，多好啊！”外婆一会儿走到船这边，一会儿走到船那边，口中不住地说，她容光焕发、喜气洋洋，快乐地睁圆了双眼。

外婆常常看着河岸出了神，连我在她身边也忘了。她伫立在船边，两臂交叉在胸前，微笑不语，两眼却噙满了泪水。我拉拉她黑色印花布的裙子。

“怎么啦？”她身子猛地一抖。“我好像打盹做了个梦。”

“那你哭什么？”

“这个嘛，亲爱的，是高兴得哭，再说我年纪大了，”她微笑着说，“你知道，我可已经是个老太婆了，春春秋秋我已跨过了六十个年头了。”

她常常嗅一下鼻烟后，就开始给我讲一些稀奇古怪的故事：有善良的强盗，有虔诚、圣洁的人，还讲各种各样妖魔鬼怪。

讲故事时，她总是声音轻轻地、神秘地俯下身子对着我的脸，两个眼珠瞪得圆圆的，紧盯着我的眼睛，就像在不断地往我的心灵中灌注使我精神振奋的力量。她说话好像唱歌，愈说愈顺溜，听她说话使人产生一种无法形容的愉快。我听着听着，口中还不断地请求：

“再讲一个吧!”

“那就再讲以前讲过的那个故事吧:有个家神老儿,坐在炉子下边的空地方,他把一根面条儿刺进自己的脚底板,来回地摇晃着,叫苦连天地喊着:‘哎唷,小老鼠啊,疼死啦,哎唷,大老鼠啊,我受不了啦!’”

外婆抬起一只脚,用两手抱住,悬空把脚摇来晃去,眼睛、鼻子、嘴巴滑稽地纠在一起,好像她自己脚痛。

围在我们身边的几个水手,都是满脸大胡子的、脾气好的庄稼汉,他们一面听,一面笑,对外婆母赞不绝口,也要求说:

“老太太,再讲一个什么吧!”

接着他们说:

“走吧,跟咱们一块儿去吃晚饭!”

吃晚饭时,他们请外祖母喝伏特加酒,请我吃西瓜、甜瓜;他们是偷偷请我吃的,因为船上有个跟船的人,他禁止人吃西瓜。如果有人吃,他就夺走,把瓜果扔到河里去。这个人的穿着像岗警,制服前面一排铜纽扣,整天醉醺醺的,船上的人都躲着他。

母亲很少上甲板,总是撇开我们一个人待在一边。她一直沉默寡言。母亲形体高大,端正挺直,脸膛发暗,面色铁青,浅色头发编成的辫子盘在头上,像戴着一顶又大又重的王冠。现在,我的脑海里还常常仿佛透过一层烟雾或者晶莹的云彩浮现出她那全身显得强健有力、坚定果断的高大形象。她那双和外婆一样的灰色的大眼睛,从云雾里远远地、冷冰冰地凝视着前方。

有一次,她严厉地说:

“妈妈,人家在笑话您呢!”

“上帝保佑!”外婆毫不在乎地回答说,“让他们去笑话吧,别客气,请便!”

我记得,外婆一看到尼日尼就孩子般地高兴。她拉着我的手,把我推到船边,高声说道:

“瞧,瞧,多好啊!这就是尼日尼,我的老天爷!你瞧,多好的地方呀,简直是神仙住的!你瞧那些教堂吧,就像在天上飞翔!”

外婆也央求我母亲来看,差点哭了出来:

“瓦留莎,你瞧一下吧,那是茶林,记得吗？也许你给忘啦！你高兴高兴吧！”

母亲皱着眉头苦着脸笑了笑。

轮船在美丽城市对面的河心里停泊了,河面上密密麻麻地挤满了大大小小的船只,帆樯如林,这时一条满载着人的大舢板划到船旁,用钩杆钩住轮船上放下去的跳板。接着,大舢板上的人一个接一个地上了轮船甲板。最前面,飞快地走着一个干瘪老头,他身穿一件黑长袍,长着一脸赤金似的棕红色大胡子,鹰钩鼻子和两只绿豆似的小眼睛。

“爸!”母亲深沉而响亮地喊了一声,猛地向他扑去。老人立刻抱住她的头,两只红通通的小手,连连抚摩着她的两颊,尖声喊道：

“怎么啦,傻丫头？啊……这就对了……唉,你们呀……”

不知怎么地,外婆像陀螺似的转着,一转眼就把所有的人拥抱和亲吻了个遍。她将我推到大家面前,急匆匆地说：

“喂,快点！这是米哈伊尔舅舅,这是雅科夫舅舅……纳塔利娅舅妈,这是两个表哥,都叫萨沙,表姐卡捷琳娜,这都是我们一家子人,你瞧,有多少啊!”

外公对她说：

“你身体还好吗,孩子他妈?”

他们亲吻了三次。

外祖父把我从一堆人中拉了出来,按住我的头问道：

“你是谁的孩子?”

“阿斯特拉罕的,从船舱里来的……”

“他说什么?”外祖父转身问母亲,没等母亲回答,他就推开我说：

“颧骨跟他父亲的一样……全都下船吧!”

我们上了岸,向斜坡上走去,斜坡是大块鹅卵石铺成的,两旁高高的边坡上,野草都已被践踏得枯萎不堪。

外祖父拉着母亲走在大家的前面。他的个头只达到母亲肩膀下面,步子又小又快,母亲看他时居高临下,走起路来仿佛随风飘浮。两个舅舅默不作声地跟在他们后面：米哈伊尔舅舅一头黑发,梳得又平又光,跟外祖父一样瘦小;雅可夫舅舅是拳曲的浅色头发。一起上坡的还有几个身穿鲜艳连衣裙的胖女人和六个孩子,六个孩子都比我大,文文静静地闷声不响。我跟外婆和身材矮小的纳塔利娅舅妈一起走。舅妈面色苍白,蓝眼睛,腆着大肚子,走走停停,气喘吁吁,低声地说:

"喔唷,走不动了!"

"他们干吗这么折腾你?"外婆生气地埋怨,"瞧,蠢到一家子去了!"

无论大人或者小孩,所有人我全都不喜欢,在他们中间,我感到自己是个外人,甚至连外婆也失去了前些日子的光辉,跟我生分些了。

特别使我不喜欢的是外祖父,我立刻感觉到了他对我有敌意,所以我特别注意他,对他既有戒心,又好奇。

我们爬到了坡顶。在坡的最上面,紧靠右面边坡的街口,有一座矮小的平房。平房墙上涂了一层灰红色的油漆,屋顶低低地扣压在墙上,窗户突在墙外。从外面看,我觉得房子似乎不小,可走进屋一看,几间很小的半明半暗的房间里显得拥挤不堪;像轮船到码头似的,到处是忙忙碌碌的、气冲冲的人,小孩像一群偷食的麻雀,窜来窜去,到处散发出一股从未闻过的刺鼻气味。

我不知不觉地走到院子里。院子也叫人不舒服:满院子都挂着各种各样大幅大幅湿漉漉的布,到处放着盛有浓浓的、五颜六色的水的大桶,桶里泡的也是那些乱七八糟的布。在院角一个几乎要倒塌的小披房内,炉子里的木柴烧得正旺,锅里什么东西煮沸了,咕嘟咕嘟地响,有个看不见的人在大声地说一些叫人奇怪的话:

"紫檀——品红——硫酸盐……"

二

从此，一种沉重的、光怪陆离的、难以形容的奇异生活开始了，并以快得惊人的速度向前奔流。那一段生活在我的脑海中重现，如同一个心地善良而且极为真实反映现实的天才在惟妙惟肖地讲述一个凄惨的童话。现在，在记忆中唤起我的过去，有时连我自己也难以置信，从前的一切竟会是这样。有很多事情我想争辩、否认，因为在那"愚蠢的一家子"的黑暗的生活里，残酷的事情实在太多了。

然而，真理高于怜悯。要知道，我不是在叙述自己个人的事，而是叙述我过去曾经生活过，而且今天普通的俄国人仍然在生活着的那种充满可怕印象的、令人窒息的狭窄环境。

外祖父的房子里，到处充满着极为紧张的气氛。所有的人都相互仇恨，这种互相敌视不仅毒化了大人，连孩子也积极地参与了。后来，从外祖母的口中我才得知，母亲回娘家来的那几天，恰恰碰到两个舅舅坚决要求他们的父亲分家。母亲出乎意料的回娘家，更加剧了他们分家的愿望，而且使问题更加尖锐化了。舅舅们生怕我母亲要她该拿的那份嫁妆，因为过去她违背外祖父的意愿"私奔"，那份嫁妆仍扣留在外祖父手里。两个舅舅认为，这份嫁妆应当由他们两人平分。此外，他们早就为谁到城里开作坊，谁去奥卡河对岸的库纳维诺村，撕破脸皮争吵不休了。

我们来后没几天，在厨房吃饭的时候就爆发了一场争吵：两个舅舅突然跳起来，身体探过桌子，冲着外公扯开嗓子大声吼叫，活像两条龇着牙、抖着毛的鬣狗在哀号，而外祖父则用勺子敲着饭桌，满脸涨得通红，公鸡打鸣似的喊叫起来：

“我把你们全赶出去讨饭！”

外婆难过得脸都变了样，说：

“全都给他们吧，老爷子，那样你反而省心，给他们吧！”

“呸，给我住嘴，都被你惯坏了！”外祖父翻起白眼喊叫。奇怪的是，他这么个干瘪老头，叫喊的声音却能把人的耳朵震聋。

母亲从桌旁站起，慢慢走到窗口，转过身去，背对着大家。

突然，米哈伊尔舅舅猛地挥手朝他弟弟脸上重重地揍了一拳，雅科夫舅舅哇哇嗥叫起来，反身揪住了他，两个人扭成一团在地板上打起滚来，不断发出撕打时呼哧呼哧的喘气声、哎唷哎唷的呼痛声和相互辱骂声。

孩子们全都吓哭了；怀着孩子的纳塔利娅舅母拼命地呼天喊地，我母亲两臂拥着把她拖到外面去了；整天乐呵呵的麻脸小保姆叶夫根尼娅把孩子们往厨房外面撵，椅子东倒西歪；宽肩膀的年轻帮工小茨冈[①]骑到米哈伊尔舅舅的脊背上，而格里戈里·伊凡诺维奇，那个秃头、大胡子、戴黑眼镜的师傅则无动于衷地用毛巾捆舅舅的两只手。

舅舅伸长了脖子，稀疏的黑胡子在地板上磨来蹭去，哼哧哼哧可怕地喘着气，而外公则围着桌子跑来跑去，悲伤地吼叫：

“还是亲兄弟呢，是亲骨肉啊！唉，你们这帮东西啊……”

他们一开始吵架，我就吓得跳到炉顶上[②]，又恐惧又惊奇地看着外婆从铜洗脸盆里兜水替雅科夫舅舅洗去被打破了的脸上流出的血；舅舅跺着脚哭，外婆声音沉痛地说：

“你们这些天地不容的东西啊，简直是野种，梦该醒啦！”

外祖父一面把撕破的衬衣拉到肩上，一面对她喊道：

“什么，老妖婆，这两个畜生不是你生的吗？”

雅科夫舅舅走了以后，外婆钻到屋角里去，令人惊心动魄地号啕大哭：

“圣母啊，求你让我的孩子们通点人性吧！”

外祖父站起来，侧身对着她，望着打翻的盘碗和淌满了水的桌子，轻

---

① 帮工伊万的绰号。

② 俄国式炕炉，里面可以烤东西，或烧煮，很大，在乡村，炉顶上可以睡人。

声说：

“孩子他妈，看着他们点儿，要不，他们会折磨瓦尔瓦拉的，恐怕……”

“够了，上帝保佑你！把衬衣脱下来，我替你缝上……”

外婆用手掌紧紧抱住外祖父的头，亲了亲他的前额；外祖父的个头比她小，只能将脸埋到她的肩膀里。

“看样子要分家了，他妈……”

“要分，他爸，该分啦！”

他们谈了很久；起初谈得还对劲，可后来外祖父开始用一只脚在地板上蹭来蹭去，好似斗架前的公鸡，用手指着吓唬外婆，背着人大声地说：

“我知道你，你更娇惯他们！可你那个米什卡①是个小滑头，而雅什卡②是个共济会员，他们会把我这点家当全都花天酒地败光的，他们只会大手大脚、糟蹋钱财……”

我在炉顶上笨手笨脚地翻了个身，不在意碰翻了熨斗。只听见熨斗顺着炉梯咕咚咕咚往下滚，最后扑通一声掉进了脏水盆。外祖父霍地一下跳上炉梯，把我拖下来，两眼盯住我的脸瞧，仿佛第一次看见我似的。

“是谁把你抱上炉顶的？是你妈妈吗？”

“我自己爬上去的。”

“撒谎。”

“没有撒谎，是我自己爬上去的，我吓坏了。”

他用手掌轻轻地拍了一下我的前额，把我用力一推。

“活像他父亲！滚开……”

我高兴地跑出了厨房。

我看得很清楚，外祖父的一对聪明锐利的绿眼睛总是紧盯着我，我很怕他。现在我还记得，那时我总想躲开他那双使我手足无措的火辣辣的眼睛。我觉得外祖父很坏，他对所有人说话都用嘲弄和侮辱人的口吻，故意挑逗人，拼命惹人生气。

---

① 米哈伊尔的昵称。

② 雅科夫的昵称。

“唉，你们这帮东西啊！”他常常唉声叹气地说，“啊”这个音拉得很长，一听到这声音就使我产生一种无聊的、要打寒噤的感觉。

在休息的时候，在喝晚茶的时候，当他和两个舅舅，以及帮工从作坊到厨房里来的时候，每个人都筋疲力尽，两只手被紫檀色染料染成红棕色，而且全被硫酸盐灼伤，头发用带子扎着，活像厨房角落里的那几个发暗的圣像。就在这个时刻最叫人提心吊胆，外祖父常常在我对面坐下，跟我谈话，这使他另外的那几个孙子很羡慕我，因为他和我谈的话总是比和他们谈得多。外祖父体形匀称，一副精明认真、机敏而又刻薄的样子。他那用丝线缝的小领口缎子背心虽已经磨得破旧不堪，印花布衬衫揉得满是皱纹，裤子膝盖上大块大块的补丁十分显眼，可是，比起他那两个穿西装上衣和护胸、脖子上围着三角绸巾的儿子来，仍然觉得他穿得更干净、漂亮。

来这里后没几天，外祖父就强迫我学习做祷告。其他几个孩子都比我大，全都已经跟圣母升天教堂里的执事①学认字去了。从家里的窗口，可以看见教堂金黄色的屋顶。

教我做祷告的是文静、胆小的纳塔利娅舅母，她有一张可爱的孩子般的脸，一对晶莹透亮的眼睛，我觉得，仿佛透过这对眼睛可以看见她脑袋后面的一切。

我很喜欢久久地向她那双眼睛里面看，不停地、眼睛一眨不眨地凝视着，她则眯缝起眼睛，脑袋转来转去，不断轻声地、几乎像耳语似的央求我：

“唉，你说呀，请你说：‘我们的在天之父……’”

如果我问：“‘雅科、热’②是什么？”她就胆怯地环顾周围，劝我说：

“你别问了，越问越糊涂！你就简单地跟我说：‘我们的在天之父’……唉，说啊？”

这就使我想不通了，为什么越问越糊涂？“雅科、热”这个词暗含着什么意思，我故意想方设法地把这个词念走样：

“‘雅科夫、热’，‘雅、夫、科热’③……”

---

① 正教教会中职位最低的工作人员，做诵经、打钟等事。

② 古斯拉夫语（Яко же）“因为”的意思。

③ “雅科夫、热”——把“雅科”读成人名“雅科夫”，把“热”读成语气词（же），俄语 Яков же 意思是“还是雅科夫”；“雅、夫、科热”（я в коже），俄语意思是“我在皮子里”。

可是,急得脸发白的、似乎病得软弱无力的舅母仍然耐心地用那断断续续的声音纠正说:

"不对,你就简单地说:'雅科·热'……"

但不论她本人,还是她说的那些话都不简单。这使我很着急,怎么也记不住祷词。

有一天,外祖父问我:

"喂,阿廖什卡①,今天你干了些什么?玩了吧?我看你脑门儿上有个疙瘩。挣一个疙瘩算什么大本领!'我们的在天之父'背熟了没有?"

舅母轻声说:

"他的记性不好。"

外祖父冷冷一笑,快乐地微微抬起两道棕红色的眉毛。

"要真是这样,那就该揍!"

他又问我:

"你父亲揍过你吗?"

我不懂他说的什么,所以没有作声,母亲却接过去说:

"不,马克西姆从不打他,而且也不许我打他。"

"这倒是为什么呢?"

"他说,打是教育不好孩子的。"

"这个马克西姆,真是个大傻瓜,上帝原谅我骂这个死人!"外祖父一个字一个字气呼呼地说。

他说这句话使我很难受。他也觉察到了这一点。

"你干吗噘起嘴啊?瞧你……"

他抿了抿头上的夹有银白色的棕红头发,补充说:

"瞧吧,为了顶针那件事,星期六我可要抽萨什卡一顿。"

"什么叫'抽②'啊?"我问。

大家都笑起来了,外祖父说:

---

① 阿列克谢的昵称。

② 俄语中有两个 пороть,是同音词。一解为:拆开;另一解为:抽打,鞭挞。文中主人公把两个 пороть 理解混淆了。

“你会看到的。”

我躲在一边暗自揣摩：外祖父说的这个“抽”，意思准是把别人送来的衣服上的缝线拆开抽掉，而“揍”和“打”显然是一回事。比如打马，打狗，打猫。在阿斯特拉罕，我亲眼见过岗警打波斯人，可我从来没见过这样打小孩，虽然在这里两个舅舅常用手指弹自己的孩子，有时弹脑门，有时弹后脑勺，孩子们对此却毫不在意，只轻轻地在弹疼的地方搔几下就行了。我不止一次地问他们：

“疼吧？”

他们总是勇敢地回答：

“不，一丁点儿也不疼！”

关于顶针那件事，闹得天翻地覆，我是知道的。晚上，从喝晚茶到晚饭前那段时间，两个舅舅和格里戈里师傅将染好的整幅料子缝成一捆一捆的，然后在每捆料子上扣一个硬纸标签。米哈伊尔舅舅想跟眼睛快瞎的格里戈里开个玩笑，叫九岁的侄儿把格里戈里师傅的顶针放在蜡烛上烧红。萨沙便用夹烛花的钳子夹住顶针，放在蜡烛上烧得通红，偷偷地放到格里戈里的手边，自己躲到炉子后面去，可是正巧这时外公来了，坐下来干活，顺手拿起烧红的顶针戴到自己的手指上。

我记得，当我跑进去看为什么厨房里闹哄哄的时候，外祖父正用被灼伤了的手指抓住一只耳朵，引人发笑地跳来蹦去，大叫道：

“这是谁干的事儿，你们这帮异教徒？”

米哈伊尔舅舅俯身向着桌子，用一个指头将顶针拨来拨去，并不住地向顶针吹气；格里戈里师傅若无其事地在缝，在他那又大又秃的脑袋上，黑影子不住地来回晃动；雅科夫舅舅跑进厨房，躲到炉角后面，悄悄地笑；外婆在礤床儿上擦鲜马铃薯。

“这是雅科夫的萨什卡干的。”米哈伊尔舅舅突然说。

“瞎说！”雅科夫大喝一声从炉后跳了出来。

他的儿子则在炉后角落里的什么地方哇哇地边哭边喊：

“爸爸，别信他。是他自己教我干的！”

两个舅舅又对骂起来。外祖父顿时气消了，把擦下来的马铃薯糊糊敷到灼伤的手指上，默不作声地拉着我走了。

所有的人都说米哈伊尔不好。自然,在喝茶的时候我问外祖父:“要不要揍他和抽他?”

“当然要。”外祖父斜视了我一眼,狠狠地哼了两声。

米哈伊尔舅舅猛地拍了一下桌子,对母亲喊道:

“瓦尔瓦拉,管好你的崽子,要不我就拧掉他脑袋!”

母亲说:

“你试试看,敢动他一下……”

大家都不再开口了。

母亲说话时最善于用短句,不知怎么的,就像她用这些短句能拒人于千里之外,使对方变得微不足道。

我清楚地知道,他们全怕母亲,甚至连外公跟她说话都轻声轻气,不像对别人说话那样粗重。这使我很高兴,所以我常骄傲地在两个表哥面前夸耀:

“我母亲最厉害!”

他们从未表示过反对。

但是,星期六发生了一件事,那件事动摇了我对母亲的这种看法。

在星期六之前,我也犯了个错。

大人们能巧妙地使布料变色,这件事很使我着迷:他们把黄布浸泡在黑水里,布料便变成深蓝色——“宝蓝”;灰色料子放在棕红色的水里涮涮,布料就变成深红的——“波尔多酒红”。看上去很简单,就是不明白是怎么回事。

我想要自己动手染点什么,于是便把这个想法告诉了雅科夫舅舅的萨沙,他是个踏实认真的孩子。萨沙总是偎在大人的身边,跟所有的人都表示亲昵,无论对谁,随时想方设法为别人做事。大人都夸他听话,夸他聪明,就是外婆总不用正眼看他,并说:

“可真是个小马屁精!”

这个雅科夫的萨沙长得又瘦又黑,两只眼睛突在外面像龙虾,说起话来声音很小,急急促促,常常被话噎得上气不接下气。他总是鬼头鬼脑地东张西望,就像随时准备跑到哪儿去躲起来似的。平常他那一对褐色的瞳人儿一动不动，可一激动起来，就跟眼白一起直打颤。

我很讨厌他。而那个不惹人注意的、笨手笨脚的米哈伊尔舅舅的萨沙，我反而喜欢得多。他是个文静的孩子，眼神忧郁，脸上常挂着和蔼的笑容，很像他自己的母亲。他的牙齿长得十分难看，全都龇到嘴外面，上颚长着两排牙。他觉得这很好玩，经常把手指伸到嘴里，使劲摇晃后排牙齿，想拔掉。谁想要摸摸他的牙，他都顺从地让人摸。除此以外，在他身上我再没发现更多使我感兴趣的东西了。虽然家里到处是人，可他还是孤零零的，总爱一个人坐在半明半暗的屋角里，傍晚就坐在窗口。一声不响地和他待在一起是很愉快的：坐在窗旁，紧紧地靠着他，默默不语地整整一个小时坐在那里，眺望着黄昏绯红的天空，黑色的寒鸦围绕着圣母升天教堂的金色圆顶盘旋、上下翻腾，一会儿振翅九天，一会儿俯冲而下；骤然，渐渐昏暗的天空宛如被一张黑色的大网笼罩，慢慢向什么地方消失，随后留下了一片空虚。当你看到这一切的时候，你就什么也不想说，胸中充满了一种既舒服，又惆怅的感觉。

而雅科夫舅舅的萨沙却对所有的事情都能像大人那样滔滔不绝地讲得头头是道。当他得知我想干染匠的手艺后，就给我出主意，叫我从柜子里拿出一条节日用的桌布，把它染成蓝颜色。

“白的最容易着色，这我知道！”他十分认真地说。

我从柜里拖出一条很厚的桌布，抱着它跑到院子里，可是，我刚把桌布边放进盛“宝蓝”色水的大桶，小茨冈就不知从什么地方飞快地向我扑来，夺过桌布，用他那双大爪子似的宽手掌把它拧干，对刚才在过道里注视我干这件事的表哥则大喊：

“快去叫奶奶来！”

小茨冈像马上要大祸临头似的摇晃着黑发蓬松的头，对我说：

“嘿，为这桩事你可要挨一顿了！”

外婆跑来，哎唷哎唷地叫了起来，甚至哭出了声，口中还不住令人好笑地骂我：

“哎呀，你简直是个彼尔米亚克人①的捣蛋鬼，等着把你提起来扔到地

① 科米人的一部分，住原苏联北欧地区的科米苏维埃社会主义自治共和国南面的科米彼尔米亚克民族专区的科米彼尔米亚克人，讲彼尔姆语。

上吧!"

接着她便劝小茨冈:

"瓦里亚[①],你可别告诉外公啊,这事儿我瞒着不说,想个法儿糊弄过去算了……"

万卡[②]一面用五颜六色的围裙把手擦干,一面担心地说:

"关我什么事啊?我不会说,只要萨舒特卡[③]不去告状!"

"我给他两个戈比。"外婆一边把我拉回屋,一边说。

星期六做晚祷前,不知是谁把我领到厨房里,厨房里漆黑,静谧无声。我记得,通过道和房间的两扇门都紧紧地关着,窗外是一片秋日傍晚的昏昏沉沉的雾,淅淅沥沥地下着小雨。小茨冈板着脸坐在黑洞洞的炉门前的那张宽板凳上,他的脸色一反往常。外公站在屋角的一个大盆旁边,正在从水桶里挑选长树条,用手量量尺寸,并在空中嗖嗖地挥来挥去,然后一根根地放好。外婆站在暗处,声音很响地嗅着鼻烟,唠唠叨叨地说:

"你还乐呢……这个小讨债鬼……"

雅科夫舅舅的萨沙坐在厨房中间的椅子上,用两个拳头不住地揉眼睛,说话的声音都变了,像老叫花子似的拖长了声音说:

"看在耶稣的面上饶了我吧……"

米哈伊尔舅舅的两个孩子,表哥和表姐肩并肩地像木头人儿似的站在椅子后面。

"抽一顿再饶你,"外公抓住长树条的一端,另一只手握住树条慢慢向另一端捋过去,说道,"喂,快把裤子脱下来!……"

他不动声色地说,但是,不论是外祖父说话的嗓音,还是萨莎惴惴不安坐在椅子上弄出的嘎吱嘎吱的响声,或者是外婆的两只脚蹭地发出的嚓嚓声——都打破不了那在厨房的一片昏暗中被烟熏得黑压压的天花板下令人难忘的死寂。

萨沙站起来,解开裤子,脱到膝盖,弯着腰,两手提着裤子,磕磕绊绊地

---

① 帮工伊万(绰号小茨冈)的小名。

② 伊万的昵称。

③ 萨沙的卑称。

向板凳走去。看他走路的样子,真令人心里又难过,又害怕,我的两条腿也索索发抖了。

只见萨沙乖乖地在长凳上趴下,万卡把他从胳肢窝捆到凳上,再用一条宽毛巾绑住他的脖子,然后俯下身子,用两只黑漆漆的手紧紧抓住萨沙的脚脖子,这时候我心里更加难受,更胆战心惊了。

"列克谢[1],"外祖父叫了我一声,"走近点! ……喂,听我在对谁讲话? 嗯……你来瞧瞧,怎么抽……一下! ……"

他手挥得不高,朝着萨沙的光身子啪地打了一下。萨沙号叫了一声。

"装相,"外祖父说,"这一下不疼! 这一下才疼些呢!"

说着又打了一下,这次树条一落下,光身子顿时就像被火烙了似的鼓胀起一条红鲜鲜的道道,表哥放声哀号起来。

"味道不好吧?"外祖父问道,他的手均匀地一起一落。"你不喜欢这样? 这是为了顶针!"

他的手一扬起,我胸中的五脏六腑全都跟着悬了上去;一落下,仿佛我整个人也跟着他的手坠了下来。

萨沙可怕的尖叫声十分刺耳,而且令人厌恶:

"我再不了……我不是已经告诉了桌布的事吗? 我不是已经说了……"

外祖父却心平气和,就像念圣诗似的说:

"告密也不能证明自己没有罪! 告密的人要先挨鞭子。现在这一下抽你是为桌布的事!"

外婆扑向我,紧紧搂住我,哭喊起来:

"我不把列克谢给你! 决不给,你这恶魔!"

她用脚蹬门,高喊:

"瓦里娅,瓦尔瓦拉! ……"

外祖父向她冲过去,撞倒她,把我从她怀中抢走,抱到长凳那边去。我在他手中拼命挣扎,揪他的红胡子,咬他的手指。他大声怒吼,紧紧夹住我,最后,把我向长凳上一扔,摔破了我的脸。到现在,我还记得他那野蛮的吼

---

① 阿列克谢的昵称。

叫声。

“捆起来！我要打死他！……”

我记得母亲那苍白的脸和瞪得滚圆的眼睛。她沿着长凳跑来跑去，声音嘶哑地哀求：

“爸爸，别打了！……把他交给我吧……”

外祖父把我一直抽到昏死过去，我病了好几天，整日脊背朝上趴在小房间的一张很暖和的大床上。房间里只有一扇窗子，屋角的神龛里放着许多圣像，神龛前点着一盏红殷殷的小长明灯。

卧病的那几天是我一生中意义重大的几天。在这几天中，想必我飞快地长大了，心中产生了一种特殊的感觉。从那时起，我总是怀着惴惴不安的心情去注视别人，好似有人把我心上的皮撕掉了，因此，我的心变得对任何精神上的屈辱和痛苦，无论是对自己的和对别人的，都难以忍受的敏感。

首先，外婆和母亲的争吵使我惕厉不安：房间本来就狭窄拥挤，体态庞大、穿着一身黑衣裳的外婆，冲向母亲，把她推到屋角的圣像面前，发狠地压低嗓音说：

“你干吗不把他抢过来，啊？”

“我吓坏了。”

“你这么大的个子，白长了！你不害臊，瓦尔瓦拉！我是个老太婆了，我还不怕呢！真不害臊！”

“别再跟我闹啦，好妈妈，我要吐了！”

“不，你不心疼他，你不可怜你那没爸的孤儿！”

母亲充满痛苦大声地说：

“我自己就做了一辈子孤儿！”

接着，她俩久久地坐在屋角的大箱子上痛哭，母亲说：

“要是没有阿列克谢，我早走了，走得远远的了！我不能在这个地狱里过日子，好妈妈，我过不下去啊！我恨透了……”

“你是我的亲骨肉，我的心肝。”外婆柔声细语地说。

这下我记住了：母亲并不是最厉害的；她和大家一样，也怕外祖父。是我妨碍了她离开这个她过不下去的家。这使我感到十分难过。过了不久，母亲真的从家里消失了。她到很远的什么地方作客去了。

不知怎么的,突然外公出现在我的面前,就像是从天花板上跳下来似的,他坐到床上,用那冷得像冰块似的手摸摸我的头,说道:

“你好啊,小太爷……你倒是答话呀,别生气了!……唉,怎么啦您……”

我真想踢他一脚,可动一下都疼。他那棕红色的头发和胡子仿佛比以前更红了,他的脑袋不安地摇晃着,两只发亮的眼睛在墙壁上寻找着什么。接着,他从口袋里掏出一块糖和山羊饼干、两个糖角、一个苹果和一串蓝葡萄干,把这些东西全都放在枕头上我的鼻子前面。

“你瞧,我给你带来了小礼物!”

他弯下腰来,亲了亲我的前额,然后开口说话了。说话时,一边用他那硬邦邦的小手轻轻地抚摩着我的头,他的手被染得苍黄,特别是弯曲得像鸟嘴似的指甲更黄得显眼。

“当时我对你是过分了点儿,小老弟。不过,那时候我火急了,你咬我,抓我,嘿,我也气极了!只是你多挨了几下并不倒霉,这都记在账上!你要知道:挨自家人、亲人的打——这不是屈辱,而是教训你!不要让别人打,自家人打不要紧!你以为我没挨过打?我挨的打啊,阿廖沙①,你连做恶梦都梦不到。我被人欺辱的啊,大概上帝自己看了也会哭的!结果是什么呢?我这个孤儿,一个叫花子母亲的儿子,熬到了头。我成了行会的头儿,管一帮子人。”

外祖父把干瘪匀称的身体向我身上一靠,便开始讲述自己童年时代过的那些日子,他的嗓音洪亮有力,虽然语气很沉重,但一字一句讲得轻捷流利。

他那绿莹莹的两眼激动得放出炯炯的光芒,金色的头发欢乐地竖起,高亢洪亮的嗓音变得粗壮起来,像吹喇叭似的直对着我的脸说:

“你是乘轮船来的,是蒸汽送你来的,而我在年轻时,是花力气沿着伏尔加河逆水背纤拉着大驳船来的。船在水里走,我在岸上行,打着赤脚,踩着山脚下锋利的碎石,就这样背着纤绳从日出走到深夜!烈日烤着后脑勺,

---

① 阿列克谢的小名。

脑袋里好似铁水在沸腾，可是人呢，还得把腰弯得低低的，浑身骨头格格地响——向前走呀，无尽头地向前走呀，路看不见了，眼睛被汗水淹没了，那心啊，在哭泣，泪水止不住地流，唉，阿廖沙，有苦向谁去诉啊！走呀，走呀，有时人从纤绳的背带里滑出来，一个狗吃屎，脸直冲着地栽下去——就连这样的事也乐意去干。干得真是筋疲力尽，一点儿力气也没有了，哪怕休息一会儿也好，即使咽了这口气也比这好啊！你瞧，在上帝的眼前，在我们慈悲的主——耶稣基督的眼前，我们过的是什么日子啊！……就这样，我沿着伏尔加母亲河一步一步地来回走了三趟：从辛比尔斯克到雷宾斯克，从萨拉托夫到这儿，还从阿斯特拉罕到马卡里耶夫、到集市，足有成千上万俄里！到第四个年头，我已当上了伏尔加河大驳船上的工长，我向船主证明了我的聪明才干……”

外祖父说着说着，在我眼前，他仿佛像一朵云彩似的迅速变大了，从一个干瘪的小老头变成了一个童话里的大力士，一个人拖着一条庞大的灰色驳船，顶着逆流向前……

有时，他从床上跳下来，使劲地摆动双手，学着纤夫怎么套着宽背带拉纤、做出怎么排水的样子给我看，口中还用男低音唱着什么歌，然后又像年轻人那样麻利地跳到床上。他整个儿人都变得使我惊讶，接着他说话的声音更加洪亮了：

“喃，阿廖沙，在靠岸的时候，在休息的时候可就是另一番情景了：夏天的傍晚，在日古里，在绿树成荫的山脚下的什么地方，我们常常生起很多篝火，篝火上熬着粥，每当一个受苦的纤夫领头唱起心爱的歌时，只要一唱开了头，一大群人就会全都突然大声唱起来——唱得简直叫人浑身打寒颤，似乎整个伏尔加河水也流得更快了——看样子，河水也恨不得像烈马那样竖起前蹄直立起来，一直冲上云霄！这时，各种各样的忧愁和痛苦，都像灰尘那样随风飘走了。人们常常唱得如醉如痴，连粥从锅子里溢出来都不知道。这时那个熬粥人的脑门就该挨长柄勺子敲几下了，想怎么玩都行，可不能忘了正事儿！”

有人往房门里探望，好几次叫外公出去，可我总是请求：

“别走！”

外公微笑着挥手把人撵开，说道：

"等一会儿,在外边等一下……"

他一直讲到晚上,临走时,还亲热地跟我告别,我这才晓得,外公并不凶,也不可怕。但是,我一想起他那样残酷地毒打我,就难受得流泪,我再也忘记不了这件事。

外公来看望我,打开了大家来看望我的大门,从早到晚都有人坐在我的床边,想方设法地逗我高兴,可我记得,他们并不每次都能使我快乐和开心。最常在我身边的要算外婆了,晚上还和我同睡在一张床上,但是,在这些日子里,我印象最深的是小茨冈。他方脸盘、宽胸脯,大脑袋上拳曲着头发。傍晚时他来到房间,身上过节似的穿着金黄色绸衬衣和波里斯绒裤,脚上穿的皮鞋就像拉手风琴似的咯吱咯吱作响。不仅他的头发闪闪发光,浓眉下两只快活的外斜视眼和那年轻的一撇乌黑的小胡子下露出的雪白的牙齿,也都闪闪发亮,金黄色的绸衬衫,柔和地映照着长明灯上的红光,仿佛在燃烧。

"你瞧瞧,"他一面说,一面捋起袖子,把光胳臂伸给我看,从手到肘弯布满了通红的伤疤,"你看,肿成什么样子了!前几天肿得还要厉害呢,现在好多了!"他接着说:"你知道吗,当时你外祖父气炸了,我见他用树条死命抽你,就把这只臂膀放在树条下面去挡,我以为这样一挡,树条就会被折断,外公就会去拿另一根树条,而你的老外婆或你母亲就会趁机把你拖走!嘿,谁知道,树条没有折断,因为它用水泡过,是软的!不过,毕竟你少挨了些打,你瞧,我被打了多少?我呀,小兄弟,我可机灵呢……"

他笑了起来,笑声像丝绸般的柔和和令人感到舒服。他又仔细地看着自己肿起的胳膊,笑着说:

"我多可怜你啊,喉咙简直哽咽得说不出话来了,我预感到要倒霉啦!他一个劲儿地抽……"

他像马似的呼噜噜地打着响鼻,摇晃着脑袋,讲起外祖父的一件什么事,我马上觉得他和我亲近了,他像孩子般地单纯。

我对他说,我很爱他,他回答得简单而令人难以忘怀,他说:

"你知道,我也爱你,就为了这,因为爱你,我才甘心情愿忍痛挨打的!难道我为别的什么人肯这样做吗?我才不管呢……"

然后,他偷偷地教我,教我时还不住地向门外张望。

“下次再要抽你，你呢，你瞧，不要缩起来，不要把身子缩成一团，听到吗？要是你缩起身子，就加倍地疼，相反，你要把身子放松地舒展开来，让身体软绵绵的，像一堆糨糊似的躺在那儿！不要憋住气，要尽力吸气呼气，拼命地大叫，你要记住这个，这样好受一些！”

“难道还要抽我？”

“那还用说？”小茨冈若无其事地说，“当然啰，还会抽的！说不定三天两头儿抽你一顿……”

“为什么？”

“你外公总是要挑剌儿的……”

接着他又不放心地教我说：

“要是他从上向下打，就是树条只是从上面直打到你身上，那你就一动不动地软绵绵地躺着，假如他打下来再往自己面前一抽，想抽掉你的皮，那你就顺势随着树条把身子往他那边就过去，懂吗？这样疼得轻一些！”

他用那黑色的外斜眼朝我使了个眼色，说道：

“在这档子事上，我比警察分局的局长还精呢！小兄弟，瞧我这身上的皮，结实得简直可以拿去缝手套！”

我看着他那快乐的脸，想起了外婆讲的伊凡王子和伊凡傻瓜的童话。

三

身上的伤好了以后，我才明白，小茨冈在家里占有特殊地位：外公对他并没有像对他的两个儿子那样经常叫骂，而且即使叫骂，也没有那么凶，背地里谈起小茨冈来，他总是眯缝起眼睛、摇晃着脑袋说：

“这个伊万卡[1]啊,真该死,他那双手是金子做的,可真巧极了!你们记住我说的话,这孩子以后有出息!”

两个舅舅对小茨冈也很亲热,都跟他表示友好,从不戏弄他,可他们对格里戈里师傅就不一样了,几乎每天晚上都要对他恶作剧、侮辱他:不是把剪刀把子放在火上烧烫了,就是将钉子尖朝上扎在他椅子的坐垫上,再不然就是把一块块不同颜色的料子,整齐地叠在一起,偷偷放在半瞎的格里戈里手边,让他稀里糊涂地把五颜六色的料子缝到一捆里去,外公常因为这件事骂他。

有一天,吃过中饭以后,格里戈里在厨房里的高板床上睡觉,他们用洋红涂红了他的脸。他起来后就这样走来走去,很长时间就是这副既好笑又怕人的样子:在灰白胡子里仿佛有两个圆圆的眼镜似的红斑点在呆板地看着别人,涂得血红的长鼻子好像拖着一根死气沉沉的舌头。

他们想方设法翻新花样作弄他,而格里戈里师傅总是默默地忍受着,只是轻轻地咂咂嘴。每当他在要触到熨斗、剪刀、镊子或者顶针之前,都要先在手指上多蘸些唾沫试试。这几乎成了他的习惯,甚至在吃饭的时候,在拿刀叉之前,都要用唾沫把手指蘸湿,常引得孩子们发笑。当他被弄痛的时候,他的那张宽大的脸盘上就会出现一道道波浪似的皱纹,两道眉毛随着波浪抬高,从脑门上奇怪地滑过去,最终消失在那光秃秃的头顶上。

外祖父对他的两个儿子玩的这些把戏是什么态度我不记得了,但我记得外婆常握紧拳头喊着吓唬他们:

“你们这两个不要脸的东西,坏蛋!”

但是,两个舅舅在背后谈起小茨冈来,总是气呼呼的,带着嘲笑的口吻,说他不会干活,骂他是小偷、懒汉。

我问外婆,这是为什么。

外婆像平时一样,乐意而明白地向我解释说:

“你要知道,他们两个都想拉拢万纽什卡[2],因为以后他们自己都要开染坊,所以现在他们相互在对方面前说万纽什卡的坏话,说他干活儿不行!

① 伊万的爱称。

② 帮工伊万的小名。

其实他们是在说瞎话，耍滑头。他们怕万纽什卡不到自己的作坊去干活，也怕他仍留在这里跟你外祖父干，而你外祖父的脾气倔，他很可能跟伊万卡另开一爿染坊。这么一来，对你的两个舅舅就不利了，懂了吗？”

她悄声笑了，说：

“这两个人尽耍滑头，对老天爷也开玩笑，嘿，你外公看出了他们的诡计，有一次故意逗雅沙[①]和米沙[②]说：‘我要替伊万买张免役证，他就不会被抓去当兵了，我可少不了他！’你的两个舅舅听了这话，怄了一肚子气。他们不愿意买免役证，因为舍不得钱，免役证太贵了！”

现在我又和外婆像在轮船上一样成天生活在一起了，每天晚上睡觉之前她都给我讲故事，或者讲她自己所经历过的童话般的生活。而当她讲起家里的一些事情，比如讲她的儿子闹分家、外祖父要买新房子时，她总不时地笑笑，仿佛她是邻居，站得远远的，用冷冷的口吻，而不是家中占第二位的内当家。

我从外婆那儿知道，小茨冈是个弃儿：有一年初春的雨夜里，在家门口的板凳上拾到的。

“他就被放在长凳上，用围裙裹着，”外婆若有所思地、神秘地叙述，“孩子有气无力地吱吱叫，快不行了，冻僵了。”

“别人为什么要偷偷地把孩子扔掉啊？”

“妈妈没有奶水，没有东西喂孩子。她打听到什么地方不久前刚生了孩子，孩子又死了，便把自己的孩子悄悄地放到那儿。”

外婆沉默了一会儿，搔了搔头，叹着气，眼睛看着天花板，接着说：

“都是因为穷啊，阿廖沙，常常穷得没法说！一般人认为，没出嫁的姑娘绝对不许生孩子，这是丢脸的事！当时，外公想把万纽什卡送到警察局去，我就劝他说：‘我们把孩子留下来吧，这是上帝给我们送来的，送给我们这些死了孩子的人家的。’你要知道，我一共生了十八个孩子，要是全部活着，整整一条街十八家都是我的孩子！你瞧吧，我十四岁出嫁，十五岁就生了头胎，可是上帝爱上了我的亲骨肉，把我的孩子一个接一个地收了去当天

---

① 雅科夫的小名。

② 米哈伊尔的小名。

使。我可是又心疼,又高兴啊!”

她穿一件衬衣坐在床边,乌黑的头发披满了全身,庞大的身躯上毛茸茸的,真像不久前从塞尔加奇来的一个满脸大胡子的守林人牵到院子里来的那头大母熊,外婆在她那雪白、干净的胸口画着十字,整个身子轻轻地左右摇晃着,低声笑着说:

“上帝把好的带走了,给我留下的孩子全是孬的。我很喜欢伊万卡,我可真心疼你们这些小家伙!我们收留了他,给他行了洗礼,他这才活着,长得很好。最初我叫他茹克①,他发出的声音很特别,经常嗡嗡的、活像一只甲虫嗡嗡地叫着,在家里满屋子爬来爬去。孩子,你要爱他,他的心肠好,憨厚!”

我真爱伊万,他做的事常常使我惊奇得张口结舌。

每逢星期六,外祖父把一星期里表现不老实的孩子抽了一遍以后,就去做彻夜祈祷,这时厨房里便开始出现一个非言语所能形容的滑稽场面:小茨冈从火炉里捉几只黑蟑螂,麻利地用纸做一套马具,再用纸剪一个爬犁。很快四匹黑马就在刨得光滑滑、黄亮亮的桌子上拉来拉去,而伊万便用一根做松明用的细长的木柴吆喝着它们往前跑,兴奋地尖叫着:

“乘大马车去请大主教啦!”

他又在一只蟑螂背上贴一张小纸头,赶着它去追爬犁,并且解释说:

“乘车的人把口袋给忘了,这个修道士背着口袋在追!”

小茨冈又用线扣住一只蟑螂的脚,这只蟑螂向前爬时,像磕头似的向地上一点、一点……于是伊万卡拍手大叫:

“执事刚从酒馆里喝过酒,现在去做晚祷啦!”

他的几个小老鼠表演站起来用后腿走路,小老鼠后面拖着一根长长的尾巴,滑稽地眨巴着两颗黑珠子似的机灵的眼睛。他对这些小老鼠十分珍爱,把它们放在怀里,用嘴喂它们糖,和老鼠亲吻,十分自信地说:

“老鼠是聪明的家庭小动物,可爱、温顺,家神非常喜爱它们!谁喂养老鼠,家神爷爷就保佑谁……”

小茨冈还会用纸牌和钱玩魔术,叫喊的声音比所有孩子的声音响,几乎

---

① 茹克(俄语 жук 的发音,甲虫)。

和孩子没有什么两样。有一次，几个孩子跟他打扑克，他一连几次被打成“杜拉克”①，他一脸沮丧，委屈地鼓着嘴巴，甩手不玩了，事后鼻子呼哧呼哧大声抽着气向我发牢骚：

“我知道，他们串通一气！他们挤眉弄眼做暗号、在桌肚底下换牌，这哪叫打牌？捣鬼，我自己也会，不比他们差……”

他已经十九岁了，我们四个孩子的岁数加在一起也没有他大。

但特别使我难忘的是在节日的晚上，外祖父和米哈伊尔舅舅出去做客了，厨房里就剩下满头蓬松的鬈毛舅舅雅科夫，他总是带着吉他来。外婆沏好了茶，还准备了丰盛的下酒小菜和一瓶伏特加。酒瓶是绿色的，一俄升装，瓶底有精致逼真的、突出的玻璃红花；小茨冈穿上过节的衣服，陀螺似的里里外外地转来转去；格里戈里师傅侧着身子走进厨房，黑眼镜上反着光；小保姆叶夫根尼娅的麻脸通红，人矮胖得活像一个坛子，她的两只眼睛显出狡猾的神情，说起话来声音像吹喇叭。有时，圣母升天教堂的那个毛发很浓的执事，还有几个皮肤像狗鱼和江鳕似的又黑又滑的人也来参加晚祷。

所有的人都拼命地吃啊喝啊，吃喝得连喘气都困难，孩子们都分到糖果、甜食，每人还喝一杯甜的果子露酒，于是一种热烈而奇特的快乐气氛，像火燃烧似的渐渐炽烈起来了。

雅科夫舅舅倾心地调着吉他的琴弦，调好以后，总是说那句老话：

“怎么样，各位，我要开始了！”

他甩了一下自己的鬈发，向吉他弯下身子，像鹅似的伸长脖子。那张无忧无虑的圆脸慢慢变得昏昏欲睡；那原来灵活得令人捉摸不定的目光，现在，在弥漫的油雾中慢慢熄灭了。他轻轻地拨动琴弦，弹了一首扣人心弦、令人坐不住的曲子。

雅科夫弹的曲子使屋内的气氛紧张而宁静；仿佛有一条湍急的小溪发出潺潺的水声，从远处的什么地方奔流而来。它穿过地板和四壁，渗透出来，像波浪似的激荡着人的心灵，诱发出一种莫名的、既惆怅又不安的感觉。乐曲声，渐渐令人开始怜悯所有的人，怜悯自己，使大人仿佛也变成了小孩，大家都屏息静坐，一动不动，深深地陷入了沉思。

---

① “杜拉克”（俄语 дурак）是“傻瓜”的意思。

米哈伊尔的萨沙听得特别紧张。他的身子一直向舅舅那边探过去，眼睛盯着吉他，张着嘴巴，唇边的口水拖得好长。有时他听出了神，从椅子上跌下来，两手撑着地板，碰到这种情况，他就顺势坐在地上，仍然瞪圆了双眼，目不转睛地看着。

大家都听得如醉如痴，全都入了神；只有茶炊在轻声吟唱，但并不妨碍聆听吉他如怨如诉的琴声。两扇方形的小窗外面是一片漆黑的秋夜，间或有人轻轻地敲敲窗户。桌上两根脂油蜡烛上尖尖的、金晃晃的火苗，像两支梭镖。

雅科夫舅舅愈来愈木然不动，似乎他整个人咬紧牙齿睡熟了，只有两只手单独活动着：弯曲成弧形的右手指在黑洞洞的声孔上几乎难以看清地颤动，就像一只小鸟一会儿轻盈地飞来飞去，一会儿拍打着翅膀；左手手指则在弦上用难以捕捉的速度飞快地来回移动。

他每干一杯酒后，几乎总是透过牙缝用一种难听的嗓音含糊不清地唱那首永无休止的歌子：

雅科夫假如是条狗，
我就从早到晚大声吼：
　　唉，我闷得难过！
　　唉，我憋得犯愁！
一个修女街上走，
乌鸦歇在围墙头。
　　唉，我闷得难过！
蛐蛐儿在炉子后面叫，
叫得蟑螂四处躲。
　　唉，我闷得难过！
一个叫花子晒脚布，
另一个叫花子就去偷。
　　唉，我闷得难过，
　　啊呀，我真憋得犯愁！

听这首歌,我受不了,每当舅舅唱到乞丐的时候,我总是感到难以忍受的忧郁,抑制不住地失声痛哭。

小茨冈和大家一样,全神贯注地在听,他把手指插进蓬乱的黑发,眼睛看着屋角,鼻子里不时发出呼哧呼哧的声音。有时他突然抱怨地感叹说:

"唉,要是我有一副好嗓子,我也能唱!"

外婆叹息着说道:

"够了,雅沙,你可把人的心都唱碎了! 万尼亚特卡①,你就跳个舞吧……"

他们虽然并不每次都立刻答应外婆的要求,但常常在外婆提出要求以后,弹吉他的人突然用手掌向琴弦上一按,攥起拳头,好像把什么肉眼看不见的没有声响的东西用力往地上一摔,豪放地喊道:

"让忧愁和烦恼都去见鬼吧! 万卡,开始吧!"

小茨冈把衬衫拉平整,打扮得整整齐齐,轻手轻脚仿佛踩着钉子似的走到厨房中间。他的晒得黝黑的两颊发红,腼腆地微笑着请求说:

"还是常跳的那个吧,雅科夫·瓦西里奇!"

吉他疯狂的旋律铿锵激越,舞步矫捷,靴声橐橐,桌上和橱里的碗碟被震得丁当作响,小茨冈在厨房中间像一团火似的炽烈,他一会儿伸开两臂像一只老鹰那样平稳地翱翔,脚步快得令人眼花缭乱;一会儿突然尖叫一声,往下一蹲,膝部弯着走,宛如一只金黄色的雨燕转来转去、折腾不安,身上闪闪发光的绸衬衣不住地颤动,犹如燃烧的火,好似熔化的钢,发出一道道光芒,把周围的一切照得雪亮。

小茨冈不知疲倦地纵情地跳啊,看样子如果打开大门,让他无拘无束地跳,他能就这样跳到大街上去,跳遍全城,不知会跳到什么地方去……

"起劲儿地跳吧!"雅科夫舅舅跺着脚叫喊。

他打着刺耳的唿哨,用令人激动的嗓音,大声喊叫地说了两句俏皮的顺口溜:

哎呀呀! 要不是心疼这破草鞋,

---

① 伊万的小名。

我早就舍了老婆和小孩！

这种场面使桌旁的人禁不住地手舞足蹈起来，不时地有人大声吆喝，有人轻声尖叫，他们像被火燎似的激动得坐不住了；大胡子师傅格里戈里把自己的秃头拍得啪啪地响，嘴里不断地咕噜着什么。有一次他向我俯下身子，软绵绵的大胡子盖住了我的肩膀，嘴直对着我的耳朵，就像跟大人似的说：

“列克谢·马克西梅奇，要是你的父亲活着，要是他到这儿来，他会再点起一把火来！他可是个快乐的男子汉，逗人喜欢。你还记得他吗？”

“不记得了。”

“真不记得了？有时他跟外婆跳得……别忙，你等一等！”

他站起身来，看上去，他高高个头，面容疲惫，就像一尊神像。他走到外婆面前一鞠躬，用他那不寻常的低沉的嗓音请求说：

“阿库林娜·伊万诺夫娜，赏个光，跳一次吧！就像从前你跟马克西姆·萨瓦捷耶夫跳的那样。你就让大家高兴高兴吧！”

“说哪儿话，亲爱的，说哪儿话，格里戈里·伊万内奇先生？”外婆一边微微笑，一边往后缩着身子，说道，“我哪能跳舞呀！只能惹人笑话……”

但大家一个劲儿地要求她跳，她突然像年轻人似的站起来，整了整裙子，挺直了身子，昂起了她那堆满了头发的脑袋，在厨房里跳开了，口中还高喊着：

“你们笑吧，你们尽管笑吧！喂，雅沙，换一首曲子！”

雅科夫舅舅整个身体猛地向上一抬，挺起身子，微微闭起眼睛，开始弹得慢些了。这时，小茨冈停顿了一会儿，一下子跳到外婆跟前，蹲下来绕着外婆跳起两腿轮流向前伸的舞步；外婆则两手一摊，眉毛一扬，两只乌黑的眼睛眺望着远方，就像在空气中飘浮似的，缓缓地、无声无息地在地板上移动。我觉得她那样子很好玩，忍不住噗嗤一声笑了；格里戈里师傅伸出指头狠狠地吓唬了我一下，在场的大人全都用责备的目光向我这边看。

“伊万，别咯噔咯噔地跳了！”格里戈里微笑着说。小茨冈听从地跳到边上去，坐到门槛上，小保姆叶夫根尼娅捏起喉咙，低声悦耳地唱了起来：

从礼拜一到礼拜六，
闺女都把花边绣，
活儿做得累死人啊，
哎呀，日子实在没法过。

外婆不像在跳舞，而像在娓娓动听地讲一个什么故事。你瞧，她脚步轻移，若有所思，微微晃悠，手搭凉棚环顾四周，她那高大的身躯似乎犹豫不决地左右摇摆，两脚小心翼翼地探索着路。不知为什么她忽然一惊，站住不动，脸上的肌肉微微颤动，皱了一下眉头，但立刻云消雾散，脸上现出了慈祥的、和蔼可亲的笑容。有时她猛地身子向旁边一闪，像在给什么人让路，或用手把什么人引开；有时，她低下头，停住一动不动，像是在谛听，脸上的笑容却愈来愈甜美了；突然，她离开了停住不动的地方，旋风似的转舞起来，整个体态变得愈加匀称和优美，个子也显得更加高大了。这时，大家的视线可再也离不开她了，她这样的美，宛如一朵怒放的鲜花，就在这时刻，她奇迹般地恢复了青春的活力！

小保姆叶夫根尼娅又像吹喇叭似的呜呜唱起来：

礼拜天做完了日祷，
深更半夜还在跳。
姑娘最后才回家，
可惜啊，快乐的日子实在少！

外婆跳完了舞，回到茶炊旁原来的地方坐下，大家对她跳的舞赞不绝口，她却边整理头发边说：

“得啦，别再夸我了！你们哪见过真正的女跳舞好手！从前在我们巴拉赫诺有一个姑娘，我不记得她是哪家的闺女，叫什么名字了，别人看她跳舞，能乐得哭出来！只要一看她跳，你就会像过节一样的高兴，别的什么也不需要了！那时候，我还妒忌她呢，真是罪过！”

“歌手和跳舞好手是世上最棒的人！”小保姆叶夫根尼娅一本正经地

说，接着便唱起叙述大卫王[①]的歌，雅科夫舅舅则搂着小茨冈，对他说：

“你假使在小酒馆里跳舞，准能把全酒馆的人都跳得神魂颠倒！……”

“我多想有副好嗓子啊！”小茨冈怨恨自己说，“要是上帝赐我一副好嗓子，我就一连唱上十年，以后哪怕出家当修士也心甘情愿！”

大家都喝伏特加酒，格里戈里师傅喝得特别多。外婆一面一杯接一杯地给他倒酒，一面不住地警告他说：

“留神啊，格里莎[②]，喝多了眼睛会全瞎的！”

格里戈里庄重地回答：

“随它瞎吧！眼睛我已不再需要了，从前我什么都见过了……”

他一杯接一杯地喝，虽然未醉，但话已经越来越多，而且几乎每次都要提到我的父亲：

“他是个很有感情的男子汉，我的亲爱的朋友马克西姆·萨瓦捷伊奇……”

外婆叹息着随声附和说：

“是啊，他是上帝的孩子……”

所有这一切都使我入了迷，这一切又使我的神经处于紧张状态。由于这一切，一种无名的愁思悄悄地、永无休止地在我心里渗透、扩散。忧愁和快乐在人们的心里往往是并存的，几乎分割不开，它们常常不能捉摸和不可思议地在心灵里迅速相互交替着。

有一次，还未完全喝醉的雅科夫舅舅突然撕自己身上的衬衣，发狂地揪自己的鬈发，扯自己的稀疏的淡白色的胡子，拉自己的鼻子和耷拉下来的嘴唇。

“这算什么，这是怎么一回事啊？”他仰天哀号，满脸都是泪水。“这到底是为什么啊？”

他不断打自己的嘴巴、捶脑门和胸口，号啕痛哭：

“我是坏蛋，下流坯，狼心狗肺！”

---

① 大卫王系公元前十一世纪末至公元前约九五〇年的以色列犹太国国王。据圣经故事传说，大卫是宗教诗歌的作者和音乐家。

② 格里戈里的小名。

格里戈里大声吼叫：

“啊哈……对了，对了，就是！……”

外婆也醉醺醺的了，她抓住儿子的两只手，劝他说：

“够了，别再这样了，雅沙，上帝知道他要教训你什么！”

她喝了几杯酒后变得更好看了：那一对笑盈盈的乌黑的眼睛，不断地射出温暖大家心灵的光芒，她用头巾扇着烧得发红的脸庞，唱歌似的说：

“主啊，主啊！一切是多么美好啊！不，你们瞧，这一切真是不知道有多么的好哇！”

这是她心灵的呼喊，是她一生常挂在口边说的话。

一向无忧无虑的雅科夫舅舅的眼泪和呼号使我十分吃惊。我问外婆，为什么他这样痛哭，为什么这样打骂自己。

“什么你都想知道，”外婆一反往常，不乐意地说，“你等着吧，你烦这些事还早着呢……”

外婆这么一说就更加引起了我的好奇，我便到作坊去缠伊万，但他也不愿回答我，总是笑嘻嘻地斜眼看着格里戈里师傅，一面把我推出作坊，一面喊道：

“别再纠缠我啦，走开！再纠缠，瞧我把你放进染锅里，让你也染上颜色！”

格里戈里师傅站在砌有三口染锅的又宽又矮的炉子前，正在用一根根长的黑色搅棒在染锅里不时地搅拌几下，并将搅棒提起来，察看从棒端滴下来的染色水。炉火熊熊，在他那件花花绿绿的像神甫法衣似的皮围裙的下摆上，映出闪闪的光亮。三口染锅里的染水发出咕噜咕噜的响声，刺得人睁不开眼睛的浓烟似的蒸汽向门口徐徐散发，外面一阵阵干雪沿着院子的地面吹过。

格里戈里师傅浑浊通红的眼睛从眼镜底下瞅了我一眼，粗声地对伊万说：

“拿劈柴，难道没长眼睛？”

等小茨冈跑到院子里去搬劈柴的时候，格里戈里坐到一只装紫檀染料的大口袋上，打手势招呼我到他跟前。

“到这边来！”

他把我抱到他的腿上，温暖柔软的大胡子包住了我的半边脸，使我永远难忘地讲述着：

“你舅舅把他的老婆往死里打，最后把她折磨死了，现在他的良心受到责备，明白吗？你应该什么都懂，你要小心，不然，你也会死路一条！”

跟格里戈里在一起，就像跟外婆在一起一样，但我总感到有点害怕，觉得仿佛他从眼镜底下把一切都看透了似的。

“要问怎么打死他老婆的？”他不紧不慢地说，“是这样的：他躺下去和老婆睡觉，用被子把她连头都蒙上，紧紧地压住，拼命地打。你问他干吗打？他啊，大概连自己也不知道为什么。”

这时，伊万已经搬了一满抱劈柴回到了染锅旁，蹲在火旁烘手，格里戈里师傅并不介意他回来，仍然继续极有感染力地说道：

“也许是因为他老婆比他强才打她，他妒忌老婆。小兄弟，卡希林一家不喜欢好人，他们嫉妒好人，容不了人，把好人全都弄死了才称心。你去问问你外婆，他们是怎样把你父亲从世上撵走的。她会把实情全告诉你的，她不喜欢说假话，也不会说谎。你外婆像个圣人，虽然也喝酒、闻鼻烟。她好似圣徒带点傻气。你要紧紧抓住她不放……”

他推了我一下，我就到院子里去，心情又压抑，又害怕。万纽什卡在过道里赶上了我，按住我的头，对我低声耳语说：

“你别怕他，他是好人。你要直对着他的眼睛看他，他喜欢别人这样看他。”

一切都使我感到奇怪和焦躁不安。另一种样子的生活我没经历过，但我还模糊地记得，从前父亲和母亲不是这样生活：他们说话和这里不一样，娱乐也不同，无论是走路和坐着他们总是双双对对，肩并肩，紧紧依偎在一起。他们常常整晚整晚地长久地在一起说笑，坐在窗口高声唱歌，大街上的人聚拢在窗前看着他们。那些仰头向上看的人的一张张面孔，使我好笑地联想起饭后桌上放着的一个个尚未洗净的脏碟子。这里的人很少笑，即使笑也搞不清他们在笑什么，相反，相互大声叫嚷、相互威胁，或者躲在角落里窃窃私语则是常有的事。孩子们整天不哼不哈，连走路也蹑手蹑脚，谁也不去注意他们。他们就像尘土遭到雨打被牢牢地钉在土地上一样。在家里我觉得自己是个外人，这里的整个生活使我如坐针毡，忐忑不安，而且引起我阵阵疑团,迫使我紧张地注视着一切,每发生一件事我都追根究底,弄个明白。

我和伊万的友谊不断加深。外婆从日出到深夜都在忙家务,所以,我几乎整天在小茨冈身边转。每当外公打我的时候,他仍然把自己的手臂放在树条下面护着我,第二天他就把打肿了的手伸给我看,并向我发牢骚说:

“不行,这么做一点也不顶用!你并没有因为我挡就被打得轻一些,而我呢,瞧,打成了这样!我再不护你了,得啦,让你去挨吧!”

可到下一次我挨打的时候,他还是护我,又受一次无谓的疼痛。

“你不是说,不愿再这么做了吗?”

“原来我是不愿意的,可到时候我的手又伸进去挡了……不知怎么的,不知不觉就伸进去了……”

不久,我又听到小茨冈的一件事,这件事愈加使我对他感兴趣,更加喜欢他了。

每星期五,小茨冈都把一匹叫沙拉普的枣红色骟马套在一辆宽雪橇上,那匹骟马调皮捣蛋,爱吃甜食,是外婆的心肝宝贝。小茨冈出发时都穿上长仅及膝的短皮袄,戴一顶厚实的皮帽子,紧紧扎一根绿色的宽腰带,赶着雪橇到集市上去采购食物。有时,他去了很久还不回来,家里的人就焦急不安了,他们不断到窗口去,呵气把窗玻璃上的冰化掉,向窗外张望。

“还没来?”

“没有!”

最最焦急的是外婆。

“唉,”她对我的两个舅舅和外祖父说,“你们把我喜欢的人和马全给毁了!你们这些不要脸的东西,怎么不害臊?难道你们自己的东西还嫌少?哼,一大家子全是窝囊废,贪心不足,上帝要惩罚你们!”

外婆愁眉苦脸地唠叨着:

“好了,算了吧。这是最后一次了……”

有时,小茨冈直到中午才回来,舅舅和外公急急忙忙跑到院子里,外婆一面使劲地闻鼻烟,一面像一头大熊似的笨手笨脚地跟在他们后面走来走去,不知为什么她每到这个时候手脚就不灵便了。孩子们也奔出屋了,于是,出现了一幅快乐的卸车场景,大雪橇上满载着猪崽、已经宰杀好的鸡鸭家禽、鱼和大块大块的肉等等，花色品种，一应俱全。

“关照你要买的东西都买了吗？”外祖父斜着他那锐利的眼睛打量着装满东西的雪橇，问道。

“要买的全都买了。”伊万快乐地应答着，他在院子里不住地连蹦带跳，想使身子暖和些，手套拍得噼啪噼啪的响。

“不要拍手套，拍坏了要用钱去买。”外祖父凶狠狠地喊道。“找回的零钱呢？”

“钱全用完了。”

外祖父绕着雪橇慢慢地转圈子，轻声地说：

“你拉回来的东西好像又多了，不然的话，很可能是你没有花钱买的吧？我不希望你这样。”

他皱着眉，嘟着嘴，快步走了。

两个舅舅高兴地扑向雪橇，把鸡呀、鸭呀、鱼呀、鹅肫肝呀、小牛腿呀、大块大块的肉呀，一样样卸下雪橇，一面用手掂掂分量，一面吹起口哨，七嘴八舌地嚷着夸赞小茨冈：

“嗬，这小子真机灵，挑得多棒！”

米哈伊尔舅舅特别兴奋，脚上好像装了弹簧，在雪橇周围跳来跳去，像啄木鸟似的用鼻子凑近车上的每一样东西，嗅嗅这，闻闻那，馋涎欲滴地吧嗒着嘴唇，美滋滋地眯起他那灵活的眼睛；他长得和外祖父一样干瘦，但个头比外祖父高，全身黝黑，像一根烧焦的木柴。他把冻僵的手插在袖子里，详细地问小茨冈：

“我父亲给你多少钱？”

“五个卢布。”

“这车东西值十五个卢布。那你花了多少钱？”

“四卢布十戈比。”

“这么说，还有九十戈比上了你的腰包了。雅科夫，你看见他怎么攒钱了吧？”

雅科夫舅舅在严寒里只穿了一件衬衣，他站在那里对着寒冷的蓝天眨巴着眼睛，不时微微地笑笑。

“万卡，你就请我们喝半瓶伏特加吧。”他懒洋洋地说。

外婆一边卸马套，一边跟马谈心：

“怎么啦，我的乖孩子？怎么啦，我的小猫咪？想玩一会儿吗？去吧，玩一会儿去吧，你这上帝赐的开心宝贝！”

高大的沙拉普扬起颈上浓密的鬃毛，用它那雪白的牙齿蹭外婆的肩膀，扯外婆系在头发上的丝巾，快乐的眼睛不住地瞅着外婆，甩头抖掉挂在睫毛上的霜，低声嘶叫着。

“想吃小面包？”

外婆向沙拉普牙齿里塞进一大片咸面包，用自己的围裙兜在马嘴巴下等着，若有所思地看着沙拉普吃。

小茨冈也像一匹小马似的轻快地跳到外婆跟前。

“老妈妈，这匹骟马可真有劲，又这么聪明……”

“走开，不要在我面前拍马屁，耍滑头。”外婆跺着脚喊道。“你要晓得，今天我不喜欢你。”

外婆向我解释说，小茨冈在集市上买东西，与其说是买，不如说是偷。

“你外祖父给他五个卢布，他能只用三个卢布买，偷十个卢布的东西，”她不高兴地说，“他喜欢偷，这个淘气鬼！起初他试着干了一次，得了手，没事儿，回到家里大伙儿笑了一阵，还夸他干得不错，他就这么把偷当成了家常便饭。你外公年轻时吃足了苦，尝尽了穷的滋味，到老来变得贪心了，现在他把钱看得比亲骨肉还重，就喜欢白得人家的东西！而米哈伊尔和雅科夫呢……”

她挥了挥手，停了一会儿不作声，望着打开的鼻烟壶里面，唠唠叨叨地接着说：

“廖尼亚，世上的诸事万物就像花边，钩花边的又是个瞎眼婆娘，我们哪儿分得清那些花纹啊！万一伊万卡在偷的时候被人逮住，那就要被人往死里打……”

外婆又沉默了一会儿，轻声说：

“唉，我们的规矩一大堆，就是没道理好讲……”

第二天，我去求小茨冈，要他下次别再偷了。

“要不，他们会把你打死的……”

“他们抓不住我，我会溜掉的：我手脚多灵活啦，马也跑得快！”他微笑着说，但顿时又忧愁地皱起了眉。“我知道，偷东西不好，也危险。不过，这没什么，我觉得无聊，解解闷。钱嘛，我不想攒，你那两个舅舅，一个星期之内就把我口袋里的钱全都给骗光了。我也不可惜，你们全拿去吧！反正我肚子吃得饱饱的。”

他突然抓住我的两只手，轻轻地摇了几下。

“你虽然身子轻，长得又单薄，可骨头坚实，长大后肯定是个大力士，你知道怎么着，你要学弹吉他，去求你雅科夫舅舅，真的！你现在还小，又这么不走运！你人小，可脾气不小。你不喜欢你外公？”

“我不知道。”

“我啊，除了老妈妈，卡希林一家子我全不喜欢，让魔鬼去爱他们吧！”

“也不喜欢我？”

“你不是卡希林家的人，你姓彼什科夫，是另一个血统，另一个家族……”

他猛地紧紧搂住我，几乎像呻吟一样喃喃地说：

“唉，要是我有一副好嗓子，嘿，老天啊！你知道，那该有多好！我要把所有人的心都唱得像火烧一样的滚烫……好了，去吧，小兄弟，该干活儿了……”

他把我放到地板上，塞了一把小钉子到自己嘴里，然后将一大幅浸湿了的黑布紧紧绷钉在一块很大的方木板上。

令人难以相信的是：过了不久，小茨冈突然死了。

事情是这样的：在院子的大门旁的院墙边上，斜靠着一个很大的橡木十字架，十字架的木头很粗，上面有好多疖疤。它靠在那里很久了。我刚到这里的头几天就看见了，那时候，它还比较新，黄黄的，但经一个秋天被雨打得漆黑，发出一股股浸染的橡木的苦味，在本来就拥挤而肮脏的院子里，十字架显得很碍事。

这个十字架是雅科夫舅舅买来准备安置在他妻子坟前的，他许下誓愿，要在她去世一周年的那天，亲自背着十字架到她墓前去。

这一天终于到了，是星期六，时值初冬，天气严寒，冷风刺骨，雪从屋顶上被纷纷吹落。全家人都到院子里，外祖父和外祖母早就带着三个孙子到墓地去做安灵弥撒了。因为我犯了什么错，把我一人留在家里。

两个舅舅穿着一色的黑短皮袄，两人把十字架从地上稍稍抬起，扛着十字架的两翼站起来；格里戈里师傅和另一个不认识的外人费力地抬起十字架下面沉重的粗端，放到小茨冈宽大的肩上；他踉跄了一下，立刻叉开两腿站住。

“吃得住吗？”格里戈里问。

“不知道，好像很重……”

米哈伊尔舅舅生气地叫嚷：

“把大门打开，瞎鬼！”

雅科夫舅舅却说：

“万卡，你不害臊，我们两个人的劲加起来都没有你的劲大！”

但是，格里戈里一面开门，一面特别关切地嘱咐伊万说：

“当心，别硬撑！上帝保佑你！”

“秃驴！”米哈伊尔舅舅上了大街后回头叫骂了一声。

院子里的人都冷冷地笑了笑，然后大声谈论起来，似乎大家对把十字架搬走都感到高兴。

格里戈里·伊万诺维奇牵着我的手到染房里，对我说：

“兴许今天你外公不会打你了，他今天的眼神和气……”

在染房里，他让我坐在一堆整理好准备染色的羊毛上，关心地把我用羊毛一直围到肩膀，然后闻了闻染锅里冒上来的汽，沉静地说：

“亲爱的孩子，我三十岁就认识你外公了，他干的事儿从头到尾我都看在眼里，早先我和他是要好的朋友，两人一起开始干这行当，一块儿出点子。你外公啊，他精明！现在他当上了老板，可我不会。不过，上帝比我们所有人都聪明：他只要微微一笑，绝顶聪明的人转眼就成了傻瓜蛋。你现在还不明白，人为什么那么说，为什么那么做，可你一定要把世上事全都弄明白。孤儿的日子难啊。你父亲马克西姆·萨瓦捷伊奇是个金不换的人，他什么都清楚，就为这一点你外公不喜欢他，不认你父亲……”

听别人讲好话总是愉快的，我一面听他叙说，一面看着。通红的炉火里，时时蹿出黄灿灿的火苗在闪耀、嬉戏，染锅上一团团乳白色云朵似的蒸汽不断冉冉升起，一直冒到房顶的斜木板上，积成一层瓦灰色的霜。透过房顶的一道道板缝，看到的天空像是一条条湛蓝的缘带。风静了，太阳在什么地方放出了光辉，整个院子充满了犹如纷纷飘落着玻璃似的灰尘。大街上，雪橇下的滑木在冰上擦出阵阵刺耳的吱吱声。蓝色的烟从屋顶的烟囱里袅袅升起，一缕缕淡淡的烟影在雪地上掠过，也像在絮絮地诉说着什么。

个子细长、瘦骨嶙峋的格里戈里师傅，蓄了一脸的大胡子，没戴帽子，耳朵显得特别大，真像一个善心的巫师。他一面搅着沸腾的染水，一面不断地教导我：

“对所有的人都要直对着他的眼睛看；哪怕有条狗向你扑过来，你也用正眼看着它，它见你这样，就往后退了……”

他的那副沉甸甸的眼镜，重重地压在他的鼻梁上，鼻尖和外婆的鼻尖一样，布满了青紫的血斑。

“别忙，等一等，出了什么事？”他突然说，一面谛听外面的动静，接着用一只脚关上炉门，蹭蹭三步两跳就跑到院子里。我也跟着他奔出了屋。

在厨房里，小茨冈仰面躺在地板中央，几道宽宽的光束从窗格射进屋里，一束光照在他的头上，另一束照在胸脯上，还有一束照在两只脚上。他的上额奇怪地发亮，双眉高高抬起，斜视眼一眨不眨地凝视着漆黑的天花板，发乌的双唇不停地哆嗦，吐出粉红色的泡沫，血从唇角两边流出，顺着两腮淌到颈子上，一直淌到地板上，鲜血像一条条浓稠的溪水，从他背下流淌出来。伊万的两条腿难看地伸着，显然他身上肥大的灯笼裤也被血浸得湿透了，裤子牢牢粘在地板上。地板长时间被沙粒冲刷得干净滑溜，在太阳光下闪闪发光。一条条溪水般的鲜血，穿过地板上的一道道光带，慢慢向门槛流去，血是那样的鲜，那样的亮。

小茨冈两臂直挺挺地躺在地上一动不动，只有十个手指在微微颤抖，在地板上抓挠，染上颜色的指甲在阳光下闪光。

小保姆叶夫根尼娅蹲下身子，把一支小蜡烛放进伊万的手里，但伊万拿不住，蜡烛倒在地上，烛芯浸在血泊里，火熄灭了。小保姆拾起蜡烛，用围裙角擦干净，又试着在他颤抖的手指里放稳蜡烛。厨房里的人交头接耳，窃窃私语，嘀嘀咕咕唧唧喳喳的声音此起彼伏，像风似的冲击着我，把我从门槛上推走，可是我紧紧抓住门把手不放。

“他绊了一下。”雅科夫舅舅的头不住地战栗，转来转去，用阴沉的嗓音叙述当时的情况。他脸色晦暗，萎靡不振，两眼无神，常常眨巴。

“他跌倒了,十字架压下去,砸在脊背上,幸亏我们赶紧扔掉十字架,不然我们也要变成残废。”

“是你们把他害死的。”格里戈里闷声闷气地说。

“就是的,又怎样呢……”

“你们!”

鲜血还在不断地流,门槛下已经积成了一洼血,已变得发黑,似乎还在往上涨。小茨冈口中泛着粉红色的泡沫,梦魇般地发出像牛哞哞叫的含混的声音,眼看愈来愈虚弱了,他的身子渐渐伸得越来越平,紧贴在地板上,仿佛要陷进地板里去似的。

“米哈伊尔骑马赶到教堂去叫父亲了,”雅科夫舅舅低声说道,“我便雇了一辆马车尽快把他拉回来……幸好我没有自己背十字架下面的大头,要不然就……”

小保姆再一次想使小茨冈的手抓住蜡烛,蜡烛油和眼泪一滴滴落在他的手掌上。

格里戈里粗声地说:

“你就把蜡烛放在他的头旁边,你这个楚瓦什①女人!”

“就那样。”

“把他的帽子脱下来!”

小保姆费劲地从伊万头上脱下帽子,伊万的后脑勺咚地一声碰在地板上。现在他的头歪向一边,血流得更多,但已经只从一个嘴角里往外流了。就这样拖了好长好长时间。开始时,我还一直在等着,指望小茨冈休息好后,起来,坐在地板上,吐口唾沫说:

“咳,好热啊……”

以前,每逢星期日吃过午饭,他一觉醒来后都是这样,但这次再也不起来,而且越来越虚弱了。阳光已经照不到他的身上,光线逐渐变短,只照到窗台上了。他全身发乌,手指已经不再颤动,唇上的泡沫也没有了。在他的天灵盖后面和两耳旁边点了三支蜡烛,摇曳不定的黄黄的烛火照着他那黑得发蓝的蓬松的头发,烛光反射的黄色光点在他黝黑的两颊上跳动,鹰喙般

① 现住在楚科奇民族专区的少数民族。

的鼻尖和粉红色的牙齿闪闪发亮。

小保姆跪在地上一面哭，一面低声地诉说着：

“你是我心爱的人儿，是逗人开心的小鹰……”

我又怕又冷，爬到桌肚里去躲在那儿。过了不久，外祖父脚步沉重地闯进了厨房，他身上穿着浣熊皮大衣，外婆穿着领子上有毛皮的宽大斗篷式的女外衣，还有米哈伊尔舅舅、孩子们和许多不认识的外人都跟了进来。

外祖父脱下皮大衣，摔到地上，大声叫骂：

“你们这些坏蛋！多好的一个小伙子白白被你们害死了！再过五六个年头，他可就是个无价宝了……”

衣服堆在地板上，挡住了我的视线，我看不到伊万了，我便爬了出来，无意碰到了外祖父的脚。他把我踢开，攥紧了通红的小拳头，狠狠地威吓舅舅：

“你们这两个恶狼！”

他在长凳上坐下，两手撑住凳子，忍泪哽咽不止，用尖溜溜的嗓音说：

“我知道，他是你们的眼中钉、肉中刺……唉，万纽舍奇卡[①]……你这个小傻瓜！没办法啦，啊？我是说，真没办法啦？马是人家的，缰绳烂掉了。孩子他妈，这几年上帝不喜欢我们了，啊？孩子他妈？”

外婆身子伏在地板上，两手不住地抚摩伊万的脸、头和胸口，直对着他的眼睛哈气，抓住他的两只手，不断地搓揉，把三根蜡烛全碰倒了。过了一会儿，她费力地站起来。她身上穿着发亮的黑色外衣，整个脸也变黑了，可怕地瞪圆了双眼，压低了声音骂：

“滚，你们这帮天地不容的该死的魔鬼！”

所有人，除了外祖父外，都拥出了厨房。

……小茨冈无声无息、无人思念地被埋葬了。

---

① 万纽舍奇卡是伊万的小名。

四

我躺在一张很宽的大床上，一床大被子把我严严实实地裹了四层，我听着外婆跪在那里向上帝祷告，一只手紧紧贴住胸口，一只手间或不紧不慢地画着十字。

外面天气酷寒，砭人肌骨；绿莹莹的月光透过窗玻璃上的冰花，将她那鼻子大大的、慈祥的面庞照得容光焕发，清晰可鉴，一双乌黑的眼睛犹如磷火似的闪闪发光。遮着外婆头发的丝巾好像经过锻造似的发亮；黑色的连衣裙微微颤动，似水般地从两肩顺着身体缓缓流淌下来，铺展在地板上。

外婆每次做完祈祷，都默默脱去衣服，整齐地叠好，放进屋角的箱子里，然后走到床前，这时，我就假装睡得很熟。

“得啦，别骗我了，小调皮鬼，你没睡，是吗？”她轻轻地说，“我是说，你没睡着，心肝宝贝，对吧？喂，让点被子给我盖！”

我想到接着她会怎么样，就忍不住笑了，于是她大声嚷起来：

“啊，你有意拿我这个老外婆开玩笑！”

她抓住被角麻利地用劲往自己身上一拉，把我光着身子抛到空中打了几个转，扑通一声，跌到软绵绵的绒毛褥子上，她哈哈大笑说：

“怎么啦，你这个小坏崽子，这下吃到苦头了吧？”

但有时她做祷告的时间很长，我真的睡着了，已经听不见她躺上床的声音了。

但凡她做祷告的时间长，总是那一天有伤心事，或者发生了吵嘴打架之类的事。听外婆祷告十分有趣，她把家里所有的事一件一件详详细细地说给上帝听。她胖大臃肿，跪在那儿像一个大土堆，起先声音很低，口中念念有词，说得很快，听不清楚，后来嗓音便变得低沉有力，絮絮叨叨地说：

“主啊，你是知道的，所有的人都想日子过得好一些。米哈伊尔呢，是老大，他该留在城里，叫他搬到河对面去，他觉得委屈。那儿他没住过，新来乍到的，不知会出什么事儿。孩子他爸呢，他比较喜欢雅科夫，对他娇惯的孩子偏心眼儿，这样不好吧？老头儿脾气倔，上帝啊，你开导开导他吧！”

她睁着一双闪亮的大眼睛，望着发暗的神像，给她的上帝出主意说：

“主啊，你就托个梦给他，让他明白，该怎么给孩子分家！”

外婆不断地画十字，磕头，宽大的前额在地板上碰出咚咚的声响，随后，又伸直身子，一本正经地说：

“你让瓦尔瓦拉有点欢乐吧！她什么地方得罪了你，惹恼了你啦？她有什么罪过比别人大？一个女人年纪轻轻身强力壮的，却成天在苦水里过日子，这是怎么回事啊！上帝啊，你不要忘记格里戈里，他的眼睛越来越看不清了。他眼睛一瞎，就得去讨饭，这多不好啊！他一辈子的精力全耗在老头子身上了，到头来难道老头子会拉他一把不成……啊，主啊，主啊……”

她久久地静默不语，虔诚地低下头垂着两手，仿佛睡熟了，冻僵了。

“还有什么呢？”她皱起眉毛，一边回忆，一边出声地说，“你救救所有的正教徒，宽恕他们吧！饶恕我这个该死的老傻瓜吧！原谅我，你明白，我犯罪不是我故意使坏，是因为我糊涂，我脑子笨啊。”

她深深叹了口气，亲切地、心满意足地说：

“亲爱的老天爷啊，你无所不知，你心如明镜啊。”

我非常喜欢外婆的上帝，他和外婆这么亲密、这么知心，所以我常常央求她：

“你给我说说上帝的事儿吧！”

外婆讲起上帝来，总是那么特别：声音轻轻的，一句话一句话声音拉得怪长。她眯起眼睛，而且一定要坐着讲。她每次都是先欠欠身子，坐下来，再把头巾披到头上，一讲就讲得很久很久，一直讲到别人睡着了为止：

“天堂里有一座小山岗，周围是一片绿草地，山岗上长着一片银白色的椴树，上帝就坐在那椴树荫下的一个蓝宝石镶成的宝座上。那椴树啊，一年四季鲜花盛开。在天堂里既没有冬天，也没有秋天，花儿永远不凋谢，就这么一个劲儿地争芳吐艳,使上帝的仆人幸福愉快。在上帝的身旁,有许多许多天使在飞翔,多得啊,就像一群群蜜蜂飞舞,就像雪花纷纷飘扬,就像成千上万的白鸽从天上俯冲飞到大地,然后又展翅从大地返回天上。它们把我们的一切,把人间的每一件事都报告上帝。那里面有你的、我的、外公的天使,上帝给我们每一个人都指派一个天使,他对所有人都是一样的平等。瞧,你的天使向上帝报告:列克谢向他的外公伸舌头装怪相了!于是上帝便吩咐说:好吧,让老头儿抽他一顿!就这样,天使把所有的事情,把每个人的情况都报告上帝,上帝对每件事、每个人都赏罚分明,谁该痛苦和不幸,谁该快乐和幸福。就这样,在上帝那儿所有这一切都安排得妥妥帖帖的。天使们尽情欢乐,他们扑棱着翅膀,不断地给上帝唱着赞美歌:'荣耀属于你,主啊,荣耀属于你!'而上帝怎样呢,亲爱的孩子,他只向天使们微笑,他是在说:'好啦,好啦!'"

外婆自己也摇晃着脑袋,微微含笑。

"你亲眼见过吗?"

"我没见过,可我知道!"她若有所思地回答。

每当她讲上帝、天堂、天使们的时候,她就变小、变温和了,她的脸也变年轻了,含着泪水的眼睛流露出暖人心灵的光芒。每次我都拿起她那像缎子一样光滑的沉甸甸的辫子,绕在自己脖子上,一动不动入神地听她讲那永远讲不完、听不厌的故事。

"上帝不能让人看到,谁看见上帝,谁的眼睛就会瞎。只有圣徒才能全神贯注地看他。天使我见过;当人的灵魂洁净的时候,他们才现身。有一次,我在教堂里做晨祷,祭坛上就有两个天使走动,天使的身体好似雪亮雪亮的雾,透过他们的身体可以看到后面一切,他们的翅膀好像薄薄的一层纱,还钩上了花边,收翅走动时触到地板。两个天使在神座的周围走来走去帮助老伊利亚神甫:伊利亚每当举起他那衰老颤抖的双手向上帝祈祷时,他们就扶托住他的胳膊肘。伊利亚年事已高,老态龙钟,眼睛已经瞎了,到处磕磕碰碰,过不久他就去世了。当时,我一看见天使,高兴得愣神儿了,心里难过起来,眼泪直向下滚。啊,多好啊!哦,廖尼卡,我的心肝宝贝,天上也好,人世间也好,只要在上帝身边,就什么都好,多好啊!……"

"难道我们这儿也好吗?"

外婆对自己画了个十字，回答说：

“感谢贤明的圣母，一切都好！”

她的回答可把我搞糊涂了：很难承认在这个家里一切都好，我觉得在这个家里日子越来越难过了。

有一天，我从米哈伊尔舅舅的房门旁走过，看见纳塔利娅舅母脸色煞白，一只手捂住胸口，在房间里来回转，喊叫的声音虽然不大，但听起来令人可怕：

“上帝啊，你把我收回去吧，把我带走吧……”

她对上帝祷告的话我听得懂，以后格里戈里师傅唠唠叨叨说的话我也懂，他常常说：

“我瞎了去讨饭也比在这儿强……”

我真想让他快点瞎，那时我就能求他，我牵着他给他带路，我们一起到处去要饭。我已经把我的想法对他说过，格里戈里师傅微微含笑回答说：

“好吧，让我们一起要饭去！我就在城里大街小巷到处吆喝：他就是行会头子瓦西里·卡希林的外孙，他女儿的儿子！那才有趣呢……”

我不止一次看见纳塔利娅舅母呆滞的眼睛下面有几个发青的肿块，脸色蜡黄，嘴唇浮肿。我问外婆：

“舅舅打她啦？”

外婆叹气答道：

“他偷偷地打，这个该死的要进地狱的东西！你外公不准他打，他就每天夜里打。他心狠手辣，而你舅母又偏偏胆小怕事，是个窝囊废。”

外婆越说越有劲，接着说：

“不过现在总算不像从前那么打得厉害了！眼下只是照着她的牙齿、耳朵上打一阵，揪揪她的辫子就算了。从前呀，你知道，每次都要恶毒地折磨她几个钟头！有一次，你外公打我，从复活节的第一天日祷起，一直打到晚上。打一阵，打累了，歇一会儿，再打。用拴马的缰绳打，想到什么就用什么打。”

“为什么打你？”

“记不得了。还有一次，他把我打得半死，五天五夜不给我吃饭，差点没死掉。要不，还要……”

这可使我惊奇得目瞪口呆了：外婆的块头要比外祖父的大一倍，我不相信，外祖父能制服得了她。

“难道他比你的劲大？”

“劲是没有我的大，可他的岁数比我大！另外，他是我的丈夫！上帝为了我，会降罪给他的，主嘱咐我要忍受下来……”

最令人觉得有趣和愉快的是看外婆擦圣像上的灰和弄干净法衣了。圣像画得富丽堂皇，神头上的光轮镶着珍珠、银子和宝石，她双手熟练地取下一幅圣像，含笑地看着它，深为感动地说：

“多可爱的脸儿啊！……”

她一面画十字，一面吻着圣像。

“瞧，落上灰尘了，被烟熏黑了，啊，你啊，万能的圣母啊，你是我永生永世不能离开的欢乐！你瞧，廖尼亚，我的心肝宝贝，画得多精致细巧啊，一尊尊像都那么小，可都画得清清楚楚分得开。这幅圣像叫‘十二节’，站在当中的就是至善圣母费奥多罗夫斯卡娅[①]，这幅圣像是‘勿哭我圣母’[②]……”

有时我觉得外婆摆弄圣像，就像受气的卡捷琳娜表姐摆弄洋娃娃一样，那么亲切，那么认真。

外婆还不止一次地看见过鬼，有时看到很多，有时只看到一个。

“有一天，在大斋[③]的时候，夜里，我路过鲁道夫家屋边，那夜的月亮光像牛奶一样白。突然，我看见屋顶的烟囱旁边，坐着一个鬼，它全身漆黑，头上有角，个头好大，浑身是毛，正对着烟囱口不住地嗅，鼻子还发出呼哧呼哧的声音。这个黑鬼一面闻着，尾巴还不住地在屋顶上磨蹭，发出沙沙的响声。我对着它画了个十字，念道：‘愿神兴起，使他的仇敌四散’[④]，它立刻轻轻地尖叫一声，从屋顶上一个倒栽葱滚到院子里去，无影无踪了！兴许那一

---

① 费奥多罗夫斯卡娅是俄国东正教著名圣徒之一。圣像上用文字记载着东正教十二个主要圣徒的纪念日，统称为“十二节。”

② 圣像名称。出自东正教教会赞美歌第九歌《大礼拜六》的第一句，描述圣母站在耶稣棺材旁的情景。

③ 大斋亦称“禁食”。基督教虔修方式之一。在规定的日子里，一天只一顿饭吃饱，其余仅吃半饱或更少。东正教对守大斋的要求较严。

④ 见《旧约全书·诗篇》第六十八篇第一行。

天鲁道夫家正在煮斋日禁吃的荤食，鬼在那里津津有味地闻肉香呢……”

我想象着小鬼从屋顶上滚下去的样子，忍不住笑了，她也笑了，说道：

“这些小鬼和孩子一模一样，爱淘气！有一天，我在洗澡间里洗衣服，一直洗到半夜了。忽然，炉子上的石板门①猛地向上一跳！从炉门里接二连三地拥出好多好多小鬼，一个比一个小，有的是红殷殷的，有的是碧碧绿的，有的黑油油的像蟑螂。我想跑到门口去，连路都堵死了。我被困在这群小鬼头当中，整个浴间挤得满满，连转个身都不行。它们往我脚下面钻，拉我、扯我，弄得我连画个十字都不能！这些小鬼头，身上都是毛茸茸的，软绵绵的，热乎乎的，活像小猫咪，只是都用后爪子站着走路。它们在地上打转转、捣蛋，龇着像老鼠一样的小牙齿嬉笑，一对对小眼睛绿莹莹的，头上的角刚刚冒出一点儿，像一个个小疙瘩似的鼓着，屁股后面撅着一根根好似小猪崽子的尾巴，哎哟，我的老天爷啊！我晕过去了！当我醒过来的时候，蜡烛快灭了，澡盆里的水也凉了，洗的东西扔得满地都是。嘿，你们这些鬼东西，再多些，一口气就把你们吹散了！”

我闭上眼睛，就看见外婆讲的那些毛茸茸的五颜六色的小鬼东西，从炉板缝里，从灰色的鹅卵石上，像一股浓稠的浊流不断地往外冒，向下涌，把小浴间塞得满满。它们还吹蜡烛，调皮地伸出粉红色的小舌头。这很好玩，但也很可怕。外婆摇晃着脑袋，有一会儿没说话，突然她又像着了火似的兴致勃勃地说：

“可不是吗，我还看见过该死的被诅咒的人。那也是在夜里，冬天，刮着暴风雪。我路过久科夫峡谷，你记得吗？就是我曾经告诉过你的那个山谷，那个雅科夫和米哈伊尔想把你父亲淹死在池塘的冰窟窿里的那个地方。就在那个峡谷里，我正往前走着，不小心一个跟头顺着小路摔到谷底，只听到满谷响起吱吱的口哨声和喊叫声。我一看，有一驾三匹黑马拉的大雪橇，飞快对着我冲过来。车夫是一个长得五大三粗的鬼，鬼头上戴着一顶红颜色的尖顶帽子，就像一根上头削尖的粗棍子竖在车座上。它伸出两手，握住铁链子做的缰绳赶马。可是，在山沟里没有雪橇可走的大路，这驾三套马的雪橇便飞似的直奔池塘，在云彩似的雪里隐没了。坐在雪橇上的全是鬼，它

① 俄国蒸汽澡堂里炉子上有块石板，向石板上浇水以蒸发热汽。

们打着唿哨，大喊大叫，挥舞着帽子。在这驾雪橇后面跟着七驾三套马的雪橇，拉得像去救火似的飞快。所有马都是一色的黑毛，所有这些马都是被父母诅咒的人变的。他们变成马，专门用来为鬼消遣取乐，那些鬼呢，就用他们去拉车，每夜赶着他们去参加各种各样的聚会，那次我见到的也许是魔鬼在办喜事呢……"

很难不相信外婆所讲的一切，因为她说得那么简单实在，那么令人心服。

外婆念的一些诗特别好听，譬如，有一首诗是讲圣母巡查人世上的苦难的，圣母训诫女强盗延加雷切娃"公爵夫人"不要殴打和抢劫俄罗斯人。有些诗是讲神人阿列克谢[1]的、讲战士伊万[2]的。还有聪明的瓦西里莎[3]、山羊神甫和上帝的教子的童话。有些故事和传说听起来令人可怕，例如，玛尔法夫人[4]的故事、绿林女头领乌斯达[5]的传说、罪孽深重的埃及女人玛丽娅[6]的传说和关于一个强盗母亲的悲哀故事等。外婆知道的童话、故事、传说和诗多得数不清。

外婆既不怕人和外祖父，也不怕鬼和一切邪恶，可就是对黑蟑螂怕得要命，哪怕黑蟑螂离她很远，她也感觉得到。她常常在夜里把我叫醒，悄悄地对我说：

"阿廖沙，亲爱的，有一只蟑螂在爬，你去把它踩死，看在基督的面上，行行好吧！"

我睡得懵懵懂懂的，点亮了蜡烛，在地板上爬来爬去搜索敌人，可我并不是一下子就能找到，而且常常找了好久都找不到。

"哪儿也没有，"我说道，而她则睡在床上，连头蒙在被子里，一下不敢

---

① 传说中人物。自小离家出走，住在荒漠中，甘愿为乞丐，后回到家乡，没有人认出他，因而受到很多屈辱。

② 公元四世纪的著名基督教徒。

③ 俄国民间神话故事中的女主人公。

④ 诺夫哥罗德城行政长官伊·安·博列茨基的遗孀。曾领导诺夫哥罗德贵族反对莫斯科。一四七八年伊凡三世将诺夫哥罗德并入莫斯科大公国后被放逐至尼日尼·诺夫哥罗德，并被迫剃度为尼。

⑤ 伏尔加河一带传说中的女英雄。

⑥ 传说中六世纪埃及的荡妇，后改邪归正。

动，声音几乎低得听不清地央求：

“哎呀，有啊！唉，你再找找，我求求你啦！它在那儿，我知道……”

不过，外婆从来没有说错过，我每次都在离床老远的什么地方找到一只蟑螂。

“打死了吧？这下好了，感谢上帝！也谢谢你……”

于是，她掀开头上的被子，轻松地笑着喘了口气。

倘若我没有找到那个小虫子，她就睡不着觉了。我感觉得到，在静谧深夜，只要有一丁点儿声音，她就浑身哆嗦，我听见她屏着呼吸，悄声说：

“它就在门槛旁边……爬到箱子底下去了……”

“你干吗怕蟑螂啊？”

她振振有词地说：

“我不明白，它们有什么用？到处爬啊爬的，这些黑漆漆的东西。上帝给所有的小虫子都下了任务：甲壳虫爬出来，是告诉人，屋里潮湿了；生了臭虫，说明墙上脏；虱子咬人，提醒人要生病了，一切都明明白白！而这些黑东西，它们身上附了什么妖精，派它们来是干什么的？”

有一天，外婆正跪在那儿专心致志地和上帝交谈，外祖父突然猛地推开门进了房间，嘶哑着嗓子说道：

“喂，孩子他妈，上帝看望咱家来了，着火啦！”

“你说什么，真的啊！”外婆大叫一声，从地板上跳起来，两个人脚步沉重地向前面昏暗的房间奔去。

“叶夫根尼娅，快把圣像拿下来！纳塔利娅，快给孩子们穿好衣裳！”外婆大声严厉地指挥，而外祖父却低声地哀泣：

“噫……噫……”

我跑到厨房里，面朝院子的窗户被火照得金光闪耀，火光映照的黄黄的斑点不断从地板上掠过；光着双脚的雅科夫舅舅一面穿靴子，一面不住在地板上跳，仿佛地板上的火光灼痛了他的脚掌，他喊道：

“啊哈，这是米什卡①放的火，放了火后他就跑啦！”

“呶，狗东西。”外婆骂道，用力把雅科夫向门口一推，他差一点跌倒。

---

① 米哈伊尔的昵称。

透过窗玻璃上的白霜看到，染坊屋顶上烧着了，染坊开着的门里面，一团团通红的火，像龙卷风似的在屋里翻滚、打旋。在静悄悄的夜空里，仿佛一朵朵火红的花正在不断地怒放，没有烟雾，只是在火焰的花朵的高空上，有一朵黑色的云彩随风飘荡，天边的一道银白色的天河仍清晰可见，雪被映照得闪出紫红的光。房屋的墙壁不住地颤动，摇晃，仿佛就要向炽烈的院角冲过去似的，那里火烧得正旺，就像孩子嬉戏一样正在劲头上，无数通红的火苗灌满了染坊墙上宽宽的缝隙，墙缝里露出一根根被烧红的、弯弯曲曲的钉子。干燥的屋顶上一块块熏黑了的木板，眨眼间就被仿佛金光灿灿的、红色的绦带弯弯曲曲地缠满了；陶土砌成的细细的烟囱，竖立在缠着绦带的木板中间冒着烟，发出刺耳的声音；还有一种像叩击窗玻璃发出的低低的噼啪声和像绸缎磨擦的簌簌声。火烧得愈来愈旺，整个染坊到处都是火焰，就像教堂里的圣像壁那样被装饰得金碧辉煌，令人抑制不住地被吸引过去。

我头上披了一件沉甸甸的短皮外衣，脚套在一双不知是谁的靴子里，趿拉趿拉地走进过道。谁知刚走到台阶上就被惊呆了，耀眼乱蹿的火苗使我眼睛发花，外祖父、格里戈里和舅舅声嘶力竭的喊叫声和失火时发出的劈里啪拉的爆裂声，震得我耳聋，外婆更把我吓坏了：她把一只空口袋披到头上，身子裹上披马的被子，直向火里冲去，口中喊道：

“硫酸盐，你们这批蠢货！硫酸盐会爆炸的……”

“格里戈里，拉住她！”外祖父吼叫着。“唉，这一下她完了……”

但是，不一会外婆从火里钻出来了，她浑身冒着烟，脑袋直打晃，躬着腰，两臂伸直，抱着有水桶大的一瓶浓硫酸出来了。

“他爸，把马牵出去！”她一面咳嗽，一面嘶哑着嗓子喊着。“你们快把我肩上的东西拿下来，我就要烧着了，难道没看见？……”

格里戈里扯下她披在肩上已经隐隐燃着的马被——马被成了两段——随后开始用铁锹把大块大块的雪，一锹一锹往染房门里抛；雅科夫舅舅手里拿着斧头，在他旁边跳来跳去；外祖父则在外婆旁边奔跑，把雪往她身上扔；外婆把浓硫酸瓶塞进了雪堆后，便奔到大门口，打开大门，不住地向跑进门来的人鞠躬，说道：

“街坊们，请你们帮帮保住仓库吧！眼看火就要烧到仓库、烧到干草棚了，不然我家要烧光，你们也会遭殃的！把仓库顶掀掉，干草都扔到园子里！雅科夫，别瞎转转，拿斧子、铁锹给大家！街坊爷儿们，帮帮忙一齐儿干吧，愿上帝保佑。”

看外婆忙这忙那，就像看失火一样有趣：她身子被火照得雪亮，她这个穿黑衣裳的人，似乎被火捉住了，受火指挥，满院子团团转。到处都有她，指挥你干这，安排他干那，什么事都逃不过她的眼睛。

突然沙拉普跑到院子里来了，抬起前蹄直立起来，一下子把外祖父腾空掀起。大火熏痛了它的两只大眼睛，眼睛里闪着红光。它前蹄撑地，呼噜噜打起响鼻，外祖父放开手中的缰绳，跳到一边，喊道：

“孩子他妈，拉住它！”

外婆奔到马腾起的前蹄下面，叉着两手站到它的前面。马如怨如诉地嘶叫起来，斜眼看着火焰，向外婆探过了身子。

“你别怕！”外婆一面拍着马的脖子，一面用低沉的声音说，随后拿起了缰绳。“我怎么会把你忘在这儿受这惊吓啊！哎咳，你啊，胆小得简直像只小老鼠……”

这只比她大三倍的“小老鼠”，顺从地跟在她身后向大门走去，一面打着响鼻，一面瞅着她红红的脸。

小保姆叶夫根尼娅把两个包得严严实实、呜呜哭着的孩子领出了屋，大声叫道：

“瓦西里·瓦西里奇，列克谢不见了……”

“快走，快走吧！”外公挥着手回答说。我不想被保姆带走，便躲到门口的台阶下面。

染坊的屋顶已经烧塌了，叉梁上一根根细椽子向天空撅起，冒着烟，就像烧红的炭，泛出金黄色的光。房子里不断地传出噼噼啪啪的爆炸声和呼啸声，仿佛一阵接一阵卷起绿色的、蓝色的和红色的旋风，一团团火喷到院子里，冲到人身上，人们就像聚在一堆巨大的篝火前面，不断地用铁锹向篝火里抛雪。在大火中，几口染锅里的染色水疯狂地沸腾，不断冒起一股股云团似的蒸汽和烟雾，院子里到处散发着各种怪味，刺得人眼睛流泪。我从台阶下钻出来，正好碰到外婆的脚。

“走开！”她大叫一声。“会被踩死的，走开……”

突然,一个头上戴着翘起鸟冠般铜帽子的人,骑着马闯进了院子。枣红色的马喷着白沫,骑马的人高举着鞭子,威风凛凛地吼道:

"闪开!"

马脖子上的小铃铛,丁零丁零地发出快活而急促的声响,马儿打扮得像过节似的漂亮。外婆把我向台阶上一推,狠狠地说:

"我刚才对谁说啦?走开!"

在这个时刻,不能不听她的话。我离开外婆走进厨房,仍然把脸贴到窗玻璃上向外看,但被一大堆黑压压的人群挡住,已经看不见火了,只看见一顶顶铜盔在冬天戴的黑色棉帽和有遮檐的便帽中间闪闪发亮。

火很快被扑灭,被浇熄了,被踩灭了,警察赶散了人群,外婆走进了厨房。

"这是谁?又是你?你还没有睡觉呀,害怕啦?别怕,已经没事儿了……"

她在我身边坐下,身子微微摇晃着,不再作声了。又回复到静静的、暗暗的夜,是多么的好,但那么好看的火灭了,我感到又有点可惜。

外祖父走进了屋,站在门槛旁,问道:

"是孩子他妈吗?"

"嗨,什么事?"

"烧伤了没有?"

"不要紧。"

外公擦着了硫磺火柴,火柴蓝盈盈的光照亮了他那沾满了烟油子的像黄鼠狼一样的脸,他看清了桌上的蜡烛,不紧不慢地坐到外婆的身边。

"去把脸洗洗干净也好啊,"外婆说道,其实她自己也是浑身烟墨,发出一股股刺鼻的烟味。

外祖父叹了口气说:

"上帝对你总是大慈大悲的,给了你大智大慧……"

他抚摩了一会儿她的肩膀,又咧嘴笑了笑补充说:

"虽然时间很短,只一个钟头,可总算给你了……"

外婆也淡淡一笑,想说些什么,但外祖父眉头一皱说:

"要跟格里戈里算账,这是他马虎闯的祸,这个蠢货不能干活儿了,活到头了！雅什卡坐在台阶上哭呢，这个傻小子……你最好去看看他吧……"

外婆把手放在脸前面，吹吹指头，站起来走了，外祖父瞧都不瞧我一眼，低声问道：

"失火你从头到尾都看见了吧？你看，外婆怎样啊？年纪已经这么大了，还那么机灵麻利，拼了老命了……可真是！嗳，你们啊……"

他躬下身子，好久没说话，然后站起来，用手指掐去烛花，又问我说：

"你害怕吗？"

"不怕。"

"没什么可怕的……"

他气呼呼地脱掉衬衣，向屋角里的洗脸盆走去，在阴暗的屋角，他跺了一下脚，大声说：

"失火，真糊涂透顶了！哪一家失火，就该把哪一家的人拖到广场上，用鞭子狠抽一顿；他是糊涂蛋，再不然就是小偷！就该这么办，这样，以后就再不会失火了！……去吧，睡觉去。干吗坐在这儿？"

我去睡觉了，可这一夜怎么也没睡着：我刚一躺到被子里，突然一阵像狼嚎似的可怕的号叫，将我从被子里赶了出来，我又奔到厨房里去。外祖父没穿衬衣，手里拿一支蜡烛站在厨房中间。烛火不住地颤动，他站着不动，两只脚在地板上不断地磨蹭，嘶哑着嗓子说：

"孩子他妈，雅科夫，这是怎么啦？"

我一下跳到炉顶上，躲到角落里，家里又像刚才失火时那样忙得乱糟糟的了。房里有节奏地传出一阵又一阵声嘶力竭的号叫声，而且声音愈来愈大，就像波浪似的冲击着天花板和墙壁。外祖父和舅舅发了疯似的跑来跑去，外婆不住地叫喊，赶他们到什么地方去，格里戈里劈里啪拉地往炉子里填木柴，往大铁罐里倒满水，脑袋一点一晃地在厨房里走来走去，活像阿斯特拉罕的骆驼。

"你倒是先生炉子啊！"外婆指挥说。

他急忙跑来找松明，一下子摸到了我的脚，惊吓地叫了起来：

"谁在这儿？嘿，你把我吓坏了！你到处乱跑，总是待在不该待的地方……"

"出了什么事儿啦？"

“你纳塔利娅舅母要生孩子了。”他平淡地说了一句，从炉炕跳到地板上。

我回忆起，我母亲生孩子时没有像她这样号叫。

格里戈里把大铁罐放在火里后，爬上炕炉到我身旁，从口袋里掏出一个陶制的烟袋给我看。他说：

“我开始抽烟了，为了眼睛！你外婆常劝我说：你闻鼻烟吧，可我想，最好还是抽烟……”

他耷拉着腿坐在炉边，向下瞧着微弱的烛火，他的耳朵和半边脸都是烟黑，肋旁的衬衣撕破了，从撕破处看见他胸上一道道宽宽的像桶箍似的肋骨。眼镜上打碎了一块玻璃，有小半块玻璃已经从镜框里掉了，透过眼镜的破洞可以看到红通通、湿漉漉的眼睛，好像一个伤口。他一面向烟袋锅子里装烟叶，一面侧耳听产妇的呻吟，口中像喝醉了酒似的前言不搭后语地嘟哝着：

“你外婆真烧伤得够呛，她怎么接生啊？瞧舅母受的这个折磨！他们全把她忘了；她啊，你要晓得，从失火一开始，她就痛得抽筋了，是吓的……瞧，女人生孩子多艰难，可娘儿们仍旧不受敬重！你记住，一定要敬重妇女，敬重妇女，也就是敬重母亲……”

后来，我打瞌睡了，但时时被纷乱的嘈杂声、砰砰的关门声，以及喝醉了酒的米哈伊尔舅舅的叫喊声惊醒。突然有几句奇怪的对话钻进了我的耳朵：

“要打开圣障的中门①……”

“给她喝长明灯的灯油和糖酒，再加上烟油子。半杯灯油、半杯糖酒，加一汤匙烟油子，掺和在一起给她喝……”

米哈伊尔舅舅死气白赖地央求：

“放我进去看看吧……”

他叉开两条腿坐在地板上，不住地向自己面前吐唾沫，两个手掌在地板上拍得啪嗒啪嗒响。待在炉子上热得实在受不了了，我便爬下来，谁知刚走到舅舅身边，他突然抓住我的一只脚，猛地一拉，我仰面一跤，后脑勺重重地

① 指教堂里通往经台的门。教徒们相信，只要神甫打开这扇门，孩子就可以顺利诞生。

碰在地板上。

“混蛋!”我骂了他一声。

他一下跳起来,像野兽一样咆哮如雷,揪住了我。我被他举得高高,只听他叫喊道:

“我把你摔死在炉子上! ……”

等我清醒过来的时候,我已在堂屋角落的圣像下,躺在外公的腿上了。外公看着天花板摇晃着我,声音低低地说:

“我们都有罪啊,谁也不能说自己没罪……”

外祖父头顶上方,长明灯光亮耀眼,堂屋中间的桌子上点着一支蜡烛,而透过窗户已经可以看见朦胧的冬日晨曦了。

外祖父俯身问我:

“你什么地方疼?”

我哪儿都痛,头上冒着湿漉漉的冷汗,身子感到沉沉的,但我什么都不想说。周围的一切令人奇怪:屋里的所有椅子上坐的几乎都是陌生人,一个身穿浅紫色袈裟的神甫,一个戴着眼镜穿军装的白发小老头儿,还有其他很多人。他们一个个都像泥塑木雕坐在椅子上一动不动,愣在那里似乎等着什么,听着很近的什么地方发出的哗啦哗啦的水声。门框旁站着雅科夫舅舅,他挺直了身子,两手放在背后。外祖父对他说道:

“真叫人没办法,你带这孩子去睡觉吧……”

舅舅用一个手指招呼我,踮起脚走到外婆房间的门口,当我爬上床的时候,他声音很低地说:

“你纳塔利娅舅母死了……”

这并不令我惊讶,她早已活得无声无息了,既不到厨房里来,又不见她吃饭。

“外婆在哪儿?”

“在那边。”舅舅挥了挥手回答了一声,仍然踮着一双光脚走了。

我躺在床上,环顾四周。有几张不知是谁的脸——毛发浓密的、白胡子的、像瞎子似的脸贴在窗玻璃上往屋里看。屋角的大箱子上,挂着外婆的衣裳,她的衣裳挂在那里我是知道的,但现在仿佛那儿躲着一个活人,他在等着谁。我把头藏到枕头里,只用一只眼睛看着门口;真想从绒毛褥子里跳出来跑走。我闷在大枕头里觉得很热,污浊难闻的气味令人喘不过气来。我想起了小茨冈临死时的情景,想起了几条溪水般的血在地板上流。我的脑袋里或者心里似乎有一个瘤在不断肿胀。我在这个家里所见到的一切,好似冬天的街上一队载重马车,缓缓地从我身上经过,重重地压过我的身体,把我碾得粉身碎骨……

门慢慢、慢慢地开了,外婆躬着腰几乎像爬似的慢慢走了进来,用肩轻轻掩上了门,背靠在门上,双手伸向长明灯蓝盈盈的灯火,轻轻地像孩子诉苦似的说:

"我的手,我的手疼死啦……"

五

快到春天的时候,舅舅分家了;雅科夫留在城里,米哈伊尔搬到河对岸去。外祖父在田野大街[1]买了一座挺招人喜欢的房子,楼下是石头砌成的小酒馆,楼上有一间舒适的小阁楼,屋后是一个小花园,从花园向下走就是峡谷,峡谷里密密麻麻长满了已经落了叶子的柳树条子。

"嗬,多少抽人用的树条子!"当我和外祖父沿着松软的、已经化冻的小路一面走,一面细细观看花园时,他快活地向我使了个眼色说道,"很快我就要开始教你认字了,这些树条正管用……"

整个一座房子里,住满了房客。外祖父只留了顶层的一个大房间用来给自己住和接待客人,外婆则带着我住在小阁楼上。阁楼的窗户朝着大街,

---

① 后改名为高尔基大街。

把身子探过窗台，每天晚上和每逢节日假期，都可以看见喝得醉醺醺的人从小酒馆里走出来，在大街上歪歪倒倒、跌跌撞撞地乱闯，有人大喊大叫，有人接二连三地摔跟头。有时，醉鬼就像口袋一样地被扔到大街上，他们爬起来又拼命向酒馆的门里挤。门被敲得梆梆响，不断地传出哗啦啦打碎玻璃的声音和滑轮发出的刺耳的尖叫声。有时打起架来了。从上面瞧着这一切，十分有趣。外祖父常常一早就到两个儿子的染坊，帮助他们安排活计去了，每次晚上回来都是精疲力竭，闷闷不乐，甚至气呼呼的。

外婆每天都是弄饭，做针线，在菜园或花园里刨土翻地，整天转来转去，活像一个被人用无形的鞭子抽着的大陀螺。她不时地闻闻鼻烟，有滋有味地打着喷嚏，一面擦着脸上的汗，一面说：

"你好，圣洁的世界啊，愿你长命百岁！喂，你瞧，阿廖沙，我的心肝宝贝，这下我们安安稳稳地过日子了！荣耀归圣母，不是一切都变得这么好了吗？"

可我并不觉得我们过得安稳。那些女房客不断在院子和屋子里乱哄哄地跑来跑去，女邻居们不是你来就是她去，然后又急急匆匆到什么地方去，总是为来迟了而唉声叹气。所有人都在准备干什么事，不断地有人喊外婆：

"阿库林娜·伊万诺夫娜！"

阿库林娜·伊万诺夫娜对所有的人都一样地以亲切的笑脸相迎，对每一个来人都殷勤地接待。她用大拇指把鼻烟塞进鼻孔，再用红格子手帕仔细地擦干净鼻子和手指，说道：

"要提防生虱子，我的太太，就要勤洗澡，要洗薄荷蒸汽浴；要是被虱子咬后长了癣，你就舀一汤匙最干净的鹅油，一茶匙升汞，三滴水银，放在小碟子里，用碎瓷片搅七下，搅匀后涂在身上！要是用木勺或者骨头搅，水银就没用了，也不能用铜器和银器，不然的话，伤皮肤！"

有时，她想了好久，劝告说：

"老大娘，您老人家到佩乔雷[①]修道院去找苦行修士阿萨夫去吧，我回答不了您的问题。"

---

① 俄罗斯普斯科夫州的城市，一九四〇——一九四五年称佩采里。十五世纪中期即以普斯科夫-佩乔雷修道院闻名。

她为别人接生，帮人家排解家庭纠纷，为孩子们看病，给人背讲妇女念熟了就能“得到幸福”的《圣母的梦》[1]，还常常给别人的家务活儿出主意：

“黄瓜自己会告诉人，什么时候该腌了。如果黄瓜没有土腥味儿，或者什么其他的味儿都没有了，那你就腌吧。要使克瓦斯[2]的味儿浓、翻泡泡，就需要发酵。克瓦斯不能甜，所以您在克瓦斯里搁点儿葡萄干就行了，不然，您要放糖的话，一桶只要搁一丁点儿就行了。酸奶的做法有各种各样的：有多瑙河一带口味的、西班牙口味的，再不，还有高加索口味的……”

我整天在花园里、院子里跟在她身边转，跟她一起到女邻居家去串门。她在邻居家一坐就是几个小时，一边喝茶，一边不断地谈各种各样的事情。我仿佛长在她身上，和她连在一起了，现在我都不记得在我生平的这一段时期中，除了这位好动的、永不知疲倦做好事的老太太以外，我还见到过其他别的什么事情了。

有时，母亲不知从什么地方来了，样子又高傲，又严厉，一双冷冰冰的灰色眼睛，就像冬天的太阳似的看着一切，但每次只待一会儿，很快就消失不见了，没有留下可以使人回忆的东西。

有一次，我问外婆：

“你是女巫师吗？”

“咳，瞧你想得出！”她笑了笑，但立刻又若有所思地补充说：“我哪能啊，巫术是一门很难懂的学问。而我可是一个大字不识。你外公那才是个能断文识字的人呢，我嘛，圣母没有使我聪明起来。”

于是，她又向我揭开了她生活中的一个片断：

“你知道，我也是孤儿长大的。我的妈妈是个孤苦伶仃的没有田地的贫苦农民，又是个残疾人。她还在当闺女时，被一个地主老爷吓坏了。半夜里，她吓得从窗户里跳出来，把自己的肋巴骨跌断了，还碰伤了一个肩膀。打那以后，她的右手，那只最需要用的手就麻木不能动了，而我的妈妈当时是个出名的织花边的能手。这么一来，地主老爷们便不需要她了，他们解除

① 教会诗。叙述圣母梦见她的儿子遇难并被钉在十字架上的情景。

② 一种用麦芽或面包屑制成的清凉饮料。

了她的农奴身份，说：你想怎么过就怎么过去吧，可没有手怎么能活啊？她只好到处讨饭，求人做好事施舍一点，但在那时候，人过得比现在宽裕，心肠也比现在好，巴拉赫纳的那些招人喜欢的木匠和花边女工，看得出全是好人！秋冬两季我跟着她，跟着我妈妈在城里要饭。大天使加百利①把宝剑一挥，撵走了冬天，立刻春满大地，这时候，我们便继续向前走，眼睛看到哪儿就往哪儿走。我们到过穆罗姆②，还到过尤里耶韦茨③。我们曾沿伏尔加河向上游走，沿着静静的奥卡河④走。春天和夏天在大地上流浪多好啊，大地那么让人感到亲切、舒服，遍地是天鹅绒般的草，至圣圣母在田野里撒满了鲜花，这时候你会感到非常快乐，心里自由自在，无拘无束！有时，妈妈半闭上她那蓝色的眼睛，把嗓子提得很高很高地唱起歌来。她唱歌时，虽然没有使什么劲儿，但声音清脆响亮，周围的一切仿佛都微微入睡，一动也不动，入神地听她的歌声。要饭的日子也挺美的啊！但我一过九岁，妈妈感到拖着我讨饭不好意思了，由于她怕难为情，便在巴拉赫纳⑤落了户。她颠颠颤颤地沿着一条条街，挨家挨户地要饭。节日里，她就在教堂门前的台阶上收集别人的施舍。而我就坐在家里学织花边。我拼命快学，想尽快能帮助妈妈，有时，有什么学不会，就哭鼻子。两年多一点，你瞧，我终于把这个活儿学会了，而且全城闻名。只要哪家要上好的花边，就会立刻找上门来请我：'喂，阿库利娅⑥，你就晃晃你那小木杆儿⑦吧！'我有多高兴啊，像过节一样！当然，这不是我的手艺好，而是妈妈指点得好。她虽然只有一只手，自己不能动手织，但她会比画给我看。十个干活儿的抵不上一个好师傅。这时我有点儿托大了，对她说：'妈妈，你别到处去要饭了，现在我一个人就能养活你！'可她却对我说：'住口，你要知道，这是为了给你攒钱买嫁妆的。'过了不久，你外公突然出现了，他是个很引人注意的小伙子：才二十二岁，

---

① 耶稣教传说中的大天使。他曾向圣母玛利亚预言耶稣即将诞生。

② 弗拉基米尔州的城市。

③ 伊万诺沃州的城市，伏尔加河港口。

④ 伏尔加河最大的右支流。

⑤ 俄罗斯城市，位于高尔基州，伏尔加河码头。

⑥ 阿库林娜的昵称。

⑦ 指织花边用的小木杆。意思是请你帮忙给我们织花边吧。

已经当上了驳船上的工长！他的母亲仔仔细细地把我打量了一番，最后选中了。她看到，我会干活儿，又是个叫花子的女儿，就是说，我将来会老老实实，安安稳稳过日子的，行了……她母亲是烤面包的，是个恶心肠的女人，其实不该再提起这一点了，唉，我们干吗回忆坏人啊？上帝自己会看见他们的；上帝看见他们，魔鬼喜爱他们。"

外婆由衷地笑了，她的鼻子令人好笑地颤动着，两只眼睛闪烁着无言的光芒，不断地抚爱着我，这比任何言语更能清楚地表明一切。

我记得，在一个静悄悄的晚上，我和外婆在外祖父房间里喝茶。外祖父身体不好，光着上身坐在床上，肩上披了一条长毛巾，时时刻刻地擦虚汗，不断地喘息，说话声音嘶哑。他的绿色的眼睛发黑了，脸上浮肿，涨得通红，两片削尖的小耳朵，红得发紫。当他伸手去端茶碗时，手怪可怜地颤抖着。他变得温顺了，完全不像平时的模样。

"干吗不给我放点糖？"他像宠惯的小孩撒娇似的问外婆。外婆亲切但坚决地回答说：

"喝和了蜜的茶，这对你的身子好一些！"

他大口大口地把一碗热茶很快喝了下去，喝得上气不接下气，喉咙咕嘟咕嘟地响，他说：

"你看着我，别让我死掉！"

"别怕，我照看着呢。"

"就是呀，要是现在死了，简直就像压根儿没活过一样，一切都化成灰了！"

"你不要再说话了，安安静静地躺着。"

他闭上眼睛，咂巴着发乌的嘴唇，停了一会儿没说话，后来突然像被针扎似的浑身哆嗦起来，自言自语地说：

"雅什卡和米什卡该尽快娶个媳妇。兴许新媳妇再生孩子，母子俩能拴住他们，让他们老实点，啊？"

于是，他便一个一个地出声地回忆，城里哪些人家有已经到了结婚年龄的合适的姑娘。外婆一直不吭声，一杯接一杯地喝茶。这时，我坐在窗户旁，看着城市上空通红的晚霞，晚霞照得房子上的窗玻璃红光闪闪。外公不准我到院子和花园里去玩,因为我犯了个什么错。

花园里,有好几个金龟子在白桦树的四周嗡嗡地飞来飞去,隔壁院子里有一个箍桶匠正在丁丁冬冬地干活,附近什么地方有人在霍霍地磨刀。花园那边的谷地里,有一群野孩子在玩耍,在灌木丛里哄闹。这番情景强烈地引诱着我,禁不住想去玩,但一种黄昏的惆怅不断地涌上心头。

突然,外公从哪儿拿出一本新新的小书,把书往手掌上啪地一拍,精神抖擞地叫我:

"喂,你这个彼尔米亚克的小捣蛋鬼,到这儿来!坐下,你这个像卡尔梅克人[①]的高颧骨的小家伙,看见这个字母的样儿了吗?这个字母念——'啊兹'[②]。你念:'啊兹'!'布基'!'韦季'!这个字母念什么?"

"'布基'。"

"给你碰对了!这个呢?"

"'韦季'。"

"瞎说,'啊兹'!你注意,这念'格拉戈利'、'多布罗'、'叶斯季',这念什么?"

"'多布罗'。"

"又碰对了!这个呢?"

"'格拉戈利'。"

"对!还有这个呢?"

"'啊兹'。"

外婆插嘴说:

"孩子他爸,你就安安静静地躺着吧……"

"你别管,住嘴!这样对我反而好,要不然,脑子里乱七八糟地想,来吧,列克谢,快念!"他用那条烫人的、汗涔涔的胳膊搂着我的脖子,把小书放在我的鼻子下面,越过我的肩膀伸出一个手指,点着一个个字母教我念。他身上很热,发出一股像醋般的汗酸味和烤葱头的味儿。我被熏得几乎憋

① 住俄罗斯境内的蒙古族,其家乡在伏尔加河以西下游等地。

② "啊兹"是俄罗斯教会斯拉夫语字母 A 的名称读音。下文字母名称分别为:"布基"——Б、"韦季"——В、"格拉戈利"——Г、"多布罗"——Д、"叶斯季"——Е。

死，他却火冒三丈，嘶哑着嗓子对着我的耳朵喊：

"'泽姆利亚'、'柳季'①！"

这些单词的意思我是知道的，但那些斯拉夫字母和单词的意思不相符："з"——"泽姆利亚"，意思是"大地"，但却像一条弯曲的虫子，"г"——"格拉戈利"像驼着背的格里戈里师傅，"я"②——样子很像外婆和我两个人，而在外公身上，则具有字母表上所有字母共同的某种东西。他按字母表顺序考问了我好久，有时不按次序问我那些我未必记住的字母。他那狂热的劲头感染了我，我也冒汗了，拼命扯着嗓门大声地喊，把他逗笑了。他笑得抓住胸脯，不住地咳嗽，连书都弄皱了。他嘶哑着嗓子说：

"孩子他妈，你瞧，他也念出火来了，是吧？你这个阿斯特罕的小鬼，打摆子啦？干吗这么狂喊狂叫？干什么？

"你自己在喊嘛……"

我看着他和外婆，心里感到很快乐，外婆用胳膊肘撑着桌子，拳头支住腮帮，看着我们，轻声地笑着说：

"你们可真要把嗓子扯破了！……"

外祖父友好地向我解释：

"我这么喊是因为我身子不舒服，你干吗喊呀？"

他摇晃着汗淋淋的脑袋对外婆说：

"死去的纳塔利娅弄错了，她说他记性不好。谢天谢地，其实他的记性简直像马的记性那么好！来吧，翘鼻子，接着往下念！"

最后，他开玩笑地把我往床下一推。

"行了！拿着这本书。明天你要把整个字母表一字不错地念给我听，能念出来我给你一个五戈比硬币……"

当我伸手拿书的时候，他又把我拉到他怀里，忧郁地说：

"小兄弟啊，你母亲把你撇在这个人世上……"

外婆猛地一哆嗦，说：

---

①② "泽姆利亚"、"柳季"、"格拉戈利"和"亚"，分别是斯拉夫语字母 з、л、г 和 я 的名称读音。而"泽姆利亚"（земля）俄语单词的意思是"大地"，"柳季"（люди）俄语单词的意思是"人们"，"格拉戈利"（глаголь）与俄国人名格里戈里 григорий 谐音，"亚"（я）俄语单词意思是"我"；这里主人公把字母名称的读音误认为是俄语单词的意思。

“哎呀，孩子他爸，干吗你这么说呀？……”

“我本来是不想说的，可心里难过得不说不行啊……唉，多好的一个闺女，走错路啦……”

他猛地用劲把我推开。

“去吧，去玩吧！不许到外面去，就在院子和花园里玩……”

我正想到花园里去呢，一到花园，就有几个野孩子站在小山丘上，从谷地里向我扔石子，我也高兴地扔石子回敬他们。

“‘贝尔’来了！”他们一看见我，就急急忙忙地准备干仗，高喊：“揍他，剥他的皮！”

我不知道喊我“贝尔”是什么意思，况且给我起绰号我也不吃什么亏，倒是我单枪匹马来抵挡这么多人使我感到愉快，当看到你扔出的石头准确地击中了“敌人”，迫使他们落荒而逃，躲到灌木丛中去时，多么痛快啊。“交战”不是恶意的，结束战斗时双方都几乎没有一点感到委屈。

认字对我来说并不困难，外公对我愈来愈关心，揍我的次数也越来越少了，虽然按我的想法，应该打得比从前更多一些才对，因为我渐渐长大，胆子也比过去大了，触犯外祖父定的规矩和训示的次数，比从前多得多，而他只不过骂几句，扬起手来装着要打我的样子就算了。

我寻思，过去他打我大概都是没有必要的，有一天，我把这个想法对他说了。

他轻轻地把我的下巴向上一托，眨巴着眼睛，拖长了声音说：

“干——吗？”

他格格地笑了起来，说道：

“咳，你这个异教徒！你怎么能够算得出，你该被揍多少次呢？除了我，谁能知道？走开，快走！”

但刚说了这话，他又立刻抓住我的肩膀，探察我的眼睛，问道：

“你这是耍滑头，还是说老实话，啊？”

“不知道……”

“你不知道？好吧，那我就告诉你：要是你耍滑头，这倒反而好些，老老实实——那是蠢，懂吗？绵羊才蠢呢。记住！走吧，去玩吧……”

很快,我就能一个音节一个音节结结巴巴地读诗篇[①]了;这通常都是在喝了晚茶以后,每次我都要念一篇圣诗。

"布基—柳季—啊兹—拉—布拉;日维奥—捷—伊热—热—布拉热;纳什—耶尔—布拉任[②],"我用一根小棒子一面在书页上指着字母来回移动,一面念着,由于枯燥无味,便问道:

"最幸福的人,这是指雅科夫舅舅吧?"

"看我敲你的后脑勺子,你会明白谁才是最幸福的人!"外祖父气呼呼地说,可我感觉得到,他生气只不过是习惯而已,是为了要我规规矩矩,不要乱说。

我几乎从来没有猜错,过了一会儿,外祖父果然忘了我刚才说的话,唠唠叨叨地说:

"在玩儿和唱歌上,他可以算上大卫王[③],可干事儿,他却像押沙龙[④]那样恶毒!就只会编编歌子,花言巧语,开玩笑和逗乐子……唉,你们这帮东西!'整天快活的蹦蹦跳跳地玩'能跳多远?真是,能跳得远吗?"

我不再往下念了,注意听着他讲,不时地看看他那忧郁的阴沉的脸。他的眼睛眯缝着,越过我看着什么地方,眼睛里流露出一种既忧愁又使人感到温暖的神情。我已经知道,此刻外祖父平常的那种冷酷的性格正在他的心中渐渐融化消失。他用他细细的手指在桌上的的笃笃地敲着,染上色的指甲闪闪地发光,两道金黄色的眉毛不住地颤动。

"外公!"

"干什么?"

"给我讲点儿什么吧!"

"你念吧,懒虫!"他就像刚睡醒似的用手指擦着眼睛,不满意地说,"你只爱听人讲故事,说笑话,就是不爱念圣诗……"

---

① 指圣经《旧约》中的诗篇。

② 布拉任(блажен)意为最幸福的人。

③ 大卫(一译"达咪")《圣经》故事人物。传为古希伯来统一王国第一任国王。少年时,自告奋勇同非利士人作战,击毙敌人歌利亚,后扫罗死,被拥为以色列王,建都耶路撒冷。相传《圣经·诗篇》中许多诗歌是他所写。

④ 押沙龙是大卫的儿子。叛父反大卫,自立为王,后兵败于约旦河东岸被杀。

但是，我怀疑外公自己就是这样：比起念圣诗来，他更喜欢讲故事，讲笑话。诗篇他几乎全都记得，他按自己许下的誓愿，每天晚上睡觉之前都大声地念一节赞美诗，就像教堂里的执事每天念日课经那样。

我一个劲儿竭力地央求他，老头儿的态度越来越温和了，最后终于对我让步了。

“嗯，好吧，就只讲一个！以后你念圣诗的时间长着呢，我可很快就要到上帝那儿去受审判了……”

他向古式安乐椅的兽毛绣花椅背上一靠，并再向椅背上靠得更紧一些，仰起头看着天花板，轻声而沉思地讲起他的那些陈年往事，讲起他的父亲，他说：

“有一天，有一伙强盗骑马来到巴拉赫纳来抢劫商人扎耶夫家。我的父亲拼命奔到钟楼去敲警钟，强盗追上了他，用马刀把他砍死，并把他的尸体从钟下面拖出来，抛下了钟楼。

“在那时候啊，我还是个很小的小孩子，这件事没有亲眼看见，现在也不记得了。我记事还是从看到法国人的时候开始的，那是一八一二年，我刚满十二岁。当时有三十来个俘虏被赶到我们巴拉赫纳来，一个个都显得个头很小，瘦得皮包骨头，身上穿的衣服各种各样儿的都有，比一伙儿讨饭花子还差。他们冻得直打哆嗦，有几个冻得站都站不住了。一些庄稼人想揍死他们，可是押送兵不让，接着警备队来过问这事了，他们把庄稼人赶回家去。后来还好，没发生什么事儿，大家都习惯了。这些俘虏是法国人，个个灵活机智。他们在这里甚至相当快活，有时还唱唱歌。一些官老爷常常从尼日尼乘三套马的马车来看俘虏。他们来了以后，有些人对那些法国人破口大骂，伸出拳头吓唬他们，甚至动手打，另一些人则用法国话跟他们亲切地交谈，给他们钱，送他们各种各样的用来防寒的衣帽鞋袜之类的小东西。还有一个年岁大的老爷两只手捂住脸哭起来了，他说：‘拿破仑这个恶棍可把法国人给坑死了！’你瞧，怎么样，俄国人心肠好，连俄国的老爷都可怜别的民族的人……”

外公闭上眼睛，用两个手掌慢慢向后把头发捋平，有一会儿没说话，他在细细地一点一点唤醒对往事的记忆，继续说：

“冬天，外面风雪交加，木头房子挡不住严寒的天气。那些法国人常常跑到我们家的小窗子下面敲玻璃窗找我母亲。他们一面喊,一面跳,因为我母亲是烤面包卖的,他们来找我母亲要热面包。我母亲不放他们进屋,就从窗口把面包递出去。法国人抓起面包就往怀里揣,刚出炉的滚烫的面包一下子就直接靠在光身子上,贴在胸口上,真弄不明白,他们怎么能受得了!不少法国人冻死了,他们的国家气候暖和,不习惯这么严寒的天气。我家菜园子的洗澡间里,住了两个法国人,是一个军官和他的勤务兵。勤务兵叫米朗。军官是个细高挑儿,骨瘦如柴,简直是皮包骨头,身上穿的是一件娘儿们穿的又宽又大的斗篷式的外衣,所以外衣只能到他的膝盖。他对人很和气,是个酒鬼。那时,我母亲偷偷地酿啤酒卖,他一买到酒,就唱着歌大喝一通。他学会了说我们的话,有时叽哩咕噜半对半不对地说:'你们这个地方不是白的,是黑的,凶恶的!'他俄语说得不好,但可以听懂。他这话说对了:我们上游地区气候是不讨人喜欢,伏尔加河下游比较暖和,而过了里海,似乎压根儿看不到雪了。这话是可信的:因为无论在福音书①里,还是在《使徒行传》②里,尤其是在《诗篇》里,都没有提到过下雪和冬天,而耶稣生活过的地方就在那里……我们读完圣诗,我就跟你读福音书。"

他又停住不说了,仿佛在打盹,实际上他正在想着什么,斜着眼睛看着窗外,整个人显得瘦小机智。

"您讲啊。"我轻声提醒他。

"哦,我讲,"他震颤了一下,又开始说,"就是说,法国人嘛!他们也是人,并不比我们这些有罪的人差。他们常常大声地喊我母亲:玛达玛、玛达玛……这就是喊:太太、夫人,而我的那位被称为太太、夫人的母亲,每天能从米面铺子里扛一袋五普特③重的面粉回家。她的力气大得不像个女人,我二十岁了,她还能揪住我的头发提起来晃上一阵,而且毫不费劲。要知道,二十岁的那年,我自己也挺棒了。那个勤务兵米朗·尼喜欢马,常常挨家挨户地打手势央求人家给一匹马让他刷洗刷洗!起先,大家担心他会故意伤害马——他是敌人嘛,后来大伙儿主动喊他:'米朗,咱们去刷马吧!'

---

① 基督教圣经中新约的前四章,内载耶稣基督的传记及基督教主要教义。

② 亦译《宗徒大事录》,《新约圣经》中的一卷。

③ 俄国重量单位,一普特等于一六·三八公斤。

他微微一笑,低下头,像牛似的跟着人后面走了。他的头发棕红,甚至可以说是通红的,大鼻子,厚嘴唇。他非常会照料马,还有一手惊人的给马治病的本领,后来在这儿,在尼日尼,他成了专门用土法给马治病的兽医,可过了些时,他疯了,被救火队员活活打死了。那个军官在交春的时候,由于长期受折磨,变得越来越虚弱,在春天的尼古拉节①那一天无声无息地死了:他坐在浴室的窗口,头伸到窗外,就像在默默地思虑着什么,死去了。我很可怜他,甚至还悄悄地为他伤心了一阵。他对我很温情,揪住我的两只耳朵,亲切地跟我讲他自己的一些什么事情,我虽听不懂,但心里觉得挺舒畅!人的亲情在市场上是买不到的,他本来想教我学他们的法国话,可我母亲不准我学。她甚至把我带到神甫那儿,神甫叫母亲揍我一顿,并且控告了那位军官。那时候,我的小兄弟,日子难过啊,你可没经受过,委屈和倒霉的事都是别人替你受了,你要记住这个!比方说,这种委屈和倒霉的事我就受过……"

天黑了,在朦胧的暮色中,外祖父奇怪地变大了,他的两只眼睛像猫眼一样闪闪发亮。他讲述所有的事,声音都是轻轻的,小心翼翼的,若有所思的,但一说到他自己,就十分热烈,说得很快,而且有点自我吹嘘。我不喜欢他谈自己,也不喜欢他不断地叫我这样,叫我那样,比如说:

"记住!这个你一定要记住!"

他讲的事情中,很多我不想记住,但是有些事,即使外祖父不叫我记,也像一根使人疼痛难忍的刺深深地扎在我的记忆里。他从来不给我讲童话故事,讲的都是过去的事情,我还发现,他不爱别人提问,正因为这样,我偏死死缠住他追根究底地问:

"那么什么人好些:法国人呢,还是俄国人?"

"嘿,这我哪能知道啊?你要知道,我从没见过法国人在他们自己家里是怎么过日子的。"他板着脸嘟哝了以后,又补充说:

"在自家的洞里连黄鼠狼也是好的……"

"那就是俄国人好,对吗?"

---

① 五月九日。

“好的坏的都有。到有了地主的时候，日子好过了些[1]。从前的人是被上着镣干活儿的，现在大家都自由了，可仍缺吃少穿的。当然，地主老爷们并不仁慈，他们更精明，这不是说所有的地主老爷都这样，要是有一个老爷心眼好，那可叫人看了心里也会高兴的！老爷也有另一个样儿的，有的是傻瓜，像口袋似的笨头笨脑，别人向袋子里装什么，他就拿什么。我们那儿麸皮很多。你一看，他长的是个人样儿，可再细细一看，给你装的尽是麸皮，麸皮里的面粉没有了，给吃掉了。我们要接受教训就好了，把头脑磨磨，可是没有真正好的磨刀石……”

“俄国人有劲吗？”

“有大力士，但问题不在力气大小，最要紧的是要机灵。人的力气再大，也大不过马。”

“那为什么法国人要打我们？”

“得啦，那是战争，是沙皇的事儿，我们弄不明白！”

但是，当我问拿破仑是什么样的人时，祖父的回答却令人难忘，他说：

“他是个剽悍烈性子的人，想征服全世界，然后让所有的人都过一样的生活，没有老爷，也没有当官的，就这么让你去过没有等级的生活！只是各人的名字不同，可权利大家都一样。信仰也只有一种。当然啰，这是愚蠢。只有虾子才没有区别呢，甚至鱼都各不相同：鲟鱼和鲶鱼不是一伙，小体鲟和鲱鱼不是朋友。这些拿破仑派，我们俄国也有过——拉辛·斯捷潘·季莫费耶夫[2]、普加奇·叶梅利扬·伊万诺夫[3]，那些人我以后再讲给你听……”

有时，外祖父把眼睛瞪得圆圆的，仿佛第一次发现我似的，久久且默默地打量着我。这使我很不自在。

他也从来没有跟我谈起我的父亲和我的母亲。

---

① 指俄国农奴制废除以后出现的地主所有制。

②③ 主人公的外祖父说错了：前者全名为：斯捷潘·季莫费耶维奇·拉辛，是一六七〇—一六七一年俄国农民战争的领袖，顿河哥萨克，后被哥萨克上层出卖给沙皇政府，在莫斯科被杀害；后者为：叶梅利扬·伊万诺维奇·布加乔夫，是一七七三—一七七五年农民战争领袖，顿河哥萨克，一七七四年被阴谋分子出卖给沙皇当局，后在莫斯科沼泽广场被处死。两人实际上都不是什么拿破仑派。

外婆也常插进来参加我们的谈话，她常常静悄悄地坐到屋角，很长时间坐在那里不说话，看不见她人，忽然她用充满了柔情的声音插进来问道：

"孩子他爸，你还记得我和你到穆罗姆[①]朝圣去的情形吗？多好啊！这究竟是哪一年来着？……"

外祖父想了一下，详细地说了当时的情况：

"我不能准确地说是哪一年，不过我记得那是在霍乱病流行[②]以前，在满森林抓奥洛涅茨人[③]的那一年。"

"对了！那时我们还怕他们呢……"

"就是，就是。"

我追问奥洛涅茨人是谁，为什么他们在森林里跑来跑去，外祖父很不愿意地解释说：

"奥洛涅茨人是普通的庄稼人，他们是因为不愿做工而从官家、从工厂跑出来的。"

"那怎样抓他们呢？"

"嘿，怎么抓？就像小孩子捉迷藏那样：一些人跑，另一些人抓，到处找。一抓到他们，就用树条和皮鞭抽；还要把他们的鼻孔撕裂，在脑门儿上用火打上烙印做惩办的标记。"

"为什么？"

"要这么做嘛。这事儿弄不清楚，到底谁有罪：是逃跑的人有罪呢，还是抓人的人有罪，我们搞不清……"

"你还记得吗，孩子他爸，"外婆又说话了，"记得那场大火以后……"

外祖父对什么事都喜欢确切，他一丝不苟地问：

"你问的是哪一场大火？"

他们每次回忆过去的事，就忘了我在他们身边。两个人说话的声音轻

---

① 俄国弗拉基米尔州城市。市内有十六世纪的科西玛和达米安教堂、十七世纪的圣三一修道院。

② 一八四八年俄国霍乱流行。

③ 当时俄国北部奥洛涅茨省是旧仪式教派教徒的聚居地，那里的农民曾为反对做工而逃进森林。

轻的，你一句，我一句地那么和谐，有时简直就像在唱歌，但他们唱的全是些生病、失火、打人、死于非命、巧取豪夺的歌，还有些歌说的是疯疯癫癫的叫花子和爱发脾气的老爷、绅士，都是些听了叫人丧气的歌子。

"我们经历过多少事，看见过多少事啊！"外祖父低声地嘟哝着。

"难道我们过得不好？"外婆说，"你想想看，我生下瓦里娅以后的那个春天，我们过得多好啊！"

"那是在一八四八年，就是远征匈牙利①的那一年，干亲家②吉洪在给瓦里娅行洗礼仪式的第二天就被赶去打仗了……"

"就这么一去不回了。"外婆叹了一口气。

"是啊，就这么无影无踪了！打那年起，上帝的恩惠，就像大水送木筏子似的流到我们家来。唉，瓦尔瓦拉……"

"嗳，算啦，何苦啊，孩子他爸……"

外祖父生气了，脸色阴沉起来。

"干吗算啦？不论从哪方面说，几个孩子都不顺当。我的心血都用到哪儿去了？我跟你心里想把孩子们安安稳稳地安置在柳条筐子里，上帝偏偏往我们手里塞了一个破筛子……"

他就像被火燎了似的大喊大叫，在屋里跑来跑去，近乎病态地哇哇乱叫，一会儿骂孩子，一会儿伸出瘦小的拳头威吓外婆。

"都是你一直宠他们，娇惯这几个小强盗，你简直是姑息养奸！你这个老妖婆！"

他悲伤已极，哭得呼天抢地，声泪俱下，钻到屋角，对着圣像，抡起拳头，把他那干瘪的胸脯捶得咚咚响。喊道：

"主啊，难道我的罪孽比别人的大？为什么这么惩罚我？"

他浑身颤抖，盈眶的泪珠里闪烁着委屈和愤恨的光。

外婆坐在黑暗的地方，默默地画着十字，然后小心翼翼地走到他的面前，劝他说：

---

① 匈牙利一八四八——一八四九年发生资产阶级革命。奥地利皇帝呼吁俄国沙皇派兵援助，一八四九年五月干涉军进入匈牙利。原文中说远征匈牙利是一八四八年，实际应为一八四九年。

② 小孩亲生父母对小孩教父及教母的称呼，或小孩教父、教母对小孩亲生父母的称呼。

“嗯，你干吗这样犯愁？上帝知道要做什么。比我们儿女好的人家有几个？孩子他爸，家家都一样：吵架、打架加上瞎忙乎。所有的父母都要用自己的眼泪来洗掉自己身上的罪孽，不只是你一个人……”

有时，外婆劝说的这番话能使外祖父心里平静一些，他不再哭骂，疲倦地倒到床上。这时，我和外婆便轻手轻脚地走开，到我们睡觉的阁楼上去。

但有一次，当外婆走到他跟前温存地劝他时，他猛地转过身去，挥起拳头啪的一声朝外婆的脸上打去。外婆急忙闪开，一只手捂住嘴唇，踉跄了几步才站稳了脚，仍然心平气和地轻声说：

“唉，你真是傻瓜……”

外婆在他脚旁吐了一口血水，他却“哇——哇——”拖长声音地号叫了两声，举起两只手：

“走开，我打死你！”

“你真是傻瓜。”外婆从门口走开时，又重复了一句，外祖父随后向她扑去，但她已经不慌不忙地跨过了门槛，随手把门一带，门从外祖父的脸旁掠过，砰的一声关上了。

“这个老畜生。”外祖父压低嗓音咬牙切齿地骂，他的脸气得像燃烧的煤块似的通红，手抓住门框，狠命地用指甲在门框上抓。

我不死不活地坐在暖炕①上，怎么也不相信我所见到的一切：这是外祖父第一次当着我的面打外婆。我的心情感到十分沉重和厌恶，我在外祖父身上发现了以前没有发现的某种品质，一种怎么也不能使人容忍的品质，它使我感到压抑。他一直站在那儿紧紧抓住门框，身子缩成一团，面色阴沉，好似蒙上了一层灰。

忽然，他走到房间中央，向地下一跪，因为没有跪稳，向前一倒，一只胳膊碰到地板，但马上又跪直了，两手捶胸说：

“啊，上帝啊……”

我像滑冰似的从暖炕的瓷砖上滑下来，向外面奔去。外婆嘴里含着水漱着口，在阁楼房间里走来走去。

“你疼吗？”我问。

---

① 俄式与炉子相连的可睡觉的炕。

她走到屋角,把水吐到脏水桶里,平和地回答:

“还好,牙齿没打坏,只是嘴唇破了。”

“他干吗打你?”

她看了看窗外,说道:

“他肚里有气。他年纪大了,难啊,什么事儿都不顺……你乖乖儿去睡吧,别想这事了……”

我还问了她另外一桩什么事,她一反常态,厉声地喊道:

“我不是对你说啦,叫你躺下睡觉?你怎么这样不听话……”

她坐在窗口,不住地嘣自己的嘴唇,直向手帕里吐血水。我一面脱衣裳,一面看着她:在她那黑色头影上面的窗外,星星在蔚蓝色的天空里闪烁。大街上静悄悄,房间里黑沉沉。

我躺下以后,她走到床前,轻轻地抚摩我的头,说道:

“你静静地睡吧,我下楼去看看他……你不要心疼我,心肝宝贝,你要知道,我自己大概也有错儿……你睡吧!”

外婆亲了我一下走了,我难过极了,一下子从宽大、柔软、温暖的床上跳了起来,走到窗口,望着楼下空无一人的大街,惆怅满腔,木然若失。

六

一场噩梦又开始了。有一天晚上,喝完晚茶以后,我跟外祖父刚坐下来念《诗篇》,外婆开始洗茶杯,突然雅科夫舅舅冲进了屋,他像往常一样,头发蓬乱得像一把坏扫帚。他没有和任何人打招呼,就把帽子往哪个屋角一摔,浑身颤抖,挥舞着胳膊,像放连珠炮似的说开了:

“爹,米什卡简直是故意捣乱!他在我那儿吃中饭,灌足了酒后就大发酒疯,闹得实在不像话了:他摔盘子掼碗,把一件染好的客户的毛大衣撕成了碎片片,窗户被他打得七零八落,还欺侮我,污辱格里戈里。他要到这儿来,现在正在路上,嘴里不住地威胁人,狂喊:‘我要揪掉父亲的胡子,杀死他!你们瞧着好了’……”

外祖父两手撑着桌子,慢慢地站起来,眉毛、鼻子可怕地纠到一起,活像一把斧子。

“孩子他妈,你听见啦?”他尖声喊道。“他成了什么样,啊?居然来杀父亲了,喂,听见没有!还是亲生的儿子呢!啊,到时候啦!到时候啦,孩子们……”

他在屋子里舒展着两个肩膀走了几步,走到门边,猛地使劲把沉重的门钩往挂锁环里一钩,转身对雅科夫说:

“你们不是一直想抢夺瓦尔瓦拉的嫁妆吗?就拿去好了!”

外祖父握住拳头,将大拇指从食指与中指间伸出来①,放到我舅舅的鼻子下面。雅科夫舅舅委屈地跳到一边。

“爹,这关我什么事啊?”

“不关你的事?我晓得你的心事!”

外婆没有说话,急急忙忙地把茶杯放到食橱里。

“我是赶来保护你的……”

“真的吗?”外祖父嘲讽地叫道,“这就太好啦!谢谢我的乖孩子!孩子他妈,给这条狐狸一件什么东西,给他一个火钩子,哪怕是个熨斗也行!你呢,雅科夫·瓦西里耶夫,当你哥哥冲进来的时候,你就对准我的脑袋打……”

雅科夫舅舅两手插进衣袋,走到屋角去了。

“您既然不相信我……”

“要我相信你?”外祖父把脚一跺,大喊一声。“不,我宁愿相信所有的野兽,狗、刺猬我都会相信,相信你呀,要等一等呢!我知道:是你把他灌醉了的,是你教他这么干的!喂,现在你就来打吧!随便你,打他,打我都

① 是一种表示嘲弄或轻蔑的手势。

行……"

外婆悄悄小声地对我说：

"你快跑到楼上去，在窗口望着大街，米哈伊尔舅舅一来，你就赶快跑下来告诉我！快去，快点……"

这时，恣意妄为的舅舅威吓要杀死外祖父虽然使我有点害怕，但是赋予我这样的重任又使我觉得骄傲。我把头伸到窗外，看着外面。宽阔的大街蒙着一层厚厚的尘土，尘土里露出一块块巨大的像肿瘤似的鹅卵石。大街向左延伸得很远，穿过谷地一直通到监狱广场。广场的黏土上有一座很牢固的灰色建筑，那座建筑物的四角都有哨楼，这是一座从前囚禁犯人的旧牢狱，牢狱里笼罩着一种能使人留下深刻印象的忧郁的美的气氛。大街向右，隔三座房子的那边，是一片宽阔的干草广场，广场与外界隔绝，周围砌有苦役连①的黄色囚室和乌灰色的消防瞭望塔。常常有一个救火队的瞭望哨在瞭望塔的塔楼上转来转去，活像一只被铁链锁着的狗。整个广场被山沟切成两段，沟底有一处有一汪碧绿的积水，再往右边，是久科夫臭水塘，就是外婆讲给我听的有一年两个舅舅想把我的父亲扔进冰窟窿淹死的那个臭水塘。几乎就在阁楼上窗户的正对面，是一条巷子，巷子两边是一排排各种各样的小房子，巷子尽头是臃肿低矮的三圣教堂。倘若直望过去，可以看见教堂的屋顶，犹如在花园的绿色波涛里，漂着一只只被浪颠得底朝天的小船。

我们这条街上的房屋，受多年漫长冬天暴风雪的磨损，受秋日无穷无尽雨水的冲刷，已经褪了色，屋顶上蒙了一层灰尘。房屋就像教堂门前台阶上的乞丐，紧紧挤在一起。屋子的窗户就像怀疑地睁大了的眼睛，和我一起在等待着什么人。街上的行人不多，他们像炉口前小平台上的那些沉思的蟑螂，正在不紧不慢地走动。街上的一阵阵闷热向我袭来，我还闻到一股我所讨厌的胡萝卜大葱馅饼的味道，我一闻到这种味道就心烦意乱，心情郁闷。

我感到烦闷无聊，不知怎么地感到特别烦闷，几乎忍受不了了，胸口犹如灌满了熔化了的滚热的铅水，铅水拼命地从里面向外涨，不断地膨胀，眼看要撑破我的胸部、我的肋骨了。我感到，仿佛我是一个气泡，被吹得鼓起来，在阁楼上的小房间里，在低得像棺材似的天花板下，被挤得转不过身来。

---

① 俄国十九世纪惩罚士兵的流放苦役连。

瞧，是他，是米哈伊尔舅舅，他从巷子那头，从一座灰色房屋的角落里露面了。他把帽檐低低地拉到耳朵上，两只耳朵被帽子压得撅起来，向两旁翘着。他穿着红褐色上衣，脚上是一双齐膝的满是尘土的马靴，一只手插在方格布的裤子口袋里，另一只手在揪自己的胡子。我看不见他的脸，但他站在那儿的姿势，像是准备一下子横跳过街，用两只乌黑的、长满了毛的手抓住外祖父的房子。这时我该跑下楼去告诉他们，舅舅来了，但我的身子怎么也不能离开窗户。我看见舅舅好像怕把自己的灰色靴子沾上尘土似的，蹑手蹑脚地穿过街来，听见他打开酒馆的门时发出的嘎吱的响声和哗啦啦玻璃的震动声。

我赶快跑下楼去敲外祖父的房门。

“谁敲门?”外祖父没开门，粗声问道，“是你，对吗？他进了酒馆了？行了，你走吧!”

“我一人在那儿害怕……”

我又上了楼，把头伸出了窗口。天渐渐黑了，街上的尘土似乎膨胀起来，显得更深更黑了。各家各户窗玻璃上映出的黄灿灿的灯光油腻腻的，对面的一座房子里正在奏着音乐，琴弦发出使人感到凄凉但很优美的旋律。酒馆里的人也在唱歌，门一打开，一种无精打采的、令人沮丧的歌声像水一般地流到街上。我知道，这是那个瞎了一只眼睛的乞丐尼基图什卡唱的，那个满脸胡子的老头，右面的眼睛像一块烧红的炭，而左眼则常紧紧地闭着。酒馆的门一关，他的歌声就像被斧头砍了似的，突然中断了。

外婆很羡慕这个老乞丐，每次听他唱歌时，都叹息着说：

“瞧，他有多幸福啊，他会唱这么好的诗歌，真唱得好极啦!”

有时，她邀他到院子里来唱，老乞丐拄着棍子坐在门廊台阶上，边唱边说，而外婆就坐在他旁边静静听着，还详细地向他问这问那。

“等一等，我问你，难道在梁赞①也有圣母?”

老乞丐声音低沉而确信地说：

“圣母无处不在，每个省份都有……”

使人矇眬欲睡的困倦无形地沿着大街到处流淌，它挤压着我的心灵和

① 俄罗斯城市，梁赞州行政中心，奥卡河码头。

眼睛。倘若此时此刻外婆来了,有多好啊！或者哪怕是外祖父来了也好。我的父亲究竟是怎样的一个人呢？为什么外祖父和两个舅舅都不喜欢他,而外婆、格里戈里和小保姆叶夫根尼娅却把他说得那么好？我的母亲现在在哪儿呢？

我想念母亲的次数愈来愈多了,常常把母亲想象成外婆给我讲的所有的童话和传说中的中心人物。母亲不愿住在自己家里,这一点使她的形象在我的想象中变得越来越高了。我觉得,仿佛她住在大路边上的那种可以停放旅客车辆马匹的客栈里,和那些劫富济贫的强盗们住在一起。也可能她住在森林里、洞穴内,当然也是和善良的强盗在一起,为他们烧饭,看守打家劫舍抢来的金银财宝。也许,她像延加雷切娃"公爵夫人"跟着圣母一起漫游大地那样,在数大地的珍宝,圣母就像劝诫"公爵夫人"那样地劝诫我的母亲：

贪得无厌的女奴啊,
你不必去搜罗整个大地上的
　　黄金和白银；
贪心不足的灵魂啊,
世上所有的财富都不能把你
　　的裸体遮掩。

母亲也用"公爵夫人"的话来回答圣母：

宽恕我,最神圣的圣母啊,
可怜我这有罪的灵魂吧。
我打家劫舍不是为了自己,
我是为了我那唯一的儿子！……

圣母也像外婆一样慈爱,她会宽恕她,并且说：

唉,你啊,瓦丽尤什卡,

你是鞑靼的血缘后代，
嘿，你啊，你是基督的糟糕
教徒！
你去走自己的路吧……
路是你自己去走的，泪是你
自己要流的！
要去就去森林抢那莫尔多瓦①
人，
要去就去草原追那卡尔梅克②
人，
只是那些俄罗斯人，动他们
一下也不行！……

现在回忆这些童话，仿佛在梦中。楼下过道里、院子里的跺脚声、嘈杂声、吼叫声把我惊醒了，我向窗外探出身子，看见外祖父、雅科夫舅舅和酒馆里的跑堂——那个样子挺滑稽的车累米斯人，把米哈伊尔舅舅从酒馆的小门里拖到街上。舅舅死撑住不肯走，于是他们便打他的手、脊背和脖子，用脚踹他。最后他终于站起身来，飞似的拼命奔跑，隐没在大街的灰尘里了。只听见小门砰的一声关上了，当啷上了门闩，揉皱了的帽子从里面甩了出来，以后就再没声响了。

舅舅在尘土里躺了一会儿，慢慢爬起来，全身衣服撕得破破烂烂，满头乱发。他拣起一块鹅卵石，对准酒馆大门扔来，鹅卵石砸在大门上，只听到咚的一声响，就像砸在桶底上一样。酒馆里立刻拥出几个黑糊糊的人影，他们大叫大嚷，声嘶力竭地挥动着胳膊；许多人从房屋的窗口伸出头来观看，霎时间，一条街都活跃起来，哭声、叫声此起彼伏。所有这一切，也像童话那样引人入胜，但这种景象又令人感到不愉快，甚至有些使人害怕。

过了一会儿，突然一切都消失不见，寂然无声，无影无踪了。

---

① 俄罗斯少数民族，操莫尔多瓦语。

② 俄罗斯少数民族，自称哈尔姆格人，操卡尔梅克语。

……外婆弯着腰坐在门槛旁的箱子上,一动不动,无声无息。我站在她的面前,抚摩她那温暖的、软绵绵的、润湿的脸颊,但看得出,她没有感觉到我在抚摩她,嘴里忧郁地嘟哝着:

"主啊,难道你善良的智慧不够分给我、不够分给我的孩子了吗?主啊,宽恕我吧……"

我觉得,从第一年春天到第二年春天,在田野大街那座房子里外祖父住了虽不到一年,但在这段时间内,这所房子可真算得上名噪一时了。几乎每逢星期日都有一群野孩子跑来,聚拢到我家门口,高兴地向满街的人报告:

"卡希林家又打架啦!"

米哈伊尔舅舅通常都是晚上来,他整夜整夜地包围和监视我们的房子,使整个房子里的人都提心吊胆。有时他还带两三个库纳维诺的堕落的小市民来做他的帮手。他们偷偷地从山谷里钻进花园,在花园里肆无忌惮地发酒疯,把马林果和醋栗子树全都拔掉;有一天,他们捣毁浴室,把浴室里的所有东西能敲碎的全都敲碎:蒸浴床、长凳、烧水锅毁坏了,火炉被捣得七零八落,地板壁板被撬掉好几块,连门和门框都被拆散了。

外祖父气得面色发黑,成天一声不吭,站在窗口仔细地听着那些人捣毁他的财物,外婆则在院子里跑来跑去,黑暗中看不见她在什么地方,只听到她用恳求的口吻大声地喊:

"米沙,你这是在干什么,米沙!"

她得到的回答是从花园那边飞来一连串的卑鄙下流、不堪入耳的俄罗斯式的谩骂。那些污言秽语的含意,大概连这帮骂人的畜生自己的理智和感情都理解不了,接受不了。

在这个时刻,我不可能跟在外婆后面,可不和外婆在一起我又害怕,于是我便下楼到外祖父的房间里去,但是外祖父一看见我就迎头用嘶哑的嗓音骂道:

"滚,该死的东西!"

我又跑到顶层阁楼,从阁楼上的窗口倾听楼下的动静,注视花园和院子里黑暗中所发生的一切,眼睛一直盯着外婆,生怕有人打她。我大声喊叫外婆,她不来,而喝醉了酒的舅舅却听到了我喊叫的声音,就用粗野、下流的脏话破口大骂我的母亲。

有一天,就像在这样的晚上,外祖父身体不好,躺在床上,头上扎着一条毛巾,在枕头上翻来覆去,不断尖声诉苦地呻吟。

"你看,一辈子活着、作孽、攒钱置产,就该这个报应啊!要是不怕害臊,不怕丢脸,我早就去喊警察,明天就去找省长了……丢人现眼呀!竟然要警察来整治自己的孩子,这是什么父母啊?得啦,老头儿,你就躺着吧。"

他忽然把两只脚挪到地上,站起来摇摇晃晃地走到窗口,外婆急忙扶住他的胳膊:

"你到哪儿,到哪儿啊?"

"点灯!"他气喘吁吁,一面不住呼呼地吸着空气,一面命令外婆。

当外婆点燃了蜡烛后,他双手捧起烛台,就像士兵持枪那样放在胸前,对着窗外大声嘲弄地喊道:

"哎,米什卡,你这个专门黑夜里出来的贼坯,你是条癞皮疯狗!"

话音刚落,窗户上方的一块玻璃立刻哗啦啦被砸得粉碎,半块砖头砰的一声落在外婆旁边的桌子上。

"没打中!"外祖父嚎叫了一声,哈哈大笑,毋宁说是放声大哭起来。

外婆像抱我一样,双手一下子就把他抱起来,放在床上,一边数落着说:

"你怎么啦,你怎么啦,基督保佑你!你要知道,这么做,你有个三长两短,他要被送到西伯利亚去的。他这是在气头上,根本不懂这么做要被流放到西伯利亚去……"

外祖父两腿乱蹬,嘶哑着嗓子干号:

"让他来杀死我……"

窗外传来一阵阵像野兽发威似的吼叫声、跺脚声和抓墙的声音。我从桌上拿起砖头就向窗口跑去,外婆赶紧抓住我,使劲把我搡到屋角,恶狠狠地低声对我说:

"哎呀,你这个可恶的东西……"

还有一次,舅舅手里拿一根一头削尖的粗棍子,从院子里冲进了过道,站在黑色的门廊台阶上砸门,外公两只手抓着一根棍子站在门后等着他,在门后等他的还有两个房客,他们手里拿着当武器用的棍棒之类的东西,个头很高的酒馆老板娘手里拿着擀面杖,外婆则站在他们身后来回转,不住地央求他们：

“你们放我出去见见他，让我跟他说句话……”

外祖父向前伸出一条腿站在那儿，活像《猎熊图》上的那个手执猎矛的雄赳赳的农夫。当外婆跑到他跟前时，他一声不响地用胳膊肘和脚碰碰她。四个人站在那儿摆好了打的姿势，那副样子使人见了胆战心惊。他们头的上方墙上有一盏罩子灯，灯不太亮，灯光不断地抖动，若明若暗地照着他们的脑袋。我在阁楼的扶梯上看着这一切，真想把外婆拉走，带她到楼上来。

舅舅使劲地用那根棍子砸门，门在剧烈地颤动。门上的木板一块块往下掉，眼看就要从上面的铰链上脱落下来，下面的一个铰链已被砸开，不断发出叫人讨厌的轧轧声，外祖父也用像坏铰链响的那种难听的轧轧声对他的“战友”们说：

“请你们照他的胳膊打，照他的腿打，不要打他的脑袋瓜子……”

门旁边的墙上有一个小窗子，只能够把头伸进来。舅舅已经把窗玻璃打破了，窗户框上翘着很多玻璃碎片，窗外边黑洞洞的，活像一只被挖掉了眼珠的眼睛。

外婆扑到小窗口，把一只胳膊伸到院子那边，挥动着手喊道：

“米沙，看在基督的分上，行行好，走吧！他们会把你打成残废的，走吧！”

舅舅照着外婆的胳膊就是狠狠地一木棍。当时可以看见，有一个又粗又大的东西从窗子旁边擦过，打在外婆的胳膊上，接着外婆就无力地仰面倒到地上，但她仍喊了一句：

“米——沙，快跑……”

“啊，孩子他妈，怎么啦？”外祖父可怕地吼叫了一声。

门突然打开了，舅舅一下跳进了漆黑的门洞，但立刻又像一铲垃圾，从门廊里被抛了出去。

酒馆老板的妻子已经把外婆扶进了外祖父的房间，很快外祖父也回来了，阴沉着脸走到外婆跟前。

“伤到骨头了吗？”

“哎唷，大概骨头断了，”外婆没有睁开眼睛回答说，“你们把他怎样啦，把他怎样啦？”

“你别烦啦!”外祖父狠狠地喊了一声。“他是畜生,难道我也是畜生不成? 把他绑起来了,躺在棚子里呢。我用冷水冲了他……嘀,真凶恶! 这个东西像谁?”

外婆呻吟起来。

“我派人去找接骨婆了,你忍耐一会儿!”外祖父一面说,一面在她身边床上坐下。“这些孩子要把我跟你折磨死,孩子他妈,不到时候我俩就要被折磨死了!”

“你把所有的东西都给他们吧!”

“那瓦尔瓦拉呢?”

他们谈了很久: 外婆说话声音很轻很轻,如怨如诉,外祖父说话的声音则大喊大叫,怒气冲天。

后来,来了一个小老太婆,她驼背,嘴巴大得一直到耳根,下巴不住地颤动,嘴像鱼一样张着,削尖的鼻子越过上嘴唇,好像在向嘴里探望着什么。看不见她的眼睛。她拄着拐棍探路,两只脚一步一步地向前挪,手上还提溜了一个发出响声的小包袱。

我以为这是外婆的死神到了,一下子跳到那个小老太婆面前,拼命地号哭狂喊起来:

“滚走!”

外祖父不管三七二十一,一把抓住我,不管我愿意不愿意,把我抱到阁楼上去了……

七

我很早就明白，外祖父有一个上帝，而外婆则有另一个上帝。

外婆常常醒了以后，坐在床上，久久地用梳子梳理她那令人惊讶的头发。头梳得一颤一颤的，每当她咬住牙，梳下一整绺又黑又长、像丝线一样的头发时，都生气地骂几句，为了不把我惊醒，声音总是轻轻的。

“该死的头发，你们得纠发病[①]啦，叫你们遭天打雷轰！……”

她好不容易梳通了头发，动作麻利地编成几根粗粗的辫子，匆忙地洗了脸，气呼呼地嗤着鼻子，还没冲洗掉那张宽大的、压皱了的脸庞上的被窝气，就站到圣像前面去祈祷了。其实这时她才能算是开始真正的早晨的梳洗，一站在圣像前，她整个人立刻变得容光焕发，精神抖擞。

外婆伸直她那有点驼的背，抬起头，亲切地望着喀山圣母的圆圆的脸，恭恭敬敬地在胸前画着大大的十字，热烈地、声音忽高忽低地祷告：

“万人赞誉的圣母啊，把你的恩惠赐给将来的日子吧，敬爱的圣母啊！”

她深深地一躬到地，然后慢慢地伸直身子，再一次地低声祷告，祷告得愈来愈热烈、愈感人。

“你是快乐的源泉，圣洁的美女，开花的苹果树！……”

她几乎每天早晨都能找到新的赞美圣母的词语，这就使我每天都聚精会神地倾听她的祈祷。

“我的纯洁的、上天的心灵啊！我的庇护神和保护神、金色的太阳，圣

① 头发纠缠到一起的病症。

母啊,保护我,别让我受邪恶的迷惑吧,别让任何人受欺侮,也别让我无缘无故地受欺侮吧!”

她那乌黑的眼睛里微微含笑,仿佛变年轻了,她沉重而缓慢地画着十字。

“耶稣基督,上帝的儿子啊,看在圣母的分上,你对我,对我这个有罪的女人发发慈悲吧……”

外婆的祈祷总是一种赞美耶稣、圣母及圣徒的颂歌,是发自内心的和朴质的颂扬。

早晨她祈祷的时间不长,因为她要烧茶炊。外祖父已经不雇保姆了,如果外婆没有按他规定的时间烧好茶,他就要生气地骂好久。

有时外祖父醒得比外婆早,他就爬上阁楼,如果碰到外婆在祈祷,他就蔑视地撇起两片发黑的薄嘴唇听一会儿外婆低声的祷告,然后在喝茶的时候唠叨开:

“你这个木头脑袋,我教过你多少次该怎么祷告了,可你还是嘟嘟囔囔地念你的那一套,真是异教徒!上帝怎么受得了你这样!”

“上帝明白,”外婆自信地回答,“无论对他说什么,他都一清二楚……”

“你这该死的楚瓦什女人!唉,你们这些东西……”

外婆的上帝整天和她在一起,甚至她和动物说话也离不开上帝。我明白,世上的一切,包括人、狗、鸟雀、蜜蜂和青草,都很容易和很温顺地服从这个上帝,他对大地上的一切都同样的仁慈,同样的亲近。

酒馆老板娘有一只猫,那只猫娇生惯养,吃东西十分刁钻,喜欢甜食,会对人献媚,身上的毛好似一团烟,头上有一个金色的圆顶,全院子的人都喜欢它。有一天,它从花园里拖来一只八哥儿;外婆把这只折磨得快死的鸟儿从它口中夺下来,责备猫说:

“你不怕上帝惩罚你啦,你这可恶的凶手!”

酒馆老板娘和扫院子的人听她说这话都笑了起来,但外婆愤怒地冲着他们喊道:

“你们以为畜生不懂上帝?所有的畜生懂得上帝不比你们差,你们这些人真心狠……”

她常常一面给那匹体肥膘厚无精打采的沙拉普上套,一面和它谈话:

“你这给上帝干活儿的，干吗这么闷闷不乐，啊？你有点老啦……”

马吁着长气，摇摇头。

但外婆提到上帝的次数毕竟没有外祖父提的次数多。我觉得外婆的上帝我懂得，也不可怕，但在外婆的上帝面前不能扯谎，说谎感到可耻。上帝在我心灵中唤起了一种无法抑制的羞耻心，所以我从来不对外婆撒谎。简直不能对这个仁慈的上帝隐瞒什么，似乎连想隐瞒的念头也没有产生过。

有一天，酒馆老板娘和外祖父吵了一阵架，把他和没有参加吵架的外婆也连带着一起骂了个狗血喷头，骂得很凶，甚至向她身上扔胡萝卜。

“咳，你真糊涂，我的太太。”外婆对她说话仍然心平气和。这可把我气坏了，决定报复一下那个恶婆娘。

我在脑子里琢磨了好久，用什么方法来狠狠地治一下那个红头发、双下巴、眼睛细得看不见的胖女人。

根据我对院子里的那些经常搞内讧的人的观察，我知道，他们为了出气相互报复的方法通常是：砍掉对方猫的尾巴，把狗毒死，打死公鸡和母鸡，或者夜里悄悄钻进对方的地窖，往腌大白菜和腌黄瓜的桶里浇煤油，放掉大圆桶里的饮料克瓦斯等等，但所有这些方法我都不喜欢，我要想出个什么更使她忘不了的、更厉害的方法来治治她。

点子终于想出来了，我暗中守候着，等那个老板娘下地窖，她一下去，我便立刻跑去把她头顶上的地窖顶盖关住，再锁上，然后在地窖上跳了一阵复仇舞，随手把钥匙扔到屋顶上去，接着便撒腿跑回厨房。那时，外婆正在厨房里做饭，她不明白为什么我高兴得手舞足蹈，但一旦她弄清楚原因以后，便在我屁股上打了一巴掌，把我拖到院子里，硬叫我爬上屋顶拿钥匙。她对这事的态度使我感到奇怪，我一声不响地上屋拿回了钥匙后，跑到院子角落里，从那儿看着外婆把“被俘”的老板娘放出地窖，她们亲亲热热地在院子里一边走一边笑。

“我啊，看我把你……”酒馆老板娘攥起胖得发圆的小拳头吓唬我，但那眼睛细得看不见的脸上却和善地微笑着。外婆一把抓住我的衣裳后领，带我到厨房里，问道：

“你干吗做这事儿？”

“她用胡萝卜扔你……”

“就是说，你是为了我才这么做的啰？原来是这样！以后再这样，我就把你这个没用的东西塞到炉子下面去喂老鼠，你就清醒了！你算什么保镖！你不过是个肥皂泡儿，不用碰就破了！瞧我告诉你外公，他不抽掉你的皮才怪呢！快到阁楼去读书吧……”

她一整天没有和我说话，晚上祈祷之前，她坐到床边，对我说了一些使我十分感动的永远忘不了的话：

“我对你说，廖恩卡，我的心肝宝贝，你要管住自己，不要过问大人的事情！大人都中了邪了，现在都在受上帝的考验，你还小，没有到时候呢，所以你怎么想就怎么去生活。你要等上帝来开你的心窍，指示你去干什么事，领你走上你该走的路。懂了吗？谁有什么错，这不关你的事。上帝会责备和惩罚他的。上帝管，不该我们管！”

她停了一会儿没说话，闻了闻鼻烟，眯缝起右眼，又补充了一句：

“不过，上帝大概自己也不总是有精力去弄清楚谁在什么地方犯罪。”

“难道上帝不是什么都能知道？”我惊奇地问，她轻轻地、忧伤地回答说：

“要是他什么都知道，那么很多做坏事人大概就不会去干了。看样子，他老人家从天上向地下看啊、看啊，看我们大家，但有时他又会号啕大哭地说：‘我亲爱的人们，你们是我的人啊！哦，我多么可怜你们！’”

外婆自己哭出了声，连脸上泪水也没擦，就站起来走到屋角去祈祷了。

从那时起，她的上帝就和我更亲近，我也更加理解她的上帝了。

外祖父在教训我时总是说上帝是无所不在、无所不知、无所不察的，他说上帝在所有的事情上都给予人们以仁慈的帮助，但是外祖父不像外婆那样祈祷。

早晨，在他到屋角圣像那里去之前，总先要漱洗好长时间，然后整整齐齐地穿好衣服，仔细地梳理他那棕红色的头发和胡子，对着镜子，拉平衬衫，把黑色的三角围巾掖进背心，然后好像怕惊动别人似的轻手轻脚悄悄地向圣像走去。他每次都在地板上有个像马眼睛一样的节疤那儿站住，先默默地站一会儿，垂下头，两只手臂像士兵一样顺着身子伸直，然后挺着笔直、细细的身体，一本正经地说：

“以圣父、圣母、圣灵的名义！”

这时，我觉得，仿佛在他说了这句话后，房间里显得特别静穆，连嗡嗡飞的苍蝇都小心翼翼。

他仰头伫立在圣像前，双肩稍稍抬起，头发竖立，金黄色的胡须水平地向两边翘起。他念祷词正确无误，吐词清晰，毫不含糊，像是在回答功课。

“审判官来也徒劳无益，每个人的行为仍将暴露[①]……”

他用拳头轻轻地、慢慢地捶着自己的胸口，执拗地请求：

“发现犯戒的人只有你一个，你转过脸去不要注意我的罪孽吧……”

外祖父念起《信经》[②]来，一字一句，清清楚楚：他的右腿一颤一颤，好像在给祈祷默默地打着拍子，整个身体紧张地向圣像探过去，个头似乎在慢慢地向上长，人变得愈来愈细，愈来愈瘦。他全身干干净净，整整齐齐，脸上充满期望的神情。

“你是亲爱的医生，请治好我多年来可怕的灵魂吧！我从心底里不断地发出痛苦的呻吟，发发慈悲吧，圣母啊！”

他绿色的眼睛里噙着泪水，高声呼喊：

“我的主啊，看在我信教的分上，用这来顶替我所做的事情的罪过吧，你也不要去追索证明我无罪的事情吧！”

这时，他开始不断地、动作急剧地画着十字，画十字时，他的头像爱牴人的山羊，向前一点一点的，嗓子里不断发出呜咽声和尖叫声。后来我去过几次犹太教堂才弄明白，外祖父是按照犹太人那样祈祷的。

桌上的茶炊早就噗噗地冒气了，满房间飘荡着热烘烘的乳渣馅的黑麦饼的香味，惹得我直想吃！外婆愁眉苦脸地倚在门框上，垂着两眼叹气。明亮舒适的阳光从花园里射到窗里，树上的露水像一粒粒珍珠闪着光芒，晨曦的空气散发出茴香、醋栗和正要成熟的苹果的诱人的香味，可外祖父仍在祷告，身子摇晃着，不断地尖声叫着：

“叫我心灵上可怕的火焰熄灭吧，因为我是个穷鬼，该死的坏蛋！”

他的所有的晨祷词和睡前的祷词我全都记得，不仅记得，而且每次他祷告时，我都紧张地注意听着外祖父有没有念错，有没有念漏了哪怕是一

---

① 东正教教徒早祷的始祷词。

② 东正教的正式祈祷文。

个字。

不过,这种情况极少发生,一旦有这种情况,就激起我一种幸灾乐祸的心情。

外祖父做完祈祷后,对我和外婆说:

"你们好啊!"

我们也向他鞠躬问好,最后围着桌子坐下。这时我便对外祖父说:

"今天你把'足够'两个字给念漏了!"

"你乱说吧?"他既不安又不相信地问道。

"肯定漏掉了! 应该是:'但是我的信仰就足够代替一切',可你没有说'足够'。"

"这可真没办法了!"他带有愧色地眨巴着眼睛,激动地叫道。

这事过了以后,对我指出他念漏了字这件事,他总要找个什么碴儿苦苦地报复我一下,但眼前看到他那副窘态,我得意洋洋。

有一天,外婆开玩笑地说:

"孩子他爸,上帝听你的祷告,大概也会感到乏味的,你老是反反复复地念那老一套。"

"你干——吗说这话?"他拖长了声音恶狠狠地问,"你嘴里乱七八糟地说什么?"

"我是说,你从来没有向上帝献上一句掏心窝子话,我从来没听到过一句!"

外祖父脸涨得通红,浑身哆嗦,在椅子上一下跳了起来,拿起小碟子就往外婆头上扔,一边扔,一边吱吱哇哇,就像锯子锯到木头节疤似的尖叫:

"滚,你这老妖婆!"

他在向我说到上帝力大无边时,总是首先强调上帝这种力量的残酷无比。他说,如果人犯了罪,那就要被淹死,要是再犯罪,就得烧死,把他们的城市全都毁灭。有时上帝用饥饿、瘟疫来惩罚人,上帝总是用剑来统治人世,用皮鞭来对待犯罪的人。

"每个因为不服从而破坏上帝法规的人,都要受到苦难和死亡的惩罚!"他用很细的手指骨笃笃地敲着桌子,训诫我说。

我很难相信上帝那么残酷,怀疑这一切都是外祖父故意捏造出来的,他不是为了要我恐惧上帝，而是为了要我怕他。于是我直言不讳地问他：

“你说这些是要我听你的话，对吗？”

他也直率地回答我说：

“嗯，当然是啦！你胆敢不听我的话？！”

“那外婆怎么不像你这样？”

“你别相信她，别信那个老糊涂！”他严厉地教训我，“她从年轻时起就蠢，她不识字，傻里傻气的。我要关照她，不准她跟你谈这些大事情！我问你，天使的级别有多少？”

我回答了他，并问道：

“这些官是什么人啊？”

“啊唷，看你乱扯到哪儿去了！”他微微一笑，眼睛避开，不看我，咬了一会儿嘴唇，不乐意地解释说：

“当官，这是人的事情，跟上帝没有关系！官实际上是吃法律的①，他们靠吃法律过日子。”

“法律是什么样的？”

“你问法律？法律就是风俗习惯。”老头儿越说越高兴、越说越有劲了，他那双显得很聪明的、能刺痛人的眼睛时时闪闪发光。“人们在一起生活，大家都同意说：‘就这样最好，我们就把这件事当做我们自己的风俗习惯吧。’于是我们就给这件事立下规矩，定成法律！比方说，几个小孩子准备做游戏，大家商量好怎么玩法，定个什么规矩，好了，大家约定的这个规矩就是法律！”

“那么当官的呢？”

“当官的就像调皮的孩子，他一来就把所有的法律全都给破坏了。”

“为什么？”

“得啦，这你不会明白的！”他严峻地皱起眉头说，接着又训诫我说：

“掌管人们所有事情的是上帝，人想干这件事，而上帝却叫你干那件事。人干的一切事情都不是一成不变的。上帝只要吹口气，一切就会化成

---

① 这里外祖父把法律学家 законовед 说错了，说成 законоед 了。后者少了一个字母 в，俄语中无此字，但 закон 是“法律”，ед 是“吃”，所以他把法律学家说成是“吃法律”了。

灰烬，变成尘土了。”

我对当官的发生兴趣有很多原因，所以继续追问。

可雅科夫舅舅就这样唱：

“上帝的官，是光明的天使，
　人间的官，是撒旦的狗腿子！”

外祖父用手掌把胡子向上捋起，塞到嘴里，闭上眼睛。他的两个腮帮不住地抖动着。我明白，他在暗暗地笑呢。

“真要把你跟雅什卡的脚绑在一起扔到河里去才好呢！”他说道，“这种歌他不该唱，你也不该听。这是那些该死的分裂派教徒开的玩笑，是分裂教派①想出来的，他们是异教徒。”

他陷入了沉思，视线越过我注视着什么地方，轻轻地拖长声音说：

“唉，你们这些东西……”

外祖父虽然把上帝可怕而高高地凌驾在人们的上面，但是他和外婆一样，自己干任何事情都要把上帝拉进来，不仅拉上帝，而且把无数的上帝的侍者——圣徒也拉来参与他的事情。外婆仿佛除了尼古拉、尤里、弗罗尔和拉夫尔以外，完全不知道其他圣徒，虽然他们也十分仁慈，对人也很亲近。他们走遍村庄、城市，过问人们的生活，具有人的一切特点。外祖父说的那些上帝的侍者几乎全是些苦难圣徒，他们打倒偶像，和罗马教皇争论，因此他们受拷问、受烙刑、被剥皮。

有时，外祖父也幻想说：

“主啊，帮助我卖掉这座破房子吧，哪怕有五百卢布赚头也行啊，能这样，我就向尼古拉圣徒做感恩祈祷！”

外婆笑眯眯地对我说：

“这么说，尼古拉要帮他这个老糊涂卖房子啦，看来尼古拉他老人家没有更好的事情可做了！”

---

① 指俄国旧礼仪派信徒的正式名称。一部分不承认一六五三——一六五六年尼康实行的教会改革的教徒从俄罗斯正教会中分立出来，成了官方正教会的反对派。

外祖父的教堂日历[①]我保存了很久,在那本教堂日历上,有他写的各种各样的手迹。顺便说一句,在约阿基姆节和安娜节的那页上,他用红墨水直体字写着:"恩人帮我摆脱了灾难。"

我记得日历上所指的那场"灾难":外公为了接济两个不走运的儿子,放起了高利贷,开始偷偷地收别人的东西做抵押,谁知,有人告了他的密。一天夜里,警察突然来搜查。这一下家里乱得一塌糊涂了,可后来一切平安无事。因为这件事,外祖父从夜里一直祷告到天亮,早晨他当着我的面在教堂日历上写下了这句话。

晚饭前,他和我一起念《诗篇》、日课经或者读叶夫列姆·西林[②]的大厚本的著作,吃过晚饭以后,他又站到圣像前去祈祷了。在夜晚的寂静中,久久地听到他那凄凉的忏悔词:

"我向你敬奉什么,报答你什么呢?你这万能的、永生的主宰啊……让我别再胡思乱想吧……上帝啊,保佑我不受有些人的欺负……为我这凡人的忌日流一点泪水吧……"

可是外婆却不止一次地说:

"哎呀,今天我可真累坏了!看样子不做祷告就得躺下睡了……"

外祖父常带我去教堂:每逢星期六去做彻夜祈祷,每逢假期节日去做晚祷。在教堂里,我也把人们向什么样的上帝祈祷区分开来:神甫和执事们是在向外祖父的上帝念祈祷文,而唱诗班却永远是在歌颂外婆的上帝。

当然,我现在所表达的只是在孩子眼中区分出了两个上帝。我记得,当时这种区分,将我的心灵令人忧虑地分裂为二,外祖父的上帝引起我的恐惧和恶感:他的上帝不爱任何人,只用严厉的目光注视着一切,他首先在人身上寻找和发现坏的、凶恶的、犯罪的东西。很清楚,外祖父的上帝不相信人,总是等待着人们向他忏悔,喜爱惩罚人。

在那些日子里,有关上帝的思想和感情曾是我心灵的主要食粮,是我生活中最美好的东西,而其他所有印象尽是些残酷、污秽之事,所有这些使我感到难受、气恼、委屈,从而激起我的憎恶和忧伤。上帝是我周围一切事物

---

① 教堂日历上有圣徒名字和宗教节日,按月份排列着十二圣徒像。

② 四世纪的神父,教会著作家,著有祈祷文,圣歌。

中最美好和最光明的，外婆的上帝是所有生物的最亲爱的朋友。当然，有一个问题不能不使我担忧，这就是：为什么外祖父看不见这位仁慈的上帝呢？

家里人不放我到大街上去玩，因为大街上的事对我刺激太大，形形色色的感受使我像喝醉了酒似的不能自制，几乎每次我都成为打架闹事的祸首。我没有要好的伙伴，邻居的那些男孩子都对我怀有敌意。我对他们喊我卡希林很不乐意，他们发现了这一点，反而相互喊得更厉害：

“坏蛋瘦老头儿卡希林的小外孙出来啦，你们瞧啊！”

“上，揍他！”

于是一场斗殴开始了。

论岁数，我比同年龄孩子的力气大，打架也很机灵，这一点连那些常常合伙打我一个的敌手们自己也承认，但是，即使这样，我仍常常受到整条街上孩子们的痛打。每次我回家，通常都是鼻子被打出了血，嘴唇被打破，脸上青一块、紫一块，浑身是土。

外婆看见我这副模样，常常被吓得惊慌失措，心疼地说：

“怎么啦，你这个小胡萝卜头儿，又打架啦？这是怎么回事，说啊！我从哪儿开始给你洗呢，先洗这只手，再洗那只手，挨个儿地洗吧……”

她给我洗了脸，一面在被打成青紫的伤痕上敷海绵、铜钱，用醋酸溶液做湿敷，一面劝我说：

“嗳，你干吗老打架啊？你在家里文文静静的，怎么一到街上就不像人啦！你真不害臊。看我告诉你外公，叫他不放你出去……”

虽然外公也看到我脸上的青紫块，但他从来没骂过我，只是喉咙里发出咯咯的声音，含混不清地说：

“又挂上奖章啦？我的武士阿尼卡①，不许你再跑到街上去了，听见了吗？”

如果大街上静悄悄的，大街对我就不那么有吸引力了，可是一听到孩子们快乐的喧嚷声，我就顾不上外祖父的禁令，从院子里溜出去了。脸上和身上的青紫块和伤痕并不使我气恼，倒是街上那些孩子们用来游戏解闷的恶作剧却一直使我激愤不已，他们残酷的恶作剧我太熟悉了，有时残忍到疯狂

---

① 俄罗斯古代民歌中的主人公，自恃英勇无敌，向死神挑战，结果自取灭亡。

的程度。每当他们挑逗狗或者公鸡咬架，残忍地虐待猫，追赶犹太人养的羊，侮弄喝醉酒的穷人或者凌辱那个像傻子似的外号叫“衣兜儿里装死人的伊戈沙”时，我就受不了。

那个伊戈沙长得又高又瘦，皮肤像被烟熏过似的漆黑，身上穿一件很重的老羊皮袄，在那变成铁锈色的皮包骨的脸上长满了硬毛。他弯着腰在街上蹒跚，奇怪地摇晃着身子，一声不吭，眼睛死死盯住自己脚前的地面。他那生着两只忧郁的小眼睛的、生铁铸成似的、死板的脸孔，引起我对他产生一种既畏怯又尊敬的心情。我觉得，似乎这个人正在做一件重要的事情，他在找寻什么，不应该妨碍他。

一群野孩子跟在他后面跑，向他的弓起的背脊掷石块。他很长时间似乎没有发觉孩子跟在身后，也没感到石头打在身上的疼痛，但最后他还是站住了，仰起头，用不断抽搐着的手扶正了头上的羊皮帽子，环顾四周，仿佛刚刚睡醒。

“衣兜儿里装死人的伊戈沙！喂，伊戈沙，你去哪儿？当心，你衣兜儿里有个死人！”那群野孩子对他喊道。

他一只手捂住衣兜，接着很快地弯下腰，用另一只手从地上拾石头、小木橛子、干土疙瘩，一面笨拙地挥起瘦长的手臂假装要扔的姿势，一面嘟嘟哝哝地骂着。他骂来骂去总是同样的那三句脏话。在这方面，野孩子们骂人的语汇比他多得多。有时，他在孩子们后面一跛一跛地追，长长的老羊皮袄不住地绊脚，使他跑不起来，终于跪倒在地，两只像干树枝似的手臂撑着地。野孩子们便使劲地用石块砸他的两肋和背脊，最为所欲为的孩子跑到他跟前，向他头上撒一把土后就急忙走开。

大街上另一个令我更加难以忍受的印象也许就是格里戈里·伊万诺维奇师傅了。他已经全瞎了，走大街串小巷讨饭。他个子高高的，外表端端正正令人起敬，一句话也不说。一个不起眼的小老太婆搀着他的手，站在别人的窗下，一面用眼睛不断地往旁边什么地方看着，一面用尖细的嗓子拖长了声音哀求：

“看在基督的分上，行行好吧，给点儿瞎子，给点穷苦的残废人吧！”

格里戈里一直默默无言。他脸上戴的黑眼镜直对着房子的墙壁和窗户，直对着向他迎面走去的人的脸。他抬起一只被完全染上颜色的手，不时轻轻地抚摩着自己的大胡子,紧闭着嘴唇。我常看见他,但是从未听见过从他紧闭的双唇中发出一点声音,这个老人的沉默痛苦地压抑着我。我简直不能走到他跟前,也从未走近他,相反,远远看见他,我就跑回家告诉外婆:

"格里戈里在街上呢!"

"真的啊?"外婆又不安又怜悯地叫道。

"瞧,这怎么办呢? 拿去,快跑,把这给他!"

我粗鲁并生气地拒绝了她。于是她便自己跑到门外去给格里戈里,而且和他站在人行道上谈了好一会儿话。格里戈里一直淡淡地笑着,胡子不住地抖动,但自己很少讲话,要讲也是只语片言。

有时外婆强邀他到厨房里坐坐,喝杯茶,吃点东西。有一次,他问我在哪儿? 外婆喊我去,可我跑走,躲到柴堆里去了。我简直不能走近他。在他面前,我感到很不好意思,我知道,外婆很过意不去。我和外婆谈到格里戈里只有一次:那是她把格里戈里送到门外以后,在院子里低着头,悄悄地边走边哭。我走到她的身边,拉住她的手。

"你干吗每次都躲开他?"外婆悄声问我。"他喜欢你,他可是个好人哪……"

"为什么外公不养他?"我问道。

"外公吗?"

她站住脚,把我紧紧搂在怀里,几乎是耳语地预言说:

"你记住我的话,上帝为这个人以后要狠狠惩罚我们的! 一定要惩罚的……"

外婆没有说错:大约十年以后,外婆那时已经永远地安息了①,外祖父自己也成了一无所有的叫花子,在城里大街上整天疯疯癫癫,到处要饭②。他站在别人的窗下,可怜巴巴地哀求:

"我的好心的大师傅啊,给我一块小馅饼吧,行行好给我一块馅饼吧! 唉,你们这些东西……"

他从前的一切,剩下来的就只有这句辛酸的、单调的、刺激人心的话了。

---

① 作者的外祖母死于一八八七年二月十六日,终年七十岁。

② 作者的外祖父在他外祖母死后两个半月也去世了,终年八十岁。

“唉,你们这些东西……”

除了伊戈沙和格里戈里·伊万诺维奇以外,使我感到压抑和使我在街上待不住的,就是那个放荡无耻的女人沃罗尼哈了。每逢节日她就来了。她人高马大,每次都是披头散发,醉得摇摇晃晃。她走路的步态很特别,仿佛不是在移动脚步,而是脚不着地,像一团黑云似的在飘,嘴里浪声浪气地唱着下流猥亵的小调。街上遇到她的人都躲着她,避到房子的门后、墙角或小铺子里去。她一出现,就像风扫大街似的,人都吹得不见了。她的脸几乎是青的,肿胀得像猪尿泡,灰色的大眼睛又可怕又可笑地瞪着。有时,她又号啕大哭,边哭边喊:

“我心爱的小乖乖,你们在哪儿?”

我问外婆这是怎么回事?

“你不该知道!”她忧郁地回答,但仍然简短地讲给我听:原来这女人有一个丈夫,是个当官的,叫沃罗诺夫,他想当更大的官,便把妻子卖给了自己的上司。那个上司把她带到了什么地方,她两年没有住在自己家里。当她回到家里时,她的一男一女两个孩子已经死了,丈夫因为赌钱输掉了公款而坐了牢。这个女人便开始以酒浇愁,到处游荡、胡闹。每到节日晚上,警察局都把她抓走……

其实,待在家里还是比在大街上好。特别是吃午饭以后那段时间最美好,这时外祖父到雅科夫舅舅的染坊去了,外婆坐在窗旁给我讲有趣的童话和故事,讲有关我父亲的事。

她把从猫嘴里夺下的那只八哥儿折断了的翅膀剪掉,在它腿上被咬断的地方巧妙地固定上一块小木条当做脚。治好了这只鸟儿以后,外婆便教它说话。她常常像一头性情温和的大动物似的,整整一个钟头站在挂在窗框上的鸟笼前,用低沉有力的嗓音,反复地教那只像煤炭般乌黑的、善于模仿人说话的鸟儿:

“喂,你求我:给小八哥儿一点饭!”

八哥儿斜着头,用一只像幽默家的灵活的圆眼睛看着她,用腿上的小木条不断地笃笃地敲打着笼子的薄底,伸长了脖子学黄莺啼啭,滑稽地模仿松鸦和布谷鸟叫,还拼命喵呜喵呜学猫叫和模仿狗叫,就是学不会人说的话。

“你别调皮!”外婆一本正经地对它说,“你说:给小八哥儿一点饭!”

那只爱模仿别人的长羽毛的“黑猴子”震耳地叫了一句像外婆教它的话，老太太高兴地笑了，从手指上给鸟儿一点它要的饭，说道：

“我知道你这个调皮鬼，你假装不会说，其实你能说，全会说！”

外婆真的教会八哥儿说话了：过了些时，八哥儿能很清楚地叫着要饭吃，远远地看见外婆，就拖长声音叫出有点像“你——好”的声音。

起先，鸟笼挂在外祖父的房间里，但不久外祖父就把它赶到我们阁楼上来了。因为八哥儿不仅学会了模仿外公说的话，而且当外祖父一字一句地念祷词时，八哥儿从笼子里伸出它那蜡黄的鼻子，像吹口哨嘘人似的叫着：

“啾——啾——啾——咿 呖，突——咿 呖，叽——咿——呖，啾——呜呜！”

这使外祖父很气恼，有一天，他中断了祈祷，把脚一跺，狂怒地喊叫起来：

“把它赶走，这个魔鬼，我要杀掉它！”

家里有很多有趣的好玩的事情，但有时候还是有一种无法驱除的苦闷折磨着我。仿佛我全身流满了一种令人难以忍受的沉重的东西，长久地困在黑暗的深渊里，既看不见，也听不到，更没有任何喜怒哀乐，好似一个瞎子和半死不活的人……

八

外祖父出人意料地把房子卖给了酒馆老板，在缆绳街上另买了一座。这条街虽然没铺路面，杂草丛生，但是既清洁又安静，街一直通到田野，两边是一幢接一幢涂得五光十色的小房子。

新房子比以前住的那幢漂亮、可爱。房屋正面涂着一层令人感到温暖亲切和宁静舒适的深红色，三个窗户上的天蓝色的护窗板和阁楼上带栅栏的单扇遮窗鲜亮耀眼，茂密的榆树和椴树的优美的浓荫从左面遮掩着屋顶，院子和花园里有很多舒适僻静的角落，好像有意安排用来捉迷藏的。花园特别好，虽然不大，但草木茂盛，绿树成荫；虽然杂乱，但在花园里令人愉快。花园的一个角落里，有一间像玩具似的小浴室，另一角是一个很大很深的坑，坑里长满了野蒿，野蒿里撅出好几根烧焦了的粗木头，那是过去烧毁的澡堂子留下的残迹。花园左面是奥夫相尼科夫上校的马厩的围墙，右面是贝特连格家的房子。花园深处和卖牛奶的女人彼得罗夫娜的宅地相毗连，那个彼得罗夫娜是一个皮肤发红的胖女人，说话声音很大，整天嘀嘀呱呱像个铃铛。她家的房子像地下室似的比地低一层，里面又阴暗，又破旧，四壁长了厚厚的一层青苔。屋子的两个窗户像一双眼睛，不声不响地看着野外。野外沟深壑陡，远处有一片仿佛青色浓云似的森林。有许多士兵整天在野外行走、跑步，刺刀在秋日的斜晖里闪烁着白光。

整座房子里住满了我从未见过的人：一个鞑靼军人和他的妻子住在前面。他的妻子长得又小又胖，从早到晚叽哩呱啦、嘻嘻哈哈，成天抱着一把装饰得十分豪华的吉他弹个不停，她常常引吭高歌一首充满激情的歌曲：

仅仅有爱，我并不欢畅，
还该追求你另一个理想。
你要有本领实现你的愿望！
就在这条正确的道路上，
等待你的是立功受奖。
啊——多么迷人的军功章！

那个军人也很胖，长得像皮球。他坐在窗口，鼓着发青的脸，高兴地瞪着那双仿佛棕红色的眼睛，一个劲儿地抽着烟斗，咳嗽的声音很奇怪，像狗叫一样：

“呜汪，呜汪——呜汪汪……”

在地窖和马厩上有一间温暖的小披房，披房里住着两个马车夫，一个是身材矮小、头发斑白的彼得伯伯，另一个是他的哑巴侄儿斯乔帕，他是个结实强壮胖墩墩的小伙子，脸像一个紫铜的托盘。小屋里还住着一个整天愁眉苦脸的高个子鞑靼人瓦列伊，他是个勤务兵。这些人以前我都没见过，他们身上有很多我不熟悉的东西。

但是，特别吸引我注意而且欲罢不能的是一个大家都唤他为“好事儿”的搭伙房客。他租的是后院厨房旁边的一个房间，那房间很长，有两扇窗子，一扇朝花园，一扇对着院子。

这个房客身材瘦削，背有点驼，白皙的脸上留了两撇小黑胡子，一对慈祥的眼睛从眼镜里望着人。他很少说话，很不引人注目，每当请他吃饭或喝茶的时候，他总是回答：

“好事儿。”

外婆人前人后都这样喊他。

“廖恩卡，你去喊‘好事儿’来喝茶！‘好事儿’你怎么吃得这样少啊？”

他房间里堆满和塞满了装着什么东西的箱子和我不认识的民用字母[①]印的厚本书。到处是盛着各种颜色液体的瓶子、铜块、铁块和铅条。从早到晚，他穿着红褐色的皮上衣和灰色格子的长裤，全身沾满了不知什么颜料，发出一阵刺鼻的怪味。他头发蓬乱，不修边幅，做起事来笨手笨脚。他有时熔化铅，焊接什么铜的小东西；他常常把什么东西放在小天平上称来称去，嘴里还咕哝咕哝不知说些什么；他有时手指被烧痛了，急急忙忙地往手指上吹气；他每次走向挂在墙上的图纸，都是磕磕绊绊，然后擦干净眼镜戴上，向图纸伸出他那又尖又直、白得出奇的鼻子，鼻子几乎要碰到图纸，简直不像是看，而像在闻。他有时走到房间当中或者窗旁突然站住，久久地站在那里闭起眼睛，仰起脸，一声不吭，像一尊泥塑木雕。

我常常爬到他屋子对面的板棚顶上，隔着院子从开着的窗口观察他的一举一动。我看见桌上的酒精灯冒出的蓝莹莹的火焰和他那暗暗的身影；看见他在被翻得破破烂烂的练习本上写着什么，他的眼镜像薄冰似的泛着冷冷的青光。这个人所做的一切，仿佛有种神秘的魔力激起我难以克制的

---

① 俄国从彼得一世起用来代替教会斯拉夫字母的俄罗斯民用字母。主人公原先学的是教会斯拉夫字母，所以这里说他不认识“民用字母”。

好奇，把我一连几个钟头紧紧地拴在屋顶上。

有时，他站在像个方框子般的窗户里，背着双手，直对着我爬在上面的板棚屋顶看，但他似乎没有看见我，这使我很生气。突然，他又急忙离开窗口走到桌子那边，深深地躬下腰，在桌上翻来翻去地找什么。

我心里想，如果他有钱，穿戴得好，我可能怕他，可是他很穷：衬衣领子又皱又脏，从外衣领口上翘出来，长裤上到处斑斑点点，还打了许多补丁，两只光脚上穿的是一双破鞋。外婆对穷人很怜悯，而外公对穷人很蔑视，从两个老人的态度上我不知不觉地确信穷人既不可怕，也不危险。

院子里谁也不喜欢这个"好事儿"，谈论他时都带着嘲笑的口吻：那个整天快快活活的军人妻子管他叫"白粉鼻子"，彼得伯伯称他为药剂师和巫师，外祖父叫他魔法师、共济会员①。

"他在干什么？"我问外婆。她厉声回答说：

"不关你的事，你就别问，你要懂事……"

有一天，我鼓足了勇气，走到他的窗口，强作镇静地问：

"你在干什么？"

他震颤了一下，眼睛从眼镜架子上面端详了我好久，然后向我伸出布满伤口和烧伤的疤痕的手，说道：

"你爬进来吧……"

他不叫我从门口进去，而是要我从窗口爬进他的房间，就这一点更加提高了他在我心目中的形象。他坐到箱子上，让我坐在他的面前，先把我稍稍挪开一点，然后又把我向他面前拉近一些，最后才轻声问我：

"你是谁家的孩子？"

这句话问得很奇怪：每天四次在厨房里吃饭喝茶，我可都是坐在他旁边的呀！我回答说：

"我是这里房东的外孙……"

"啊哈，对了。"他仔细地看着他的一个手指说道，说过后又不讲话了。

这时，我认为需要向他解释一下：

---

① 共济会是世界上最大的秘密团体，旨在传授并执行其秘密互助纲领。一般说来，在使用拉丁语族语言的各国中，共济会吸引着自由思想家及反对教权的人士。

"我不姓卡希林,我姓彼什科夫……"

"你姓彼什科夫?"他不相信地重复了一句。"好事儿。"

他轻轻推开我,站起来,一面走向桌子,一面说:

"好吧,你乖乖地坐着……"

我在那儿坐了好久好久,看他锉铜块。铜块用老虎钳夹住,金黄色的锉屑纷纷落在垫在老虎钳下面的马粪纸上。只见他把锉下的铜屑掬在掌心里,撒到一个又厚又肥大的杯子里,再从一个罐子里弄出一点像盐一样的白色粉末,添加到铜屑里去,然后再从一个黑瓶子里倒出一点什么水,浇在杯子里,于是只听见杯子里咝咝地响起来,并开始冒烟,一股刺鼻的气味直冲向我的鼻子,我猛咳起来,咳得直晃脑袋,可那位巫师却夸耀地问我:

"气味不好闻吧?"

"真难闻!"

"就是,就是呀!小兄弟,这就太好啦!"

"这有什么可夸耀的!"我心里想,于是我一本正经地说:

"如果气味难闻,那就是不好呗……"

"是吗?"他向我使了个眼色,激动地叫道。"哎呀,小兄弟,这可不一定!你会玩打拐子①吗?"

"你是说玩羊拐子?"

"叫打羊拐子,对吗?"

"我会玩。"

"我替你做一个灌铅的羊拐子,灌了铅的羊拐子才好呢,一打就中,你想不想要?"

"要。"

"那你就拿一个羊拐子来吧。"

他手里拿着冒烟的杯子又向我走来,一面走,一面用一只眼睛瞟着杯子里,走到我面前说道:

"我替你做好灌铅的羊拐子,你以后就别再到我这儿来,好吗?"

---

① 儿童玩的一种游戏,用一块羊蹄腕骨或其他动物的蹄骨向远处的另一块扔去,中者为胜。

他这么一说,可把我气坏了。我说:

"你就是不给我做,我也永远不来了……"

我气鼓鼓地离开他的屋子跑到花园里。外公正在那儿忙着用粪肥培苹果树根。当时正值秋天,落叶时节早就开始了。

"喂,你来剪马林果的枯枝。"外祖父把剪刀递给我说。

我问外祖父:

"'好事儿'整天在搞什么?"

"他在破坏我的房子,"外祖父生气地回答,"把地板烧成洞,墙纸弄得污七八糟,撕得破破烂烂。我要对他说,叫他搬走。"

"就该这样。"我同意说,便开始动手剪马林果上的枯枝。

不过,我这样表示同意外祖父赶他走,未免过急了。

秋日多雨,每逢秋雨连绵的晚上,如果外祖父外出,外婆常常在厨房里安排非常有趣的聚会,请所有的房客和附近的住户来喝茶,被邀的人中有两个车夫和勤务兵,能说会道爱热闹的彼得罗夫娜常来,有时连那个快活的女房客也来参加,"好事儿"每次来都像木头似的竖在屋角的炉子旁边,默不作声,一动不动。哑巴斯乔帕和鞑靼勤务兵瓦列伊常在一起玩牌,瓦列伊不时地用纸牌拍拍哑巴的大鼻子,说道:

"哎——鬼东西!"

彼得伯伯常常带来一大块白面包和一大瓦罐果酱,他先把面包切成一片一片的,再在面包片上厚厚地抹上一层果酱,然后用手掌捧着这些美味可口的抹有马林果酱的面包片,分送给大家,并深深地一鞠躬,说道:

"请您赏光尝尝吧!"他亲切地请求说,而当别人从他手中拿走面包片后,他则细心地查看自己乌黑的手掌,如果发现手上漏下一滴果酱,就伸出舌头舔掉。

那位使人开心的太太彼得罗夫娜带来的常常是一瓶樱桃果子露,还有核桃和糖果。于是丰盛的宴会便开始了,那是外婆最喜爱的娱乐。

就在"好事儿"那次"贿赂"我,叫我不要再到他房间去以后不久,外婆就安排了一次这样的晚会。秋雨连绵,整天滴滴答答下个不停,秋风瑟瑟,如怨如诉。低矮的树枝被风刮得在墙上擦来擦去,发出刷刷的响声。厨房里温暖、舒适,大家坐在一起,靠得很近,不知为什么,这时所有的人都显得特别亲切、安详，而外婆则极其慷慨地讲了很多故事，一个比一个讲得好听。

她坐在炉边，两条腿撑在炉阶上，俯身对着大家讲故事，一盏小铁皮灯照亮了大家的脸。每次她兴致一来，就爬到炕炉上，而且向大家解释：

“我要坐在高些的地方讲，在高处讲，我能看清大家，大家也听得清楚一点！”

我就坐在外婆的脚边宽宽的炉阶上，几乎就在“好事儿”的头顶上方。外婆讲的是关于战士伊万和隐士米隆的故事，用的语言生动明快、节奏分明、铿锵有力、通顺流畅。

有个凶恶的督军戈尔将，
他灵魂肮脏，铁石心肠，
亵渎真理，残害百姓，
像躲在树洞里的枭，心狠手辣如豺狼。
有个隐居的老人叫米龙，
他举止安详，品德高尚，
为世人捍卫真理，他勇敢无双，
最恨他的人就是那个戈尔将。
督军唤来忠实的奴仆，
他就是勇敢的战士叫伊万。
“伊万科，快去杀死那老头儿，
叫那傲慢的米龙一命身亡！
你去砍下他的头颅，
提着他灰白的胡子来见我，
狗在等他的脑袋当犒赏！”
　　伊凡领了军令便出发，
　　走在路上苦思量，
　　“不是我自己要杀人，而是命令难违抗，
　　也许上帝赐我的命运就这样。”
伊凡来到隐士处，
锋利的宝剑襟下藏，

弯身打躬问声好：
“正直的老人啊，你老一向可安康？
上帝怎么保佑你，最近过得怎么样？”
　　未卜先知的老人微微笑，
机智善辩地对他讲：
　　“算了吧，伊万努什卡，
上帝执掌善和恶，
上帝万事都知详！
你的来意我知道，
你未将真情对我讲！”
　　伊万顿时愧难当，
可上司的命令又难违抗。
他猛地抽出鞘里的剑，
用宽大的衣襟把剑擦亮。
　　“我本想不让你看到剑，
叫你糊里糊涂把命丧。
现在你向上帝祈祷吧，
为了你，为了我，为了全人类，
在我砍下你的头颅前，
让你最后一次求上苍……”
　　米龙老人先将双膝跪在地，
　　再起身走到小橡树旁，
　　橡树对他深深一鞠躬。
　　老人含着微笑把话讲：
　　“哎哟，伊万啊，为全人类祈祷的事儿大，
你要等待的时间太久长！
不如立刻挥剑杀死我，
免得你筋疲力尽等身旁！”
　　伊凡眉毛一竖怒气生，
　　他夸下海口不自量：

“不，君子一言，快马一鞭！
你祷告吧，等上一百年也不算长！”
　　老人从清晨祈祷到深夜，
再从深夜祷告到早上。
春去夏来秋风劲吹，
秋去冬来又普照春光。
米龙的祈祷年复一年，
小橡树已长得凌云万丈，
橡树的果实长成了密林，
那圣者的祈祷仍和当初一样！
　　直到今日他们还是那副模样。
　　老人低声向上帝边哭边讲，
　　求上帝帮助受苦的人们，
　　求圣母保佑大家快乐安康。
那伊万上好的戎装早化灰烬，
作战的盔甲也都腐朽烂光。
手中的利剑已锈蚀成土，
但他仍然呆立在老人身旁。
寒冬盛暑他赤身露体地站在那里，
烈日无情地煎烤，
但不晒干他的臭皮囊，
蚊虫不吸干他的鲜血，
只咬得他遍体鳞伤，
他饱受豺狼、熊罴的惊吓，
暴风雪、严寒使他痛苦难当，
但他就是不能立即死亡。
他动也不能动，话也不能讲。
瞧吧，这是多么可怕的惩罚：
罚他不该听从恶人的命令，
罚他不该去做替罪羊！

而那老人在今天这吉祥的时刻里，
还在为我们这些罪人向上帝祈祷，
祷词像清澈的河水，源源不断地汇入海洋！

外婆一开始讲故事，我就发现，不知是什么使“好事儿”激动起来：他的两只手很奇怪，一抽一抽的，眼镜一会儿摘下来，一会儿戴上去，两只胳膊随着外婆那富于旋律的音乐般的语言，有节奏地挥动着，脑袋跟着一点一点的。他有时摸摸眼睛，用手指使劲地按按，不断地迅速用手掌擦擦前额和脸颊，仿佛满头满脸出了大汗。倘若听故事的人中有谁动弹了一下，咳了一声，或者脚跟咯地一下碰出了响声，这位搭伙的房客就会立刻愤怒地制止他，并发出拖长了的声音：

“嘘——嘘！”

外婆一讲完故事，“好事儿”便发疯似的跳了起来，两臂乱舞，不知怎么的，还很不自然地打起了转儿，嘴里嘟嘟囔囔地说：

“你们知道，这实在太美啦，应该把它记录下来，无论如何得记下来！这简直真实极了，太恰如其分了，我们的……”

现在看得很清楚，他在哭，涕泗滂沱，泪如泉涌，整个眼睛都浸在泪水里。他忽然这样，令人感到奇怪，也引起大家对他的怜悯。他在厨房里跑来跑去，笨拙而滑稽地一跳一跳。他手里拿着眼镜想戴上去，可是眼镜在自己的鼻子前面老是晃来晃去，怎么也不能将眼镜脚挂到耳朵上。彼得伯伯微微含笑看着他，大家局促不安，沉默不语，不知所措。外婆急忙说：

“您就记录下来吧，有什么好说的，这不是坏事。这样的故事，我知道得可多着呢……”

“不，就要这个！这是地地道道的俄罗斯的。”房客激动地大声喊起来，这时，突然他在厨房中间站住，挥动着右手，眼镜在左手里不住地颤动，大声说了起来。他说了很久，说得激昂慷慨，一边尖叫，一边跺着脚，常常重复同样的一句话：

“不能人云亦云，照着别人的葫芦画自己的瓢，是啊，是啊！”

后来不知为什么，忽然他失音说不出话来了，他看了看大家，低下头，悄悄地、抱歉似的走了。大家面带微笑，尴尬地你看看我，我看看你，外婆则移身到炕炉深处看不见的地方，痛苦地叹息着。

彼得罗夫娜用手掌擦着她那红红的厚嘴唇，问道：

“他好像生气了吧？”

“没生气，”彼得伯伯回答说，“他就这个样儿……”

外婆爬下炕炉，默不作声地烧茶炊，彼得伯伯不紧不慢地说：

“大人先生们全是这个样儿，好耍性子！”瓦列伊阴沉地嘟哝了一句：

“光棍都怪！”

大家全笑了，但彼得伯伯却拖长了声音说：

“已经淌眼泪了。看得出，以前那么大的狗鱼也常上钩，可如今连小鲤鱼也很难看见啦……”

我感到寂寞无聊，一种忧郁苦闷的情绪压抑着我的心。“好事儿”的表现使我惊讶，但心里又很可怜他，当时他那泪如泉涌的眼睛现在还历历在目。

当天，他没有在家过夜，第二天午饭后才悄悄地、无精打采地回来，明显的一副狼狈样。

“昨天我吵闹你们了，”他对外婆抱歉地说，“我就像个孩子，您没生气吧？”

“生什么气啊？”

“瞧，我不是插嘴说了许多话吗？”

“您谁也没有得罪啊……”

当时，我感到外婆怕他，说话时不看他的脸，而且和平时不一样，声音很轻很轻。

“好事儿”走到她紧跟前，惊人直爽地说：

“您瞧见没有，我永远是孤零零的一个人，什么亲人朋友都没有！一个人一直沉默啊，沉默啊，老是憋在心里，一旦心里突然激动起来，就忍不住爆发了……即使面前是一块石头、一根木头，我也要对它说话……”

外婆身子挪开他一点，说道：

“那你就结婚吧……”

“唉！”他苦着脸激动地叫了一声，挥了挥手走了。

外婆神色阴郁地看了看他的背影，吸了一下鼻烟，然后严厉地教训我说：

“你要注意，别老在他身边转来转去；上帝才知道他是个什么人……”

可我恰恰相反，又一次被他吸引住了。

我发现，当他说：“孤零零的一个人”时，他的脸色变了，像在责难自己。这句话中的含意有某种东西我能理解，它触动了我的心弦，于是我又去找他了。

我从院子里向他房间的窗户探望，屋里空无一人，简直像贮藏室，到处是随手乱放的各种各样无用的东西，这些东西也像房间主人那样，尽是些对一般人毫无用处的和稀奇古怪的物件。我去花园，在花园的那个坑里看见了他。他弯着腰，两手放在脑袋后面，肘部支撑在膝盖上。挺别扭地坐在烧焦了的木桩上。木头上沾满了土竖在那里，上端烧成的炭发亮，木桩四周的蒿子、荨麻、牛蒡俱已枯萎。他别扭地坐在那儿的模样，更加引起别人对他的同情。

他很长时间没有发觉我，那一双像猫头鹰看不清东西似的眼睛望着近旁的什么地方，然后突然仿佛很恼火地问道：

“你是找我吗？”

“不是。”

“那来干什么？”

“没干什么。”

他摘下眼镜，用一方布满了红、黑斑点的手帕擦干净镜片，说道：

“好吧，你爬过来吧！”

当我坐到他身边以后，他紧紧地搂住我的双肩。

“你坐着。我们就这样坐着不说话，好吗？瞧，就是这样……你脾气犟吗？”

“犟。”

“好事儿！”

我们就这样默默无言地坐了很久。傍晚静悄悄的，气候温和，这是晴和初秋的一个使人感到忧郁的黄昏，四周的花草树木虽然仍在开着五色缤纷的花，但显然已经逐渐褪色，时刻都在变得暗淡，愈来愈失去光泽。土地已经耗尽了自己饱含的夏日的气息，现在仅散发出阴冷潮湿的空气，但空气却分外清澈、洁净。在映着绯红晚霞的天空里，成群结队的寒鸦闪烁着翅膀，纷飞忙碌，勾起人忧愁的思绪。真是万籁俱寂，悄然无声，每发出一点声音，无论是鸟雀的微微动弹，或簌簌的一片落叶，都仿佛听到一声巨响，使人不寒而栗，但冷颤一过，又恢复安然宁静的心态。恬静拥抱着大地，恬静充溢着心田。

在这样的时刻，往往产生一种特别纯真轻松的思绪，但这种思绪很敏感，很微妙，像蛛网那样透明，难以用语言表达。它们好似天上的流星，突然爆发而又瞬间消逝；仿佛对某件事的忧思，不断灼痛着人的心灵，既抚慰它又折磨它。这时，心灵便在沸腾、熔化，在塑成自己一生的心灵模式，于是，心灵的面貌也就形成了。

我紧紧依偎在这位房客温暖的身边，和他一起透过苹果树的发黑的枯枝，眺望着布满红霞的天空，注视着飞来飞去忙碌着的白腰朱顶雀，有几只红额金丝雀在啄破干枯的牛蒡籽实的外壳，啄食果实里的酸涩的瓤儿。我们还看见一团团毛茸茸的、边上泛着红色霞光的灰蓝色云彩，从田野那边不断缓缓地绵亘伸展；云彩下面，一群群乌鸦正在费力地扑动翅膀飞归坟场那儿的鸟巢。一切都十分美好，而且又很特别，我感到对他产生了一种不同寻常的理解和亲近。

有时，他深深地叹了口气，问我：

"小兄弟，舒服吗？真惬意啊！不感到潮湿，也不觉得冷吧？"

可当天空变得暗淡无光的时候，周围的一切似乎都膨胀起来，变得既潮湿、又阴暗了。他便说：

"好啦，够了！我们走吧……"

走到花园篱笆门旁，他站住了，轻声说：

"你的外婆真好，哦，多美的大地啊！"

他闭起双眼，含着微笑，低声而清楚地念道：

……这是多么可怕的惩罚：
罚他不该听从恶人的命令，
罚他不该去做替罪羊！

“小兄弟,你要记住这些话,要牢牢地记住!”

他一面不时地把我轻轻推着向前走,一面问我:

“你会写字吗?”

“不会。”

“你要学会写字。学会以后,你就把外婆讲的故事都记下来,小兄弟,这很有用……”

我们成了朋友。从那天起,只要我想去,就去“好事儿”那儿,坐到一口装破烂东西的箱子上,不受任何限制地注视他熔铅、烧铜,把铁皮烧红后,放在小铁砧子上,用装着漂亮把手的小锤锻打;看他用长木锉、各式各样的铁锉锉东西,用金刚砂磨,或者用锯条细得像线一样的锯子锯东西。他经常把一些小物件放在非常灵敏的铜制天平上称,将五颜六色的液体倒入又厚又白的杯子,看它们冒烟,满屋弥漫着刺鼻的气味,然后他皱着眉头,捧着大厚本子书查看,不断地咬着通红的嘴唇,发出像牛哞哞叫的含混的声音,或者拖长嘶哑的嗓音低声唱:

“啊,沙朗的玫瑰呀……”

“你在做什么?”

“做一件东西,小兄弟……”

“什么东西?”

“哦——哦,你要知道,我不能说得使你一下子就明白的……”

“外公说,你可能在造假钱……”

“你外公是这么说的吗?嗨……嘿,他这是在扯淡!钱,小兄弟,那是微不足道的事情……”

“那么,没钱,用什么去买面包呢?”

“嗯……对了,买面包要用钱,这没错儿……”

“对吧?买牛肉也要钱……”

“买牛肉也要……”

他极其亲切地低声笑着,就像挠小猫咪一样,挠我的耳朵痒痒,说道:

“我怎么也辩不过你,小兄弟,我被你问住了;我们最好别再讲话了吧……”

有时他停下工作，坐到我的身边，于是我们久久地望着窗外，观看雨滴像播种似的洒落在屋顶上，洒落在长满了野草的院子里，花园里的苹果树叶正在渐渐凋零。“好事儿”说话虽然很少，只有一两句，但却至关重要，比如，他常常要我注意看什么，有时甚至不说话，只轻轻地碰碰我，或者使个眼色示意。

虽然我并没有看见院子里有什么特别的东西，但是由于他用臂肘碰碰我，或者简短的一两句话，眼里看到的一切仿佛就有了特别的含意，一切便都深深地印在心坎里了。譬如，院子里跑来一只猫，在水洼前站住了，水洼的水光亮如镜，它看着自己的倒影，抬起柔软的前爪，像是想打一下水里的影子。这时，“好事儿”便低声说：

“猫儿既骄傲又多疑……”

那只好斗的发红的金黄色大公鸡，一下子飞上了花园的篱笆，刚刚站稳，抖了一抖翅膀，险些摔下来。它似乎受了屈辱，伸长颈子怒气冲冲地咕喔咕喔地叫起来。

“这位将军妄自尊大，可笨了点儿……”

笨手笨脚的瓦列伊来到了花园，他像一匹老马，迈着沉重的脚步在泥泞里蹒跚。他鼓着高颧骨的脸孔，仰起头，微微眯缝起眼睛望着天空，一道秋日的白光直射到他的胸膛上，制服上的铜扣闪闪发光。这个鞑靼勤务兵站定了，用弯曲的手指摸摸纽扣。

“他像得到了一枚奖章，正在欣赏呢……”

我很快对“好事儿”产生了深深的依恋，无论是在委屈伤心的日子，还是在欢乐高兴的时刻，都少不了和他在一起。虽然他自己沉默寡言，但从不禁止我说我想到的一切，而外祖父一听我说话，就总是严厉地呵斥我，粗暴地叫我住口：

“别废话，耍什么贫嘴！”

外婆自己的事情已经整天忙得不可开交，不再听别人说什么，也不参与别人的事情了。

“好事儿”总是聚精会神听我喋喋不休地胡扯。他常常带着微笑对我说：

“嗬，小兄弟，不是这样吧，这是你自己想出来的……”

他简短的几句意见或评语，总是非常及时，十分必要，他仿佛能看透我心里和脑子里所想的一切。有些废话和错话我还未说出口，他就发现了，一旦发现，他亲切的三言两语就将我想说的念头打消了，他说：

“小兄弟，你乱说……”

我常故意试试他那有魔力的本领：有时我瞎编一个什么事情，就像从前真有其事的那样说给他听，可他刚刚听了几句，就否定地摇着头说：

“喂，小兄弟，你又在乱编了……”

“那为什么你知道我是编的呢?”

“小兄弟，我能看出来……”

外婆到干草广场去挑水，常把我也带去。有一天，我们看见有五个小市民打一个乡下人，他们把那个乡下人摔倒在地上，就像几条狗一样，拼命撕咬。外婆一见，立刻扔掉扁担上的水桶，挥舞着扁担向那几个小市民奔去，同时对我喊了一声：

“跑开!”

但我吓慌了，反而跟在外婆的后面，拾起地下的鹅卵石和石子向小市民扔去，外婆勇敢地用扁担捣他们，敲他们的肩膀和脑袋。这时又来了一些人，他们也参加进来打那帮小市民，终于使坏蛋逃跑了。外婆开始替那个被毒打的农民洗血迹，那人的脸被那帮坏蛋踩得血肉模糊，直到现在那张脸仿佛仍在我的眼前，使我一想起就觉得恶心。那人用肮脏的手指捂住自己被撕烂的鼻孔，不住地哀号、咳嗽，从他的一个手指上不断地冒出鲜血，溅到外婆的脸上和胸口，外婆浑身颤抖，也在不住地叫喊。

我一回家，便跑到那位房客的房间里去找他，把刚才发生的事一五一十地讲给他听，他立刻停下工作，站在我的面前，像举马刀似的举起手中长长的锉刀，从眼镜后面凝神而严厉地看着我，然后突然打断了我的话，不同寻常威严地说：

“好极了，一切就应该这样！太好了!”

我被刚才看到的一切震惊得全身发抖，顾不上对他说的这两句话表示惊奇，仍然滔滔不绝地继续往下说，但他抱住我在屋里走来走去，结结巴巴地说起话来：

“够了，不要再讲下去了！小兄弟，你该讲的已经全讲了，明白吗？你全说了！”

我闭了嘴，心里有点委屈，但想了一下，才非常惊讶地明白，他对我说得有理，确实我全说了，他叫我不要再讲下去正是时候。

“你啊，小兄弟，不要老想这些事情，一直记住这些事情不好！”他说。

有时候他出乎意料地对我说一句话，那句话一生都留在我的记忆中。比如，我常对他讲述我的打架对手克柳什尼科夫，他是新大街上的好斗的能手，一个胖墩墩、头很大的男孩，打架时我怎么也打不赢他，他也赢不了我。“好事儿”仔细听完了我的伤心事儿后，说道：

“这是小事一桩。你的这点力气，形不成威力！真正的威力在于动作要快，越快力量越大，懂了吗？”

下星期日，我试了试出拳快一些，果然很轻松地打败了克柳什尼科夫。这件事使我以后更加重视这位房客所讲的话。

“任何事物都应该学会抓住它。你懂吗？学会抓住它——这很不容易啊！”

我一点也不懂，但情不自禁地记住了诸如此类的话。我记住这些话就是因为在这些普普通通的话里包含着某种令人难以理解的奥秘：抓住石头、抓住一块面包、抓住茶杯、抓住锤子，做这些根本不需要去学嘛！

可是，在这座房子里，大家却愈来愈不喜欢“好事儿”了，连那个快活女房客所宠爱的猫咪也不爬上他的膝盖，而其他所有人的膝盖它都爬，即使“好事儿”亲切地唤它，它也不去。为此我打那只猫，揪它的耳朵，为了劝猫咪不要怕这个人，我差点没哭出来。

“我衣服上有酸味儿，所以猫不到我跟前来。”他解释说。可我知道，所有的人，甚至连外婆都不这样解释，他们敌视他，这是多么不公平，多么令人难受！

“你干吗老是惹是生非地待在他那儿？”外婆生气地问我。“当心，他会教你干什么坏事儿的……”

外祖父真像红毛黄鼠狼，我去这位房客那里的事渐渐被他知道了，打那以后，每次去了以后，他都要狠狠地揍我一顿。当然，我从不对“好事儿”说家里人不准我和他交往的事，但坦率地对他讲了院子里其他人对他的态度。

我说：

“外婆怕你，她说你是个巫师，外公也说你是个魔法师，说你是上帝的敌人，对人有危险……”

他甩甩头，仿佛赶走苍蝇似的，微笑使他那刷白的脸上泛起红晕。看到他的微笑，我的心反而感到憋闷，眼睛发青。

“小兄弟，我已经看出来了！”他轻声说。“这件事，小兄弟，叫你伤脑筋，是吗？”

“是的。”

“是伤脑筋啊，小兄弟……”

终于，他被迫搬走了。

有一天喝了早茶以后，我到他那儿，看见他坐在地板上正在把自己的东西整齐地放进箱子，嘴里轻声地唱着“沙朗的玫瑰”那支歌。

“喂，再见了，小兄弟，我马上要搬走了。”

“为什么？”

他定睛看了我一眼，说道：

“难道你不知道？你妈妈要住这屋……”

“这是谁说的？”

“你外公……”

“他撒谎！”

“好事儿”拉住我的手，把我拉到他的身边。我坐到地板上后，他悄声说：

“你别生气，小兄弟，我以为这事你知道，但是不告诉我的呢，这真不好，我以为……”

我感到很伤心，不知为什么有点抱怨他。

“你听我说啊，”他微微含笑，几乎耳语似的对我说，“你记得我对你说过，你不要再来我这儿吗？”

我点了点头。

“当时你生我气了，是吗？”

“是的……”

“小兄弟，我是不愿意惹你生气的，可你要明白，我早就知道：如果你跟我做了朋友，你家的人就会骂你。”

他就像是和我同年龄的小孩子那样跟我讲话；我听了他的那几句话，高兴极了，甚至觉得，仿佛我早在当初就理解他似的，于是我对他说：

“这我早就明白了！”

“嗳，就是！是这样，小兄弟！正是这样，亲爱的……”

这时，我心里难受极了。

“为什么他们谁也不喜欢你？”

他搂住我，把我紧紧贴在他怀里，眨了眨眼睛说道：

“我是另一种人，和他们不一样，懂吗？就是因为这个。我不是这种……”

我拉住他的袖子，不知说什么才好，也不会说。

“你别生气。”他重复说了一句，又对着我的耳朵轻声加了一句：“也不要哭……”

可他自己的眼泪却从雾濛濛的眼镜下面不断往外流。

然后，又像往常一样，我俩久久地、默默地坐在一起，间或简短地交谈几句。

晚上他走了，走前他亲切地和大家告别，紧紧地拥抱了我。我追到大门外，看见车轮在泥土冻结得坎坷不平的路上转动，他坐在大车上不住地颠簸着。“好事儿”一走，外婆便立刻去洗刷弄脏了的房间，我故意来来回回地从这个角落走到那个角落，使她碍手碍脚地不好做事。

“走开！”她一碰到我的身上便大声叫喊。

“你们干吗要撵他走？”

“我看你再说一句！”

“你们全是糊涂蛋。”我说。

她用湿抹布啪嗒啪嗒地拍打我，喊道：

“你发疯啦，淘气鬼！”

“我不是说你，我是说其他人都是糊涂蛋。”我更正说，可这样说她还是没有消气。

吃晚饭时，外祖父说：

“好了，谢天谢地！不然，我一看见他，心里就像插把刀子似的。嘿，非把他赶走不可!”

我恨得故意把汤勺弄断,为此又挨了一顿打。

我和他的友谊就这样结束了,他是我在自己亲爱的国土上所结识的无数最优秀人物中的第一个人……

九

青年时代,我把自己想象成蜂房,而各种各样平凡的、默默无闻的人,犹如蜜蜂将蜜源源不断储入蜂房那样,各尽所能、毫无保留地将生活知识和思想传授给我,丰富着我的心灵。这种蜂蜜常常夹杂着污垢,含有苦味,但无论是什么样的知识,归根结底还是蜜。

自“好事儿”搬走以后,那个老车夫彼得伯伯和我成了朋友。他长得和外祖父一样瘦削,身上收拾得干净利落,但他的个头比外祖父矮,整个儿比他小一套,看上去就像是故意为了逗笑而装扮成小老头儿的半大孩子。他的脸好似细藤筛子,整个脸孔由密密麻麻很细的皮肤皱褶编成,在那皱褶中间,有一双灵活的逗人发笑的眼睛,眼珠活像鸟笼里跳上跳下的黄雀,在发黄的眼白里骨碌骨碌地转。他那瓦灰色的头发拳曲着,胡子像蔓藤,一圈圈地绕在嘴边。他抽烟斗,冒出的烟和他的头发一样颜色,也是一圈一圈地飘浮在空气里,连说话都绕圈圈,咬文嚼字,用了很多俏皮话。他说话的嗓音好似蜜蜂发出嗡嗡的声音,听起来仿佛很亲切,可我总感到他对所有的人都持嘲讽的态度:

“头几年,伯爵夫人塔季扬,那位亲爱的列克谢夫娜吩咐说:‘你去干铁匠活儿吧!’过了些时,又命令我:‘去给花匠帮忙!’去就去吧,只不过——

天生是个乡巴佬，在哪儿都不讨好！过了一阵子她又说：‘你啊，彼得鲁什卡，你该去捕鱼！’反正对我来说，哪儿都一样，我就去打鱼……可是，我刚对那一行上了瘾，就又和鱼儿说，谢谢，再见了！这次她叫我到城里来当马车夫，缴代役租①。好吧，有什么好说的，赶马车也行，以后还会怎么摆弄我呢？以后啊，那位伯爵夫人还没来得及吩咐我改行，农奴就解放了；我身边就剩下一匹马，现在它就算是我的伯爵夫人了。”

那是一匹老马，好像它原本是白马，有一次一个吃醉酒的拙劣画家，用乌七八糟的颜料在它身上乱涂，而且一涂就涂个没完。马腿已经脱了臼，全身像是用一块块破布缝起来似的，瘦得像骷髅似的马头悲哀地垂着，马眼浑浊无光，磨破的衰老马皮上，青筋突出，松弛地套在躯体上。彼得伯伯对它总是客客气气，从不打它，管它叫“丹尼卡”。

有一天，外祖父对彼得伯伯说：

“你为什么给牲口起一个基督教的名字？”

“怎么也不可能，瓦西里·瓦西里耶夫，怎么也不可能，尊敬的先生！基督教里没有丹尼卡这样的名字，只有塔季扬娜！”

彼得伯伯也识字，《圣经》方面的知识很丰富。他和外祖父经常为圣徒中谁最神圣而争论不休，他们对古代有罪的人谴责得一个比一个严厉，特别对大卫王的儿子押沙龙大张挞伐。有时候他们的争论纯属语法性质的差异，外公把“作孽、犯法、欺骗”三个词的词尾都加“霍姆”，而彼得伯伯却断定词尾应该是“沙”。

“我认为是这回事，你偏认为是另一回事！”外祖父急得冒火了，脸涨得通红，有意嘲弄地学他读：“瓦沙、希沙！”

而彼得伯伯则一面烟雾腾腾地抽着烟，一面挖苦地问道：

“可你的那么多‘霍姆’有哪点好？那些‘霍姆’对上帝一点儿也不好！也许上帝一边听你的祈祷，一边想：任你祷告千万遍，还是不值一文钱！”

“滚开，列克谢！”外祖父火冒三丈，绿眼珠直闪光。

---

① 地主派农奴出去干活，每年向他们收一定数量的货币和产品。俄国的实物代役租由一八六一年二月十九日的法令宣布取消。货币代役租对临时义务农民一直保留到一八八三年以前。

彼得伯伯很爱整洁，每次走过院子，都要把路上的木片、碎瓦片、骨头一脚踢开，一面踢，一面追上去，喊道：

“多余的东西，碍人走路！”

他爱说话，看样子挺和善，快快活活，但有时两眼布满血丝，目光浑浊，像死人似的呆滞不动，常常坐在哪个阴暗的角落里，弯起身子缩成一团，阴沉着脸，像他的哑巴侄儿那样，一声不吭。

“你怎么啦，彼得伯伯？”

“走开。”他声音低沉而严厉地说。

我们街上的一座房子里，搬来了一位脑门上长着个疙瘩的老爷，他有个非常怪的癖好：每逢节假期，他总坐在窗口用鸟枪的霰弹打狗、猫、鸡和乌鸦，看见他不喜欢的行人，也对着射击。有一次，他的霰弹的细铅砂子射中了“好事儿”的腰部，虽然霰弹没有射穿他的皮上衣，但在他的衣袋里发现了几颗小霰弹，我记得，我们的那位搭伙的房客透过眼镜，细细地一一查看了那些灰蓝色的铅砂。外祖父劝他去告状，可“好事儿”把小霰弹向厨房角落一扔，说道：

“不值得。”

另一次，外祖父的腿上被那位射手打进了几粒小霰弹。外祖父气坏了，向民事调停官递了诉状，并开始在街上召集受害人和证人，可是那位老爷突然不见踪影了。

每次，一听到街上枪响，彼得伯伯只要在家都会立刻把他那过节才戴的、已经晒褪了色的宽檐帽子戴到瓦灰色的头发上，匆匆忙忙跑出大门。到了大街上后，便两臂藏在背后长衫下面，把长衫向上顶起，像屁股上长了个公鸡尾巴。他挺着肚子，大摇大摆地沿着人行道从那位射手面前走过。他走了一趟，返身再走，来来回回地走。我们全院子的人都站在大门口，那个军官老爷伸过发青的脸孔，从窗子里向外看，他妻子的头也从他脸的上方伸了出来，连我们院子右面的贝特连格家也出来几个人看，只有左面邻居奥夫相尼科夫上校家的灰色房子里仍然静悄悄的，没有一个人出来。

有时，彼得伯伯来回逛得毫无效果，看来那位猎手不承认他是野禽野兽，不值得一射，但有时双筒枪突然连响两下：

“砰……砰……”

彼得伯伯并不加快脚步,仍然一摇一摆地走到我们面前,显出一副心满意足的神态,说道:

“这次打着下襟了!”

有一次,霰弹打进了他的肩膀和颈子,外婆一面用针替他把霰弹往外挑,一面婉言责备彼得伯伯说:

“你干吗纵容那个野蛮的家伙?万一他把你的眼珠子打出来就糟了!”

“不——怎么也不可能,阿库琳娜·伊万娜,”彼得拖长声音轻蔑地说道。

“那你干吗要任他胡作非为呢?”

“我哪里是任他胡作非为?我故意想逗弄逗弄那位老爷……”

他仔细地看着手掌上的一粒粒挑出的霰弹,说道:

“他算个什么射手啊!我从前的那个主人塔季扬·列克谢耶夫娜伯爵夫人,更换丈夫就像调换听差的一样。她手下有个临时充当丈夫职务的人,名字叫马蒙特·伊里奇,是个军人,好家伙,枪法可真准!老太太,您知道,他只用单颗儿的子弹打,不用别的子弹!他叫傻子伊格纳什卡站在好远的地方,大概离他四十步,在傻子腰带上系一个瓶子,瓶子就吊在他的两条腿中间,伊格纳什卡把两腿叉开,呵呵地傻笑着。只见马蒙特·伊里奇操起盒子枪——啪地一响!瓶子啪一声碎了。只有一次,不知是牛虻,还是什么东西,咬了伊格纳什卡一口,他动了一下,子弹打到他膝上了,正好打在膝盖骨上!找了个医生来,马上把他的腿砍下来了事,断腿给埋了!……”

“傻子呢?”

“他没事儿。傻瓜不论手和脚都不需要,单凭他那傻样儿就能填饱肚子。无论什么人都喜欢傻子,因为傻子不会得罪人。俗话说,‘是官儿就会管人,是傻瓜就不会欺人’……”

彼得伯伯的叙述并未使外婆惊奇,像这种事她自己知道何止几十个,不过我倒感到很不愉快,我问彼得:

“那个老爷会打死人吗?”

“怎么不会?会的。他们自己还常常你打死我、我打死你呢。有一天,塔季扬·列克谢耶夫娜家里来了一个枪骑兵,忽然他和马蒙特抬起杠来,马上两个人各拿一支手枪到公园里去,在公园池塘边的一条小路上,这位枪骑兵啪的一枪，正打中马蒙特的肝脏！结果，马蒙特被送到乡村墓地，而那位枪骑兵被流放到高加索。瞧，他们两个人就这么都完事儿啦！这是说，他们自己人还打死自己人呢！何况农民和其他人，那简直就没什么好说的了！现在他们对人也许特别不留情，因为那些人已经不是他们自己的农奴了。从前打死了多少还有点儿心疼，毕竟是自己的财产嘛！”

“嘿，就是那时候也不太心疼。”外婆说道。

彼得伯伯同意地说：

“这话也对；虽是自己的财产，可不值几个钱……”

彼得伯伯对我很亲切，跟我说话比对大人说话温和，也不避开我的目光，但在他身上总还有某种东西我不喜欢。他常请大家吃心爱的果酱，但每次在我的那片面包上抹的果酱总要比给别人的厚，有时他还从城里给我带来麦芽糖饼干、罂粟饼，每次和我谈心总是一本正经的，声音低低的。

“乖孩子，以后长大了干什么啊？去当兵，还是去当官？”

“去当兵。”

“这很好。眼下当兵也不苦了。当神甫也不错，不时地自言自语地忏悔几句‘上帝饶恕我吧’，就完事儿啦！当神甫甚至比当兵更轻松些，当渔夫那就更轻松了，打鱼根本不要什么学问，只要习惯就行了……”

最有趣的是他形容捉鱼了：他有声有色地叙述鱼儿怎么在鱼饵周围游来游去，形容鲈鱼、雅罗鱼、鳊鱼上了钩以后怎样挣扎的情景。

“你外公打你的时候，你生气吧，”他安慰我说，“其实，乖孩子，你怎么也不该生气，打你是为了教训你，这种打，不过是管管孩子！你瞧瞧我的那位塔季扬·列克谢耶夫娜太太吧，嗬，她打人可出了名啦！为了打人，她专门养了一个打手，名字叫赫里斯托福尔，这家伙打人可算是个行家，有时邻近庄园的地主老爷们特地来向伯爵夫人借他去帮忙，他们说：塔季扬·列克谢耶夫娜太太，您放赫里斯托福尔去把我家的那个佣人揍一顿吧！于是，她就放他去了。”

他无动于衷地、详尽地讲述打人的情景：伯爵夫人身穿白色的细纱连衣裙，头上扎着一块轻盈的天蓝色头巾，坐在圆柱门廊廊檐下的一张小安乐椅上，赫里斯托福尔就当着她的面用鞭子抽打农妇和农夫。

“好孩子，这个赫里斯托福尔虽是梁赞人，可很像是茨冈或者乌克兰人，上嘴唇的两撇小胡子一直长到耳朵根，那一张凶脸铁青，下巴的胡子刮得精光。不知他是真的没有人性，还是为了避免别人向他问长问短，常常装傻。有时他在厨房里倒满一杯水，捉苍蝇，要不，就捉蟑螂或捉甲虫，然后用树枝把那些小虫按到水里，按很久很久，一直到淹死为止。再不然，就从自己后脖领子里捉虱子，捉到后再把它淹死。”

诸如此类的故事，我本来就很熟悉了，很多是以前从外婆和外祖父口中听到的，故事虽然各式各样，但它们都奇怪地相似：每个故事里都有人遭受虐待和折磨，或者受别人挖苦、嘲弄和压迫。因此我有点厌烦，不想再听这样的故事了，于是请求马车夫说：

“再讲一个别的吧！”

他先紧紧闭住双唇，脸部的皱纹全部聚到嘴角，然后嘴巴一张，皱纹又抬到了眼角，同意地说：

“好吧，你这个贪心的孩子，就再讲个别的。我们家有个厨师……”

“哪家？”

“塔季扬·列克谢耶夫娜家。”

“为什么你叫她塔季扬？难道她是男的[①]？”

彼得伯伯尖声笑了。

“当然是女的，她是伯爵夫人，可是她嘴唇上有小胡子。黑黑的，她是黑皮肤的德国种，是类似黑人的一个小民族。那么——这个厨师呢，乖孩子，这故事才好笑呢……”

“好笑的事儿是那个厨师把一个有鱼、肉、白菜的大馅饼做坏了，伯爵夫人就逼着他把那块大馅饼马上全都吃下去。他全吃下去后就闹肚子了。”

我生气地说：

“这一点儿不好笑！”

“那什么才好笑呢？你说吧！”

“我不知道……”

“那你就别开口！”

---

① 俄国妇女的名字后面多为阴性词尾 а 或 я，例如此处应为塔季扬娜（Татияна）；而文中的塔季扬（Татиян）俄语词尾是辅音，一般是男人的名字。

于是，他又胡编一些枯燥无味、乱七八糟的东西。

逢年过节，我的两个表哥常来作客，米哈伊尔舅舅的儿子萨沙还是那副懒洋洋、愁眉苦脸的样子，而雅科夫舅舅的萨沙则做事认真仔细，非常懂事。有一天，我们三个人在房顶上，从这家到那家，再从那家到另一家，看见贝特连格院子里有一个身穿绿色毛皮常礼服的老爷，坐在墙边的一堆木柴上逗几只小狗玩，他那又小又黄的秃头上没戴帽子。一个表哥提议偷他一只小狗，立刻一个巧妙的偷窃计划拟定出来了：两个表哥马上就跑到贝特连格家朝街的院宅门口，我在房顶上吓唬那个老爷，他一被吓跑，两个表哥就设法钻进他家的院子去抓狗。

“怎么吓唬他呢？”

一个表哥提议说：

“你向他的秃头上吐一口痰！”

在人头上吐口痰有多大罪过？我不知多少次听见，而且亲眼看见有人做的坏事比这事坏得多呢。当然，我不折不扣地执行了我所担负的任务。

谁知，一口痰掀起了轩然大波，家中吵闹得不亦乐乎，贝特连格家男男女女一大帮子人到我们院子里来兴师问罪，挑头儿的是一个长得挺漂亮的年轻军官。因为在我闯祸时，两个表哥还在大街上不声不响地玩着，他们一点儿不知道我已经搞了这个恶作剧，因此外公只把我一个人揍了一顿。这样，贝特连格院子的所有住户才大大消了一口气。

挨了打后，我躺在厨房的那张有一人高的宽板床上，彼得伯伯穿得像过节似的高高兴兴地爬上了我的床。

“你真机灵，乖孩子，竟想出这样的主意来！”他对我用耳语说，“对这只老山羊就该这样唾他；就这样唾他，唾那帮人！用石头揍他霉烂的脑袋瓜子才好呢！”

我眼前又浮现出那位老爷圆圆的、没毛的、像小孩一般的脸，我记得，他像小狗崽子一样，委屈地轻声尖叫着，不住地用两只小手擦他发黄的秃头。我本来感到十分内疚，恨死了两个表哥，但当我睁眼看清了马车夫的那张布满皱纹的脸后，立刻忘记了一切：因为那张脸令人可怕而且可恶地颤动着，活像外祖父揍我时的脸。

“走开！”我一面用手和脚把彼得推开，一面高声喊道。

他哧哧地笑了起来，使了个眼色爬下了板床。

打那时起，我再不愿意和他交谈了，我开始回避他，与此同时，开始用怀疑的目光注视着马车夫的一举一动，模糊地期待着什么事情的发生。

在向那个老爷头上吐痰的事儿发生后不久，又发生了一件事。寂静无声的奥夫相尼科夫的家，很久以来一直吸引着我的注意力，我总感到，仿佛在这幢灰色的房子里，过着一种特别的、神秘的、童话般的生活。

而贝特连格家却从早到晚热热闹闹，快快活活，里面有很多漂亮的夫人、太太、军官、大学生进进出出，屋里不断地传出笑声、喊叫声、歌声和音乐声。宅院的整个外貌也敞亮、鲜明，看起来使人高兴。窗玻璃擦得雪亮，窗户里各式各样的红花绿叶，交相辉映，鲜艳夺目。可外公不喜欢这一家。

“异教徒，不信神的人。”他在谈论这一家所有人时这样评论，对这一家的妇女，外公总是用脏话称呼她们。有一次彼得伯伯把那些脏话的意思解释给我听，他用的字眼也不堪入耳，而且有点幸灾乐祸。

奥夫相尼科夫一家的严肃、沉默、不苟言笑却使外祖父肃然起敬。

这个宅子虽是平房，但高屋建瓴，一直伸到院子里。整个院子覆盖着草坪，清洁、僻静。院子中间有一口井，井上有两根小柱子支撑着一个小井棚。房屋就像想躲开大街似的，离街有一段距离。屋子的三个窄窄的仿佛窟窿似的拱形窗户，离地面高高的。窗上的玻璃若明若暗，受到阳光的照耀，映出五光十色的彩虹。宅院大门口的旁边是一个仓库，仓库的正面和宅屋一模一样，也有三个窗子，不过窗子是假的——三块贴脸板安装在灰色的仓库墙上，在贴脸板上用白漆画上窗框和窗扇。这三个像瞎子般的窗户很难看，整个仓库仿佛再一次地向人暗示，这幢宅子想隐蔽起来，想过与世隔绝、不引人注意的生活。在整个宅院里，在空荡荡的马厩和仅有一扇门的光溜溜的空板棚里，充满了一种平静的、不知是屈辱还是傲世的气氛。

有时，院子里有个高高的微跛的老头走动，他的头发和下巴上的胡须都剃得溜光，只在上唇留了两撇雪白的胡子，像松针似的向两边翘着。有时还看见一个满脸络腮胡子、鹰钩鼻子的老头儿，他从马厩里牵出一匹灰色的马，这匹马脸长、胸窄、腿细，走到院子里对四周的所有东西，头都是一点一点的，就像谦恭的修女。跛脚老头用手掌响亮地拍打着马，吹着口哨，出声地吁着气，然后马又被牵回，藏到黑洞洞的马厩里去了。我仿佛感到，这个老头儿想离开这幢房子,但是又不能够,因为他被施用了魔法走不出大门了。

院子里,几乎每天从中午到晚上都有三个小男孩在玩耍。他们穿着一样儿的灰色上衣和长裤,戴一样儿的小帽子,三个人一模一样;圆圆的小脸,灰色眼睛,我只能从个子高矮来分辨他们。

我从围墙缝里观察他们,他们从未发现我,可我倒希望他们发觉我。我喜欢他们那么有趣、快乐、和睦地玩我没有见过的各种游戏,喜欢他们身上穿的衣裳,喜欢他们相互关心,特别使我喜欢的是两个哥哥对小弟弟——那个长得挺滑稽的、活泼机敏的小不点儿的态度。倘若他跌跤了,两个哥哥就会笑起来,但并不像通常一些人对栽跟头的人那样幸灾乐祸地笑,而是马上就去帮助小弟弟爬起来,如果他跌脏了手或膝盖,他们就用牛蒡叶子、手帕擦净他的手指和裤子,那个二哥还好心地对他说:

"瞧你这笨样儿……"

他们从不你骂我,我骂你,也不相互欺骗,三个人都很机灵、有劲、不知疲倦。

有一次,我爬到树上,向他们打了个口哨。他们一听到口哨就都站住了,然后不慌不忙地聚到一起,不时地看看我,开始悄悄地商量。我一想,他们一定要用石子扔我,便赶快下来,拾了好多石子,把几个口袋都塞满,停了一会儿又爬到树上,可他们已到离我很远的院子角落里去玩了。很明显,他们已把我忘了。这使我惘然若失,但我也不想先开仗。过了一会儿,有人在通风的小窗口喊他们:

"孩子们,快回家吧!"

他们像三只小鹅,听话地、不紧不慢地走了。

我好多次坐在围墙上面的树杈上,期待着他们喊我去跟他们一起玩,可他们从来没喊过,但是,我思想上已经跟他们一起玩了,有时入了神,情不自禁地大声叫着笑了起来。这时,他们三个人便一起看看我,悄悄地在说着什么,我十分难为情,便爬下树了。

有一次,他们玩起了捉迷藏游戏,轮到老二找人,他跑到仓库拐角里,两只手老老实实地蒙住眼睛站在那儿,一点儿不偷看。哥哥和弟弟跑去藏起来。哥哥跑得很快,机敏地躲进放在仓库遮檐下的一架宽雪橇里,而那个小弟弟慌了神，可笑地围着井旁跑来跑去，找不到可以藏自己的地方。

“一，”哥哥喊道，“二……”

小弟弟急了，猛地一下跳到井栏上，抓住井绳，把两只脚伸进空吊桶，只听见吊桶在井栏壁上咚咚响地轻轻碰了几下，人就不见了。

我惊呆了，眼看着上足了油的辘轳一点声音也没有飞快地旋转着，但是我很快就明白将会发生什么事情，一纵身便跳进了他们的院子，喊道：

“掉到井里啦！……”

老二和我同时跑到井栏边，他紧紧抓住井绳，猛向上拉，他的两只手被绳磨得像火烧似的受不了，我及时地上去截住了井绳，就在这当口，他们的大哥也跑到井边，帮助我把吊桶往上拉，他说：

“请轻一点！”

我们很快将小弟弟拉上来了，他也吓坏了：鲜血从右手手指上直往下滴，颈子上的皮擦伤了好大一块，从脚到腰都湿透了，脸色苍白得发青，但一面打着寒噤，一面还在笑。他睁大了眼睛笑着，拖长了声音说：

“我怎——怎么掉——掉下——去啦……”

“你发疯了，就这回事儿。”他的二哥搂着他，用手帕擦他脸上的血，老大愁眉不展地说：

“我们回家吧，反正瞒不住了……”

“你们会挨打吗？”我问。

老大点了点头，然后向我伸出手，说道：

“你跑得真快！”

听了他的称赞，我很高兴，还没来得及握住他的手，他就对二弟说：

“我们走吧，他要感冒了！我们就说他摔倒了，掉下井的事不要说！”

“对，不要说，”小弟弟打着寒噤同意说，“我是跌到水洼里的，对吧？”

三兄弟走了。

这一切发生得这么快，我看了看，甚至刚才我从上面跳到院子里来的那根树杈还在晃动呢，有一片黄叶子正从上面落下来。

兄弟三人将近一个星期没出来，后来出来玩时，说笑声比以前大些了，老大看见我在树上，亲切地向我喊道：

“下来，到我们这儿来！”

我们钻进仓库遮檐下的那架旧雪橇里,相互打量着,交谈了很久。

“你们挨打了吗?”我问。

“打了。”老大回答说。

很难使人相信,他们这样的孩子,也和我一样挨打,我为他们抱屈。

“干吗你要捉鸟?”小弟弟问道。

“鸟儿叫得可好听呢。”

“不,你别捉鸟,让它们想怎么飞就怎么飞吧……”

“好吧,我以后不捉了!”

“只是在不捉之前,你要先捉一只送给我。”

“送给你,那你要什么样的鸟?”

“要快乐会叫的鸟儿,放在笼子里。”

“就是说,你要黄雀。”

“猫会把它吃掉的,”老二说,“再说,爸爸也不准养。”

大哥也同意二弟的意见:

“不会准的……”

“你们有母亲吗?”

“没有。”大哥哥说,但老二改正说:

“有,只是她是另外一个妈妈,不是生我们的妈妈,我们自己的妈妈没有了,她死了。”

“另一个妈妈叫继母。”我说。老大点点头说:

“对。”

兄弟三个陷入了沉思,变得忧郁起来。

我从外婆讲的一些童话里知道继母是怎么一回事,所以我懂得,为什么他们沉思不语。他们一个模样,紧紧地依偎在一起,真像三只小鸡。我顿时想起了童话故事中的那个用蒙骗手段占据亲娘地位的妖婆后母,便告诉他们说:

“亲娘会回来的,你们等着吧!”

老大耸耸肩说:

“如果她已经死了呢?不会回来的……”

果真不会回来?老天啊,有不少人死了多少次,甚至已被人剁成一块一块的了,还每次都能复活,只要向他们身上喷生命之水就行了。以前多少次死,都不是真死,不是上帝的意旨,而是中了巫师和妖婆作的法!

我开始激动地把外婆讲的那些故事说给他们听,开始时,老大一直微微含笑,后来轻声说道:

“这我们知道,这是童话……”

他的两个弟弟一声不响地听着,小弟弟绷着脸,紧闭双唇,二弟弟一个臂肘撑着膝盖,向我探过身,另一只胳臂勾住小弟弟的脖子。

已经很晚了,映着晚霞的云彩挂在屋顶上,这时,我们旁边出现了那个留两撇白胡子的老头,他穿着栗色的像神甫穿的长袍,头上戴了顶毛茸茸的皮帽子。

“他是什么人?”他指着我问道。

大孩子站起来,用头向外祖父的院宅点了一下说:

“他是那个院子的……”

“是谁叫他来的?”

三个孩子立刻不声不响地爬出雪橇,回家去了,这情景又使我想起了三只驯服的小鹅。

老头紧紧抓住我的肩膀,押着我从院子里向大门口走去。我被吓得直想哭,但他步子又大又快,我还没来得及哭出来,已经到街上了,他在大门上的便门口站住,指着我吓唬说:

“看你再敢到我这儿来!”

我火了,说道:

“我根本不是来找你的,老鬼!”

他立刻伸出他的长臂膀又抓住了我,拉着我沿着人行道向前走,一面走,一面问我,他的问话像一把锤子敲我头似的使我发昏:

“你的外祖父在家吗?”

我真倒霉,偏偏外祖父在家。外祖父站到气势汹汹的老头儿面前,仰起头,胡子向前翘起,看着老头儿那毫无表情、圆得像二枚二戈比铜币似的眼睛,急忙说:

“他妈妈出远门了,我又是个忙人,没有人看管他,务必请您原谅,上校!”

上校两脚一碰咯嚓一声,震得满屋响,身体笔直像木头似的一个向后转,走了。过了一会儿,我被扔到院子里,躺在彼得伯伯的大车上。

“又碰到倒霉的事儿了吧,乖孩子?”他一面卸马,一面问。“为什么挨打了?”

我把为什么挨打的事对他说了,他突然发火了,恶狠狠地低声说:

“你干吗和他们交朋友?他们是小少爷、小毒蛇,瞧你为他们被打成这样子!现在你自己去照样儿也把他们狠狠揍一顿!”

他在我耳边絮絮叨叨地说了半天,我因挨打正憋住一肚子火,起先他说的话还能引起我的共鸣,可他那布满皱纹的脸不住地颤动,愈来愈使我厌恶,而且我想到那三个孩子也要被打一顿,可他们兄弟三人对我并没有犯什么过错。

“不要打他们,他们是好孩子,你尽瞎说。”我说。

他看了看我,出其不意地大叫一声:

“给我从大车上滚开!”

“你是傻瓜!”我从大车上跳下来,也向他大声喊。

他满院子跑来跑去追我,可就是捉不到,一面跑,一面喊,连声音都变了:

“我是傻瓜?我瞎说?看我把你……”

外婆走到厨房门口,我一下子钻进她的怀里,彼得向她告起状来:

“这小家伙搞得我活不下去啦!我的岁数比他大五倍,他竟骂我娘,什么话都骂出来……还骂我是骗子……”

每当有人当着我的面撒谎,我都会惊讶得茫然失措,张口结舌。这时,我真心慌意乱,不知怎么办才好了,但外婆却果断地说:

“嘿,彼得,你确实是瞎说,他不会骂你这么难听的话的!”

要是外公,他就会相信这个车夫说的谎话了。

从那天起,我们之间就开始了一场无言而恶意的暗斗:他竭力装着仿佛无意地撞我一下,用马缰绳把我碰痛,有时放走我的鸟,有一次他把我养的鸟儿喂猫,还找各种借口在外祖父那儿告我的状,而且每次总是添油加醋地乱说。我愈来愈感到他跟我一样,是个不懂事的孩子,只不过表面上扮成个老头样子罢了。我偷偷拆散他的草鞋,不显眼地捻松和稍微弄伤他绑树皮鞋的绳子，让彼得一穿鞋绳子就断。有一次我在他帽子里撒了好多胡椒面儿，硬叫他整整打了一个钟头喷嚏。总之，我想方设法尽可能地报复他。每逢节假日，他整天整天机警地注视着我的一举一动，不止一次当场捉住我和那三个小少爷交往这类犯禁的事，一捉住就去向外祖父告状。

我与三个小少爷仍然继续交往，而且越来越觉得愉快。在外祖父的院墙和奥夫相尼科夫家围墙之间有一条僻静的小巷，那里有几棵榆树、椴树和茂密的接骨木丛。我就在这接骨木丛下面的围墙脚上掏了一个半圆的小窟窿，他们兄弟三人轮流或者每次两个人到窟窿跟前，我们蹲着或跪在那里悄声交谈。他们三个人里总有一个人望风，生怕万一上校出其不意地碰见我们。

他们叙述自己过着枯燥沉闷的生活，连我听了心里也十分难过。他们还讲我替他们捉的那几只小鸟饲养得怎样，讲他们的童年，但关于他们的后母和父亲的情况却只字不提，至少我不记得他们是否说过这些。最经常的是他们直率地要我讲童话故事，我就认认真真地把外婆讲的那些故事复述给他们听，如果有什么忘了，便请他们稍等一下，立刻跑去找外婆，问她我忘记的情节。这使外婆很开心。

我对他们讲了很多关于我外婆的事。有一天那个大孩子深深叹了口气说：

“大概所有的外婆都很好，我们从前也有个好外婆……”

他常常这样忧郁地说：过去我常常觉得，就像在大地上过了一百年，而不只是活了十一年。我记得，他的手掌窄窄的，手指很细，整个身子显得单薄、柔弱，一双眼睛虽然亮晶晶的，可温和柔顺，好像教堂的长明灯的柔和的火光。他的两个弟弟也挺讨人喜欢，非常容易使人对他们产生信任感，使人总想为他们做些使他们愉快的事情，但是，我还是比较喜欢他们的哥哥。

我专心专意地和他们谈心，常常连彼得伯伯走到面前都没有发觉，他一见我们就拉长了声音大叫一声，把我们赶散：

“又——在——一起啦？”

我发现，彼得忧郁地呆滞在那里一动也不动的病发作的次数越来越多了,我甚至能事先判定他干活回来时的心情:他回来通常都是不紧不慢地打开大门,大门的铰链似乎懒洋洋地吱吅——发出一声长音。一旦他的心情不好,就只听见铰链嘎地一声,声音短促,好像"啊"地喊了一声疼。

他的哑巴侄儿去乡下结婚了;彼得一个人住在马厩里的一个又窄又暗又脏、像狗窝一样的陋室里,陋室只有一个很小的窗子,里面充满了发霉的皮革、焦油、汗和烟草混杂在一起的气味,我怕闻这味儿,从来不进他住的地方。现在他睡觉时不把灯吹灭,外祖父很不高兴。

"彼得,你当心烧了我房子!"

"绝对不会,你放心吧!夜里我把灯放在盛水的碗里。"他目光避开外祖父,回答说。

现在,不知为什么他跟任何人说话眼睛都向旁边看,他已很久不参加晚上外婆安排的聚会,也不请大家吃果酱面包了。他的脸瘦得皮包骨,皱纹更深了,走路摇摇晃晃,两只脚一划一划的,像个病人。

有一天,不是假日,下了一夜大雪,一早我就和外祖父在院子里铲雪。突然小门的门闩鼻不同寻常地一响,一个警察走进了院子,他用背挡住门,动动灰色的粗手指招呼外祖父过去。外祖父走到他面前时,他弯下腰,把长鼻子脸伸向外祖父,好像要啄外祖父的脑门。他轻声讲了几句话,外祖父急忙回答说:

"在这里!什么时候?让我好好想想……"

忽然,他使人好笑地往上一跳,叫道:

"上帝保佑,真的?"

"小声些。"警察严厉说。

外祖父看看周围,看见了我,说道:

"收起铲子,回家去!"

我躲到屋角后,只见他们向马车夫的那个"狗窝"走去,警察摘下右手的手套,在左手掌上拍打着,说道:

"他——懂得很,扔掉了马,自己藏了起来,你瞧……"

我跑到厨房,外婆正在微微摇晃着满是面粉的脑袋,在发面盆里揉面准备烤面包,我把看见和听到的一切,一五一十都告诉了她。外婆听后,平静地说:

"大概他偷了什么东西了……你去玩吧,不关你的事!"

我三步两跳地又跑到院子里,只见外祖父站在院子的小门旁,脱下便帽,看着天空,在胸前画十字。他怒容满面,毛发竖起,一条腿不住地哆嗦:

"我不是说过了吗,滚回屋去!"他把脚一跺,对我大声呵斥。

他也跟在我后面回来了,一进厨房就喊:

"你到这儿来,孩子他妈!"

他们到隔壁房间小声谈了好久,当外婆回到厨房时,我明白,肯定是出了什么可怕的事情了。

"你为什么吓成这样?"

"别多嘴,知道吗?"她轻声回答。

家里整天都令人很不自在,充满了恐怖气氛。外祖父和外婆时时提心吊胆地交换眼色,说话总是悄悄地,只三言两语,我听不懂,这就越发加剧了家里的惊恐气氛。

"孩子他妈,你给我到处都点上长明灯。"外祖父一面咳嗽,一面嘱咐外婆。

我们勉强吃了午饭,但吃得急急匆匆,就像在等待着有谁来我们家。外祖父疲惫地鼓着腮帮,喉咙里发出咯咯的声音,嘟哝说:

"魔鬼比人厉害!看上去仿佛挺虔诚,还是教徒呢,可现在,你瞧怎么办吧,啊?"

外婆不住地叹气。

这银白混沌的冬日消逝得十分缓慢,漫长得令人困倦,加之家里的气氛越发使人感到不安和难以忍受。

傍晚前来了一个警察,不是第一次来的那个,而是另一个。这是个红头发的胖子,他坐在厨房的长凳上,头向前一点一点地打盹,断断续续地小声打着鼾。外婆问他说:

"这事儿是怎么查出来的?"

他停了一会儿才用低沉有力的声音回答:

"我们什么都查得出,你放心吧!"

我记得,我坐在窗旁,把一枚古铜币含在嘴里使它变热,然后把它放在窗玻璃上，竭力想使铜币上的打败毒蛇的胜者格奥尔吉①的像印在窗玻璃的冰花上。

突然，过道里传出了喧哗声，门啪地一声打开了，彼得罗夫娜从门口向里面震耳欲聋地大喊：

“你们快去看呀，看你们后院里是什么?”

她一看见岗警就又往过道里奔，但岗警抓住了她的裙子，也吃惊地大叫：

“站住，你是什么人？去看什么?”

她在门槛上一绊，摔倒在地，跪在那儿大喊大叫起来，声泪俱下，上气不接下气地说：

“我去挤牛奶，看见卡希林家花园里有个像靴子样的东西，真的。”

外祖父顿时暴跳如雷地大叫大喊：

“胡说，你这混账东西！你不可能看见花园里的任何东西，围墙那么高，墙上又没缝，你撒谎！我们家什么也没有!”

“老天爷啊!”彼得罗夫娜放声哀号，一只手抓住头，另一只手伸向外祖父。“对了，老天爷啊，我是说谎！我走着，突然看见有脚印通向你们家围墙，有一块地方的雪被压实了，我再向围墙那边一看，看见他躺在地上……”

“谁——”

这一声喊得长得可怕，以致他喊的是什么话一点也听不清，但顿时所有的人就像失去了理智，你推我挤地拥出厨房，向花园奔去。大家在坑里，在松软的雪地上发现了彼得伯伯。只见他脊背靠着烧焦的木桩，头耷拉在胸前。他的右耳下面，有一道很深的鲜红的口子，像个嘴巴，有几片发青的东西，像牙齿一样从血口子里翘到外面。我吓得半合上眼睛，透过睫毛，看见彼得膝盖上有一把我认识的马具刀，刀旁是他的右手，发黑的手指弯曲着。左臂甩在一边，埋在雪里。马车夫身子下面的雪，表面上和边上已经融化

---

① 据传说，胜者格奥尔吉为基督教圣徒，他曾创造奇迹，战胜毒龙、毒蛇，受到人们崇拜。公元三〇三—三〇四年罗马皇帝戴克里先开始迫害基督教徒时被杀害。沙皇俄国曾将他手持长矛战胜毒龙的形象铸造在铜币上。

了，他那瘦小的躯体深深地陷进柔软发亮的绒毛般的雪里，更像个小孩了。他右面的雪地上，有一个红殷殷的奇怪的花纹，花纹像一只小鸟；左面的雪没有人碰过，平平的，闪着耀眼的光芒。他的脑袋恭顺地垂着，下巴抵住胸口，弄乱了浓密拳曲的胡须。赤裸的胸脯上，几道通红的血流已经凝结，血迹上有一个大的铜十字架。院子里七嘴八舌，闹哄哄的，令人头晕。彼得罗夫娜不断吱吱哇哇地叫嚷，警察喊叫着，打发瓦列伊到哪儿去干什么事，外祖父嚷道：

“不要把雪上的脚印踩掉！”

但是，他忽然皱起眉头，瞧着自己脚下的地，一本正经大声地对警察说：

“老总，你怎么喊也白费劲！这事儿是上帝的意旨，由上帝来裁判，可你却乱七八糟地瞎搅和，唉，你们这帮人啊！”

大家顿时不再作声了，都目不转睛地凝视着死者，叹息着，画着十字。

有几个不认识的人从院子跑到花园，他们刚才从彼得罗夫娜那边翻围墙过来时摔了跤，不住地哼哼哧哧，但总还算安静，可外祖父转脸看了看四周以后，绝望地叫嚷起来：

“街坊们，你们怎么把马林树苗糟蹋成这样，你们难道不觉得害臊！”

外婆拉了我的手，哽咽着领我回屋……

“他干了什么啦？”我问道。外婆回答说：

“你不是看见了吗……”

整个晚上，一直到深夜，厨房和厨房隔壁的房间里都挤满了外人。他们不断地大声叫喊，警察在发号施令，还有个像教堂里的助祭似的人，一面写着什么，一面像鸭子叫似的问：

“嘎克，嘎克？”①

外婆请大家在厨房里喝茶，有个麻脸、留小胡子的胖子坐在桌旁，他吱吱哇哇地叙述着：

“他的真正的姓名、父称不知道，只查出他是耶拉吉马人。那个哑巴侄儿，压根儿不哑，他全招供了。还有另一个人也招供了，这个案子里一共三

① 此处为俄语中“Как？Как？”（怎么啦？怎么啦？）的译音。作者描写助祭发音重浊，像鸭叫的嘎嘎声。

个人。很早很早以前他们抢劫过教堂,这是他们的拿手好戏……"

"啊,我的上帝。"彼得罗夫娜叹息着,她满脸通红,泪流满面。

我躺在宽板床上,望着下面,我觉得厨房里所有的人,似乎都变得又矮、又胖、又可怕。

十

有一天,是星期六,一清早我就到彼得罗夫娜的菜园子里去捉灰雀,可那些挺着红肚子的灰雀爱摆架子,就是不进我的圈套;它们弄姿作态,在镶银似的雪面冰层上贪玩地走来走去,间或跳上被霜暖暖裹着的灌木丛的树枝,悠悠地晃荡着,树枝上星星点点地洒落下蓝莹莹的雪花,像一朵朵开着的鲜花。景色如此之美,即使捉不到鸟儿也不让人懊恼。我这个猎人并不狂热,喜爱捕猎的过程往往甚于喜爱捕猎的结果。我爱观察小鸟怎样生活,爱想有关它们的一切。

独自一人坐在雪野的边缘上,在天寒地冻毫无干扰的静谧中,谛听着小鸟啾啾的叫声,远远的什么地方,一驾过路的三套马车上的小铃铛——这俄罗斯冬季的百灵鸟,唱着歌儿像飞似的驶去……这是多么美妙啊!

在雪地里,我突然打了个寒颤,感到耳朵冻得很疼,便收了捕鸟器和鸟笼,翻过围墙到外祖父的花园,回家去了。只见宅院朝街的大门开着,一个身躯高大的庄稼汉正牵着一驾套着三匹马的有篷的大雪橇,从院子里往外走,出汗的马身上像冒烟似的雾气腾腾,庄稼汉快活地吹着口哨。这时,我的心扑通跳了一下。

"拉谁来啦?"

他转过脸，手放眉头遮着光看了我一眼，跳到赶车的座位上说道：

"神甫！"

嗯，这跟我不相干，倘若是送神甫来的，那大概是来找那些房客的。

"驾！走吧，我的小鸡儿。"庄稼汉抽动着缰绳，吹起口哨，吆喝起来，寂静中顿时充满了快乐的气氛，三匹马猛地往前一拉，一齐向田野奔去。我看了看雪橇的背影，关上大门，可我一跨进厨房，隔壁房间里就传出了母亲有力的嗓音，只听她一字一句清清楚楚地说：

"现在怎么办，要杀死我吗？"

我连衣服都没脱，扔下鸟笼就跳到过道里，一头撞在外祖父身上。外祖父抓住我的肩膀，用粗暴的目光狠狠瞪了我一眼，似乎好不容易咽下一个什么东西似的强捺住怒火，嘶哑嗓子说道：

"你母亲来了，去吧！等一等……"他抓着我的肩膀摇晃了一下，我险些没跌倒，接着他又把我向房门里一推说道："去吧，去吧……"

我一头撞在包着毡子和漆布的门上，因为冷和激动，两手不住地颤抖，半天才找到门把手，终于轻轻地打开门，站在门槛上发怔。

"这就是他啊，"母亲说道，"老天，长这么大啦！怎么啦，还没认出我？看你们给他怎么穿的，嘿，真不像样……瞧他的耳朵冻得都发白了！好妈妈，请你给我点鹅油，快点……"

她站在屋子中间，俯身向着我，脱去我身上的衣服，把我当球似的转来转去。她那巨大的身躯上穿着一件既暖和又柔软的红连衣裙，又宽又大，像庄稼汉穿的长襟外衣，连衣裙上一排黑色的大衣扣，从肩上斜着一直到下摆。我从未见过这种衣裳。

我觉得她的脸比从前小了，又小又白，眼睛却变大了，比以前陷得深，头发更加金光闪闪。她替我脱衣服，把衣服扔到门槛旁，厌恶地撇起深红色的嘴唇，不断地用命令的口吻说着：

"你怎么不说话？开心吗？嘿，衬衫太脏了……"

然后她用鹅油替我按摩两只耳朵，虽有点痛，但从她身上不断散发出一种清新的、好闻的气息，这股气息减轻了我的疼痛。我紧紧偎在她身上，探察着她的眼睛，激动得说不出话来。透过她说话的声音，我又听到外婆低沉的、不高兴的声音：

“他不再听话啦,成了脱缰的野马,连他外公也不怕……唉,瓦里娅,瓦里娅……”

“好啦,好妈妈,别老埋怨啦,会好的!”

周围的一切,与母亲相比,都显得又小又可怜,而且显得衰老和陈旧,连我也感到自己像外祖父,是个小老头了。她用两膝紧紧地夹住我,沉重而温暖的手抚摩着我的头发,说道:

“该理发了。也到上学的时候了。你想学习吗?”

“我已学会念书了。”

“还要再学一些。你知道不,你长得多结实啊?”

她一面摆弄着我玩儿,一面呵呵地笑着。笑声使我的心里温暖无比。

外祖父进了屋,他板着铁灰色的脸,毛发竖立,两眼通红。母亲用手推开我,大声问道:

“好爸爸,到底怎么样?要我走吗?”

外祖父在窗旁站定,用指甲在窗玻璃上划着,好半天不开口,屋内的气氛紧张极了,使人心惊肉跳。我每到这种紧张的时刻,就似乎全身都长了眼睛和耳朵,胸部奇怪地发胀,想大叫一通。

“列克谢,滚出去。”外祖父低沉地说。

“为什么?”母亲问,又伸手把我揽在怀里。

“你哪儿也不要去,我不准你去……”

母亲站起来就像房间里飘过一朵红色的云彩,站在外祖父身后。

“好爸爸,您听我说……”

他转过身来对她尖叫了一声:

“住嘴!”

“好啦,我可不许您对我大喊大叫。”母亲轻声说道。

外婆从沙发上站起来,伸出手指着母亲狠狠地说:

“瓦尔瓦娜!”

外祖父坐到椅子上,开始嘟嘟哝哝地说:

“你等一等,我是你的什么人?啊?这是什么话?”

突然他又咆哮起来,连声音都变了:

“你丢尽了我的脸,瓦丽卡①……”

“你走开。”外婆命令我。我怀着抑郁的心情走到厨房里,爬上炉炕,久久听着他们在隔壁房间里的谈话:一会儿三个人一齐说话,相互打断对方的话头,一会儿又都闷声不响,好像全睡着了。他们谈到母亲生的一个小孩的事,母亲把那个孩子送给了什么人,但弄不明白,外公为什么生气:是气母亲没经过他同意就生孩子呢,还是气母亲没有把孩子带到他这儿来?

后来,外祖父走进厨房,头发蓬乱,脸气得像猪肝一样赤红,神色疲惫,外婆跟在他的后面,用上衣的下摆擦着脸上的泪水。外祖父坐到长凳上,弯下腰两手撑着凳子,咬着发灰的嘴唇,浑身哆嗦,外婆在他面前跪下,低声但竭力地求他说:

“孩子他爸,看在基督的分上,你就原谅她吧,原谅她吧!不用说像我们这样的人家会有这种事儿,难道那些老爷、有钱的商人家就没有这种事儿啦?她是女人啊,你瞧,长得又这么漂亮!算了吧,原谅她吧,要知道,无论什么人都不能一点儿不犯戒……”

外祖父身子向后一仰,靠在墙上,看着她的脸,撇起嘴巴苦笑,哽咽着埋怨说:

“嗯,是啊,那还用说!那又怎么办呢?你什么人不原谅啊,所有的人你都饶恕,嗯,是的吧,唉,你们这帮人啊……”

他向外婆俯下身子,抓住她的两肩,摇晃她,很快地低声絮语说:

“可是上帝对什么人也不饶恕,不是吗?我眼看要入土了,可在我们最后的日子里,上帝还在惩罚我们,既不能得到安宁,也没有欢乐,永远不会有!你记住我的话!我们还要当叫花子饿死,非当叫花子不可!”

外婆抓住他的手,坐到他的身边,悄悄地轻声地笑了。

“这没什么了不得的!当叫花子有什么可怕的?嘿,讨饭就讨饭呗!你听着,到时候你在家里待着,我去要饭,不要紧,人家会给我的,我们准会吃得饱饱的!你什么都别想啦!”

外祖父突然苦笑了一下,像山羊似的扭过脖子,钩住外婆颈脖,紧偎着她,显得又瘦小又憔悴,悲咽地说:

---

① 瓦尔瓦娜的昵称。

"唉,傻婆子,你这有福气的傻瓜,我最后的一个亲人!你真是傻得什么都无所谓,什么都不抱怨,你什么都不明白啊!为了他们,难道我和你不是辛辛苦苦干了一辈子,难道我没有为了他们作过孽,唉,他们现在哪怕,哪怕有一点点……"

这时,我再也忍不住了,我泣涕如雨,从炉炕上跳下来,扑到他俩身边号啕大哭起来。我这是快乐的哭,他们从来说得没有这样动人,这也是为他们悲痛而哭,还因为母亲从远方回家了而哭,是为他们能平等地接纳我,和他们一起哭而哭。外公外婆两人拥抱我,紧紧地搂住我,真是哭得泪如雨下,外祖父对着我的耳朵和眼睛低声说:

"唉,淘气鬼,你也在这儿!你母亲回家了,现在你跟她去吧,外公这个老鬼,太凶啦,现在不要他了,好吗?外婆这个人啊,太娇惯孩子,放纵人,也不要她,好吗?唉,你们这帮人啊……"

他两手一摊,丢开我和外婆,愤然大声说:

"全都走开了,都一心一意要到别的地方去,真是什么都不顺心……喂,你去叫住她,好不好!快点,你倒是快啊……"

外婆立刻从厨房里出去了,而他则低下头,对着屋角说:

"无上仁慈的主啊,你瞧,你全都看见了!"

他用拳头重重地把胸捶得咚咚响。我最不喜欢他这样,总之,我不喜欢他和上帝说话的样子,仿佛他总是在上帝面前表白自己似的。

母亲来了,由于她身上的红连衣裙,厨房里变得更亮了。她坐在桌旁的长凳上,外祖父和外婆坐在她的两边,她的又宽又大的袖子搭在他们两人的肩上,轻声地、严肃地叙述着什么,外公外婆一声不响地听着她讲,不打断她。现在他们老两口仿佛成了小孩子,她是他们的母亲。

我由于刚才过度激动,在宽板床上睡熟了。

晚上,两个老人穿上了节日的盛装去做晚祷。外祖父穿的是行会会长的制服,上身是浣熊皮的大衣,下面的裤脚不塞在靴筒里,外婆快快活活地朝着外祖父方向挤了挤眼睛,并向我母亲使了个眼色说:

"瞧你父亲那副模样,打扮得真像一只干净利落的小山羊!"

母亲快乐地笑了。

当我和她单独在房间里时,她坐到沙发上,盘起腿,用手拍拍自己的旁边，对我说：

“到我这儿来！嗯，告诉我，你过得怎样啊？不好，是吗？”

“不知道。”

“外公常打你？”

“现在已打得不太多了。”

“真的吗？现在你随便给我说些什么吧，好吗？”

关于外公的事我不愿说，我便开始说在这个房间里原来住了一个很好的人，但谁也不喜欢他，外祖父不肯把房子租给他。看得出，母亲不喜欢听这件事，她说：

“那么，还有什么呢？”

我又讲了隔壁三个小孩的事，讲了上校把我赶出了他的院子，她紧紧地抱住了我。

“就这些乱七八糟的事儿啊……”

她忽然沉默起来，微微眯缝上眼睛，看着地板，不断地摇头。我问：

“外祖父为什么生你的气？”

“我对不起他。”

“假如你把那个小孩给他带来呢？……”

她猛地把身子向后一仰，脸上现出阴郁的神色，咬住嘴唇，接着把我搂得紧紧的，突然哈哈大笑起来。

“哎哟，你啊，真是个小怪物！这事儿不该你问，听见吗？别说，连想都别想！”

她轻声讲了很久，很严肃，但我听不懂，然后她站起来，开始走来走去，用指头敲着下巴，两道浓密的眉毛不住地动。

桌上点着的脂油烛淌油了，烛光在镜子里映出的肮脏黑影在地板上爬来爬去，屋角神像前点的那盏神灯微微发光，结冰的窗户在月亮的映照下，泛出一片银色。母亲环顾周围，就像在空无一物的四壁和天花板上寻觅着什么。

“你什么时候睡觉？”

“还要等会儿。”

“难怪，你白天睡过了。”她想起了这事，叹息了一声。

"你想走?"

"走到哪儿?"她用手托起我的下巴反问我,她盯着我的脸看了很久很久,我的眼睛里涌出了泪水。

"你这是怎么啦?"

"颈子痛。"

其实我的心也很悲痛,我马上感到她将不会住在这个家里,她要走了……

"你长大后会像你的父亲。"她一面说,一面把门前的擦脚垫踢到一边。"外婆跟你讲起过他吗?"

"讲过。"

"外婆很喜欢马克西姆,非常喜欢!他也喜欢外婆……"

"我知道。"

母亲看了看蜡烛,皱了皱眉,把蜡烛吹灭了,说道:

"这样好些!"

确实,这样房间里的空气清新些了,地板上再没有肮脏黑影晃来晃去了,只有几个蓝莹莹的光点,窗玻璃上显现出黄灿灿的火花。

"你前些时住在哪儿的?"

她仿佛又忆起已忘却了很久的过去,说了几个城市的名字,在房间里无声无息地转来转去,像一只老鹰在盘旋。

"你这些衣裳是在哪儿买的?"

"我自己缝的。我什么都是自己做的。"

我很愉快,她不像家里其他人,但很少说话,这使我心里很难受,如果我不问她,她就一直不开口。

后来她又挨着我坐到沙发上,我们便默默地坐着,紧紧地依偎在一起,一直到两位老人回家。他们满身散发着蜡烛和神香的气味,神情肃穆而和蔼。

吃晚饭时,像过节一样,大家都循规蹈矩地坐在桌旁,很少说话,要说话也小心翼翼,仿佛怕吵醒谁的易醒的好梦。

过了不久,母亲开始精神抖擞地教我认俄罗斯民用字母。她买了几本小书,其中有一本《国语》,我花几天工夫才学会阅读民用字母印的书,母亲立刻就让我把一首诗记熟。就为这我们之间搞得很不开心。

这首诗是这样的：

大路笔直，大路宽广，
上帝赐你那么多的地方。
斧子铁锹没有把你铲平，
马蹄踏在你又厚又软的尘土上。

我念时总把"地方"这个词里念错一个音节，意思就成了"普通"，把"铲平"念错两个音节，结果就成了"砍伐"，而"马蹄"在语法上应念第三格，我却念成第二格①。

"哎，你动脑子想想，"母亲训斥我，"怎么念'普通'呢？你这个怪物！念'地——方'，懂吗？"

我懂，可一出口，还是念成'普通'，连我自己都感到奇怪。

她动火了，说我头脑不清，太犟，我听了这话很难过，我确实是认认真真的，努力想把这首该死的诗记牢，在心里默读时一点也不错，可一读出声来，准错。我真恨死这几句老是念不准的诗了，一气愤，便故意把字念得不像样子，将发音差不多的词乱七八糟地凑成一行。念着这些根本不能表达任何意思的像施巫术时念咒语似的诗，我十分得意。

但是，就因为这顽皮受了母亲狠狠一顿教训：有一天，顺利地上完课以后，母亲问我诗背熟了没有，谁知我不由自主地溜了嘴，念念有词地咕哝起来：

"大路、两只角、奶渣、不贵，
马蹄、神甫、洗衣盆……②"

---

① 诗中三个词分别应为：простора、ровняли 和 копыту，而主人公却读成：простого、рубили 和 колыта。

② 以上两行字都是俄语中发音相近的词。

等我意识到时已经迟了：母亲双手撑住桌子，站了起来，一字一顿地说：

“这是怎么一回事？”

“我不知道。”我吓傻了，说道。

“不行，究竟是怎么回事？”

“就是这样。”

“什么就是这样？”

“好玩。”

“站到墙角去。”

“为什么？”

她压低了声音严厉地说：

“去站墙角！”

“站什么墙角？”

她不回答，一直盯着我的脸看，这下我真手足无措了，不明白她要我干什么。圣像下的那个墙角里有一张小圆桌，桌上的花瓶里插着虽已干枯但仍有浓郁香味的花草，在前面的那个墙角里放了一口箱子，箱子上盖着毯子，屋后的那个墙角被床占着，没有第四个墙角，门框紧靠墙边。

“我不知道，你要我干什么。”我真感到再也无法理解母亲了，说道。

她低下头，沉默了一会儿，轻轻擦擦前额和脸颊，然后问道：

“外公罚你站过墙角吗？”

“什么时候？”

“一般地说，随便什么时候！”她大叫一声，重重地拍了两下桌子。

“不。我不记得。”

“你知道，站墙角——这是一种处罚吗？”

“不，为什么这样处罚呢？”

她叹了一口气。

“唉！——你到这儿来。”

我走到她面前，问她：

“你为什么对我大喊大叫啊？”

“那你为什么故意乱七八糟地背诗？”

我尽我所能地向她解释说，我一闭上眼，诗就全部记得，就像印在脑子里似的，可是一念，其他词就从嘴巴里出来了。

“你有没有装假？”

我回答说：“没有。”但马上一想：“也许我是装的吧？”突然，我不慌不忙地把那首诗背了一遍，背得完全正确。这使我自己大吃一惊，也使自己无地自容。

我感到，我的脸突然涨得像肿起来似的，耳朵充满了血，变得好重，脑袋里嗡嗡地响得难受。站在母亲面前，我害臊得像发烧一般，透过眼泪，看见母亲紧闭嘴唇，皱起眉头，脸色显得忧伤黯然。

“这到底是怎么啦？”她问道，连声音都变了。“就是说，你是假装的啰？”

“我不知道。我本不想……”

“你这人真难弄，”她低下头说道，“去吧！”

她开始要我背越来越多的诗，而面对这些四平八稳的诗句，我的记忆力却愈来愈不管用，我难以克制地想把这些诗改头换面，配上一些其他词，使它变个样，而且这种愿望越来越强烈。其实我要这么做非常容易，头脑里那些毫不相干的词蜂拥而至，转瞬就和书上应该用的词搞混了。常常整整一个诗行我似乎都视而不见，不论怎么拼命地抓住不放，都看不见，记不住。有一首很凄凉的，仿佛是维亚泽姆斯基公爵[①]的诗，使我十分苦恼：

> 无论是黄昏，还是清晨，
> 那众多的孤儿和鳏寡老人，
> 以基督的名义哀求施舍，

而下一诗句：

---

① 彼·安·维亚泽姆斯基（一七九二—一八七八），公爵，俄国诗人，文艺评论家，彼得堡科学院院士。其公民抒情诗接近十二月党人的浪漫主义诗歌，五十年代起，诗的内容主要是反对革命，维护君主制度。

他们挨户行乞,悲声阵阵①

这一句我背时准会漏掉。母亲气愤地告诉外祖父,说我是玩花样。外祖父阴郁地说:

"他是顽皮!他的记性好得很,祷词记得比我牢。他说记不住是撒谎,他的记忆力就像石头,刻上去就再也抹不掉了!你要常抽抽他!"

外婆也常揭发我:

"他童话记得,歌也记得,诗不就是歌吗?"

他们说得全对,连我自己都觉得是我的过错。但我一拿起诗来读,一些不相干的词就像蟑螂似的,不知从什么地方爬了出来,它们也一队队地排成了行:

就在我家大门口,
好多孤儿和老头,
伸手讨饭哀声求,
讨来的全给彼得罗夫娜,
卖出钱去买黄牛,
还能在山沟里喝老酒。

夜里,我和外婆躺在宽板床上,我一遍又一遍令人厌烦地把我从书本上学的和我自己编的,全都背给外婆听;她听了有时忍不住哈哈大笑,但更经常的是数落我。

"瞧,你知道的,你不是会嘛!可你不该嘲笑乞丐,上帝保佑他们!基督就当过乞丐,凡是圣人都当过……"

我低声咕哝着说:

乞丐我不爱,

---

① 这是另一个俄国诗人伊·萨·尼斯丁(一八二四——一八六一)的一首诗《乞丐》中的一句。

外公我也不爱，
我该怎么做？
主啊，原谅我！
外公尽找碴儿，
狠狠把我打……

“你说什么话，烂掉你的舌头！”外婆生气了。“要是你外祖父听见你这些话会怎样？”

“就让他听见好了！”

“你真不应该淘气，惹你母亲生气！你不让她生气，她就已经够难受的了。”外婆若有所思地、温和地劝我。

“她为什么难受？”

“别问啦，听见吗？你不懂……”

“我知道，是外公对她……”

“住嘴！我让你住嘴！”

我过得很不愉快，常常体验到一种近乎悲观绝望的感情，但不知为什么我又想掩饰这种感情，于是故意装得满不在乎，仍然调皮捣蛋。母亲给我上的课愈来愈多，越来越不懂，算术我倒不费劲就学会了，可使我受不了的是作文，文法我一点不懂。但最使我压抑的，是我看见并感觉到母亲生活在外祖父家里心情总是很沉重。她整日愁眉苦脸，总是用像外人的目光看着大家，她能久久地坐在朝花园的那个窗口，沉默不语，整个人显得十分憔悴。刚来的那几天，动作敏捷，精神焕发，可现在，她的眼睛下面现出了两个黑斑似的阴影，常常一连几天不梳洗，就这样披头散发地走来走去，身上的连衣裙皱皱巴巴，短上衣的纽扣也不扣。这副模样使她挺难看，我看了心里很难过。我心目中的她应当永远干干净净、漂漂亮亮、望之俨然，应当比谁都强！

给我上课时，她那一对深陷的眼睛常常越过我凝视着墙壁、窗户，向我提问时，声音显得十分疲惫，有时忘了回答我的问题，而且动不动就对我发火，大喊大叫，这使我很委屈。母亲嘛，应当比所有的人都公正，童话中的母亲都是这样的。

有时我问她：

“你跟我们在一起不高兴吗？”

她生气地回答：

“你做你自己的事。”

我还发觉，似乎外祖父正在准备做一件使外婆和母亲害怕的事情。他常常在母亲房间里，锁上门，只听见他在屋里一会儿长吁短叹，一会儿尖声号叫，就像那个歪肋的牧人尼卡诺尔在吹我最讨厌听的木头笛子一样。有一次他们在屋里谈话时，突然听到母亲一声大叫，震得整座房子都听见：

“这不行，办不到！”

砰的一声，门关上了，外祖父哀号起来。

这事发生在晚上，外婆坐在厨房里的桌旁替外祖父缝衬衣，嘴里自言自语地咕哝着什么。听到关门声，她侧耳听了听，说道：

“她到房客那儿去了，啊，上帝啊！”

忽然，外祖父一下子跳进了厨房，跑到外婆面前，照着她的头就是一巴掌，然后甩着打疼了的手，撕破了嗓子喊道：

“不该说的别乱说，你这爱唠叨的老妖婆！”

“你这个老傻瓜，”外婆整了整被打歪了的头巾，仍然心平气和地说，“我就不开口，那又怎样呢！反正平时你的那些想当然的主意，只要我知道了，我就告诉她……”

他猛地扑向外婆，拳头像雨点似的打在外婆的大脑袋上。她既不挡他的拳头，也不推开他，说：

“好，你打吧，你打吧，你这疯子！喏，我让你打！”

我拿起宽木板床上的枕头、被子和炕炉上的靴子向他们扔去，暴怒中的外祖父没注意我扔他们，外婆跌倒在地，他就用脚踢外婆的头。最后他绊了一下，也摔倒了，碰翻了一桶水。他跳起来，气冲冲地吐着唾沫，狠狠向四面看了一眼，跑到自己住的顶楼去了。外婆从地上爬起来，哼着坐到长凳上，开始整理被弄乱的头发。我从宽板床上跳下来，她生气地对我说：

“把枕头和其他东西全都放在炕炉上去！你也想得出，扔枕头！关你什么事？那个老鬼竟发这么大的脾气，真是疯子！”

突然她哎哟喊了一声，皱起眉，低下头喊我：

“你来看看，这儿怎么疼啊？”

我掰开她那厚厚的头发一看，原来是一根发针深深地扎进了她的头皮，我把它拔出来，接着又找到一根，我的手指已吓得麻木了。

“我去把妈妈叫来吧，我怕！”

外婆摇摇手说：

“你怎么啦？我看你敢去喊！她没听到，没看见，就谢谢上帝了，你还要去叫，简直叫人没办法！你还不走开！”

她开始用那织花边的灵巧的手指在自己黑油油的浓密的头发里摸寻。我鼓足勇气，又帮她从头皮里拔出两根已经弯了的粗发针：

“你疼吗？”

“不要紧，明天我烧澡堂，洗洗就好了。”

她温和地央求我说：

“你啊，心肝宝贝，别告诉妈妈说他打我了，听见吗？就是没这件事，他们父女俩的火气就够大的了。你不要告诉你妈妈，好吗？”

“我不告诉她。”

“那好，你可要记住了！来，我们马上把东西全收拾好。我的脸没打破吧？好，这样我们悄悄地搞好，人不知，鬼不觉的……”

她动手擦干地板，我发自内心地说：

“你真像圣徒，别人这样折磨你，你还说不要紧！”

“你怎么说蠢话？我像圣徒……你这想法打哪儿来的？”

她在地上爬来爬去地擦地板，口中絮絮叨叨地说了好久，我坐在炉炕的小台阶上，冥思苦想怎样替外婆报复一下外祖父。

我第一次亲眼看见他这样疯狂和可怕地打外婆。在昏暗中，外祖父烧得发红的脸孔和扬起的棕红色的头发，似乎仍在我的眼前显现；一种屈辱感在我心中难以忍受地翻腾。我真恨自己想不出一个好办法来为外婆报仇。

但是，两天以后，我为一件什么事走进外祖父住的顶楼，看见他坐在地板上，面前放了一个打开的大匣子，他正在整理匣子里的文件。椅子上放着他心爱的教堂日历，那是十二张厚厚的灰色的纸，纸上按每个月里的日子列成方格，每个格子里则印着那一天所有圣徒的画像。外祖父非常珍惜这些圣徒像。我看见这些圣像的机会很少，只有在当他因为什么事对我感到满意的时候才让我看。每当我仔细看那些紧紧排在一起的、可爱的、灰色的小人像时,心中总产生一种特殊的感觉。其中有些圣徒,例如基里克和乌莉塔、受苦受难的瓦尔瓦拉、潘苔雷蒙和其他许多圣徒的生平我是知道的,我特别喜爱神人阿列克谢的令人感伤的传记和叙述他的那些美妙的诗。外婆常常动人地背这些诗给我听。往往有这种情况,当你看了几百个这样的人以后,你就会稍稍地聊以自慰,因为受苦的人自古有之。

但是,现在我决定把这些教堂日历剪成碎片,于是趁外祖父到窗口去看印有几只鹰的文件的时候,我就抓起几张飞快地跑下楼去,从外婆的桌子抽屉里拿出剪刀,爬上宽板床,动手剪掉那些圣徒的头。我剪掉了一排人头以后,又对这些圣像怜惜起来,于是我便开始沿着方格的线剪,但还没来得及把第二排剪下来,外祖父就来了,他站在小台阶上问道:

"谁让你拿走十二圣徒像的?"

他一看见板床上撒满了剪下的方块纸,抓起几张放到眼前看看,丢掉后又抓几张看,他的下巴突然变弯曲了,胡子气得一翘一翘,呼吸急促,甚至把手中的方块纸吹落到地板上。

"你干了什么?"他终于大喝一声,一把抓住我的脚往自己身边拉,我猛地腾空从宽板床上翻了下去,幸亏外婆用手接住了我,外祖父不住地用拳头捶外婆和我,刺耳地大叫:

"我要打死你们!……"

这时,母亲来了,我钻到炉旁的屋角里,她用身子挡住我,抓住并推开外祖父在她脸前挥舞的两只手,说道:

"真不像样子,干吗这样?冷静一下!……"

外祖父一下子躺倒在窗下的长凳上,悲号起来:

"杀人啦!你们所有的人全都反对我啊,啊——"

"你怎么不害臊?"母亲闷声闷气地说。"干吗您老是要装疯卖傻?"

外祖父狂喊乱叫,两只脚啪啪地跺着板凳,胡须可笑地翘向天花板,两眼紧闭。我也感觉到他在我母亲面前感到惭愧,确实他在装腔作势,所以闭住眼睛。

"我替您把这些方块块纸贴到白棉布上,比原先的好,而且比纸牢。"母亲一一细看那几页圣像和已剪下的纸片,一面说道:

"您瞧,全揉皱了,压出褶子了,还有的给搞破了……"

她跟外祖父说话时的神情和口吻，就像在课上我不懂的时候她跟我说话一样。这时，外公突然爬起来，认乎其真地整了整衬衣和背心，咳出了一口痰后，说道：

“今天你就给我贴好！我马上去把另外几张也拿来……”

他向门走去，但走到门口时转过身来，用弯曲的手指指着我说：

“不过得抽他一顿！”

“是该打，”母亲表示同意，又俯下身子对我说：“你为什么要这么干？”

“我故意这么干的。让他不要打外婆，要不，我还要剪掉他的胡子……”

外婆正在脱被撕破的上衣，摇着头责备我说：

“你不是答应过不说的！”

她向地上啐了一口唾沫，说：

“叫你的舌头肿得动也不能动、卷也不能卷才好呢！”

母亲瞧了瞧外婆，在厨房里走了一会儿，又走到我面前。

“他什么时候打外婆的？”

“你啊，瓦尔瓦拉，你怎么好意思问这件事，这与你有什么相干？”外婆生气地说。

母亲拥抱了她，说道：

“啊，好妈妈，你是我最亲爱的好妈妈……”

“这就是所谓的好妈妈，给我走开……”

她俩对看了一眼，不再说话，分开了：因为这时外祖父正在过道里橐橐地跺着脚呢。

母亲刚回来几天，就和那个军人的妻子——爱说爱笑的女房客交上了朋友，几乎每天晚上都到前院子去，贝特连格家的那些美貌的小姐、军官也常去那儿。外祖父很不高兴，在厨房吃晚饭的时候，不止一次地举起汤匙发狠，气呼呼地咕哝说：

“这些该死的家伙，又聚会了！从现在起到明天早晨就别想睡着了。”

过了不久，他就要那几家房客让出房子。房客一搬走，他就不知从哪儿拖来两大车各种各样的家具，分放在前院的几个房间里，并用大挂锁锁上门。

“我们不需要房客,我要自己请客!”

果然,每逢节日,家里都有客人来:常来的有外婆的妹妹马特廖娜·伊万诺夫娜,她是个爱喊爱叫的洗衣婆,大鼻子,穿有条纹的绸连衣裙,扎金黄色的头巾。常和她一起来的还有她的两个儿子,一个叫瓦西里,是个绘图员,长头发,心地善良,性格开朗;另一个穿得像花花公子似的儿子叫维克托,他生就一张马脸,狭长的脸上撒满了雀斑,人还在过道里脱着套鞋,就像木偶戏中装疯卖傻逗人笑的小丑彼得鲁什卡那样尖着嗓门低声唱起了:

安德烈爸爸,安德烈爸爸……

这使我十分惊奇,也很害怕。

雅科夫舅舅也常来,而且总随身带着吉他,有时他的雪橇上还带来一个独眼、秃头钟表匠,钟表匠身穿长长的黑色礼服,态度安详,待人温和,像一个修士。他总坐在屋角,头歪向一边,面带笑容,古怪地用一个手指戳在他那剃得光光的双下巴上支撑住整个脑袋。他的面色黑黝黝的,那只唯一的眼睛看所有人不知为什么都特别凝神。这个人难得说话,要开口也常常重复同样的一句话:

“一样、一样,不难为您了,先生……”

当第一眼看见他时,我突然想起了过去看见过的一个人:很久以前,那还是住在新大街的时候,有一天,门外远远响起了令人不安的鼓声。一辆黑色的高大的马车,沿着从监狱通向广场的大街驶过,大车旁围满了士兵和人群,大车凳子上坐着一个中等身材的人,他头戴圆呢帽,胸前挂着一块黑底白字的牌子,那个人低着头,好像在念牌子上的字,全身不住地摇晃着,镣铐不时地发出当啷声。所以当母亲对钟表匠说:“这就是我的儿子”的时候,我吓得连忙将两手藏在背后,直向后退躲开他。

“不难为您了,”他说话时,把嘴巴可怕地歪向耳根,一把抓住我的裤带,把我拉到他身边,又轻又快地使我就地转了个圈,放开我后,称赞说:

“不错,孩子挺结实……”

我躲进屋角的一张皮圈椅里,圈椅很大,我可以躺在上面,外公常常自吹,说这是格鲁吉亚王公的宝座。我坐在这宝座上看着大人们的枯燥无味的应酬，观察着那个钟表匠古怪而令人怀疑地变化着的脸。他那油光光、胖乎乎的脸仿佛正在融化，在流油。他一笑，两片厚嘴唇就会歪到右腮帮，而小小的鼻子就像碟子里的一只饺子，跟着滑过去。两只撅出的大耳朵很奇怪：居然能动，一会儿跟着那只有视力的眼睛的眉毛向上翘起，一会儿随着眉毛往下耷拉，向颧骨靠拢。看起来，只要他想，说不定能用两只耳朵，像用两只手掌似的，捂住自己的鼻子。有时他叹了口气，伸出那黑乎乎圆滚滚像小捣槌似的舌头，灵巧地在嘴边画个圆圈，舔舔那油腻的厚嘴唇。不过，他的面部表情和动作，我并不觉得可笑，只是说不出的惊讶，迫使我目不转睛地盯住他看。

他们喝的茶里加上罗姆酒①，这种酒有一股烧焦的葱叶味；喝外婆酿的各种果子酒：有金黄色的，有焦油般黑色的，有绿色的；还吃味道浓馥的酸奶、包罂粟花籽的蜜饼。大家吃得身上冒汗，大声地喘气，齐声夸奖外婆做得好。吃饱喝足以后，个个满面通红，挺着肚子，一本正经地坐在自己的椅子上，懒洋洋地邀请雅科夫舅舅弹个曲子。

雅科夫俯身抱着吉他，叮叮咚咚地弹了起来，随着乐曲他惹人厌烦地唱道：

> 哎，能怎么活，你就快乐地活，
> 把全城吵它个天翻地覆——
> 面对着喀山的小姐们，
> 你详详细细地对她们说……

我觉得这支歌非常伤感，外婆说：

"雅沙，你弹个别的曲子吧，弹个好点的，行吗？莫特里娅②，你还记得以前常唱的那些歌儿吗？"

洗衣婆一边整着窸窣作响的连衣裙，一边振振有词地说：

"如今啊，我的老太太，那些歌儿不时兴啦……"

---

① 罗姆酒是一种用甘蔗制成的烈性酒。

② 洗衣婆马特廖娜的昵称。

舅舅微微眯缝起眼睛看着外婆,仿佛她坐在很远的地方,仍然固执地弹那些令人不快的曲调,唱那些喋喋不休的歌词。

外祖父背着大家和钟表匠秘密交谈,他用手指向钟表匠比画着什么,而钟表匠则微微抬起眉头,向母亲那边看,不住地点着头,他那油光水滑的面孔捉摸不定地变幻着。

母亲总是坐在外祖母妹妹的两个儿子——谢尔盖耶夫兄弟中间,她正在与瓦西里悄声、严肃地交谈。瓦西里叹息着,说:

“是啊,这倒是必须考虑的……”

而维克托则笑容满面,两脚擦着地面,突然尖声尖气地唱道:

安德烈爸爸,安德烈爸爸……

大家瞠目结舌,一起看着他,洗衣婆得意洋洋地解释说:

“这是他从戏园子里学来的,那儿就是这么唱的……”

这样枯燥无聊、令人压抑的晚会举行了两三次以后,有一个白天,那天是星期日,刚做完午祷,钟表匠就来了。我正坐在母亲房间里帮她把小玻璃珠穿到破了的刺绣上,房门突然打开了一点,外婆把头伸进房间,面色惊惶,压低了声音说了一句:“瓦里娅,他来了!”就立刻消失了。

母亲一动也不动,一点不惊慌失措,门又打开了,外祖父站到门口,摆威风地说:

“瓦尔瓦拉,穿好衣服,去吧!”

母亲既不站起来,也不看他,问道:

“去哪儿?”

“上帝保佑,去吧!别争了。他这人脾气好,在钟表行业里,他是把好手,对列克谢来说,是个好父亲……”

外祖父说话不同寻常地一本正经,不住地用手掌抚摩自己的两肋,两肘哆嗦着。他把手臂弯到背后去,似乎他的两只手要向前伸,而他竭力不让它们伸出来。

母亲心平气和地打断了他的话,说道:

“我对你说,这是绝对办不到的……”

外祖父向她跨了一步，伸出双手，像眼瞎了似的，弯着腰，愤怒得竖起毛发，嘶哑地喊道：

“去！不然我就拖你去，抓住你的辫子拖……”

“要拖？”母亲站起来问道，她的脸变得煞白，眼睛可怕地缩小了，只见她飞快地扒下自己身上的上衣、裙子，身上只剩一件衬衣，走到外祖父面前说：“你拖吧！”

外祖父龇起牙，竖起拳头威吓她：

“瓦尔瓦拉，穿上衣服！”

母亲用手推开他，抓住门把手，说道：

“走啊，我们走啊！”

“我诅咒你。”外祖父低声说。

“我不怕。你怎么不走？”

她打开房门，可外祖父一把抓住她衬衣的下襟，跪在地上，低声说：

“瓦尔瓦拉，你这魔鬼，你要毁掉自己的！别丢脸……”

他低声悲哀地哭诉起来：

“孩子她妈啊，孩子她妈……”

这时，外婆已经把母亲挡住了，就像赶鸡似的向她挥着手，把母亲赶进了房门，不满地透过牙缝说道：

“瓦丽卡，你这傻丫头，你怎么啦？进去吧，也不怕害臊！”

她把母亲推进了房间，用门钩把门挂上，再向外祖父弯下身来，一只手把他往上拉，另一只手指着他发狠地说：

“哼，你这个老鬼，怎么这样糊涂！”

外婆让他坐在沙发上，外祖父扑通一声就像破布娃娃似的倒下去，张着嘴，晃起脑袋。外婆对母亲大叫一声：

“穿衣裳，你！”

母亲从地板上拾起连衣裙，说道：

“我不见他，听见了吗？”

外婆把我从沙发上推开，说：

“去舀一勺水来，快点！”

她说话声音虽然很轻，几乎是耳语，心平气和，但那么威严。我跑到过道里，在前屋恨得一步一步重重地跺着脚，只听见房间里传出母亲低沉的声音：

“明天我就走！”

我走进厨房，坐到窗口，昏昏沉沉就像做梦一样。

外祖父在哀怨、呜咽，外婆不住地唠叨，后来听到砰的一声门关上了，屋内立刻悄然无声，静得令人可怕。我突然想起刚才外婆要我来干什么的了，便舀了一铜勺水，走进过道，正好碰见钟表匠从前屋出来，他垂着头，一只手摸着毛皮帽子，喉咙里不断发出嘎嘎的像鸭子叫的声音。外婆两只手放在肚子上，朝他的后背鞠着躬，轻声说道：

“您自己也知道，强扭的瓜是不甜的……”

他在门廊的门槛上一绊，一下子就跳到院子里。外婆在胸前画了个十字，浑身哆嗦起来，不知是在无声地哭，还是暗暗地笑。

“你怎么啦？”我跑到她面前问道。

她一把夺过我手中的铜勺，水泼到了我的脚上，喊道：

“你刚才到哪儿去舀水了？关上门！”

她到母亲的房间里去了。我又跑进厨房，听她俩在一起长吁短叹，不住地哼哧哼哧，咕咕哝哝，似乎在吃力地抬很重的东西。

天气晴朗，冬日的斜阳透过结有冰花的两扇玻璃窗射进房间，照在预备开饭的桌子上，锡制的器皿和盛着棕红色克瓦斯和伏特加的两只长颈玻璃瓶闪出暗淡的光。伏特加酒是外祖父喝的，瓶里浸有郭公草和金丝桃，所以呈深绿色。从窗玻璃已经化冻的地方，可以看见屋顶上耀眼的积雪，围墙的柱子上和椋鸟笼①上闪闪发光，好似戴着银白色的帽子。阳光穿过挂在窗框上的一排鸟笼，我养的鸟儿在笼子里嬉戏：已养驯了的快活的黄雀吱吱啾啾，红腹灰雀戛然长鸣，还有那只红额金丝雀在抑扬婉转地歌唱。但是，这欢快的银装素裹又晴和爽朗的日子非但不能使人愉快，反而显得多余，一切都没有必要。我想把鸟全放了，便取下鸟笼。这时外婆跑进了房间，两手拍打着自己的腰，直向炕炉奔去，骂道：

“哎呀，这些该死的鬼东西，一口气把你们吹掉才好！唉，你这个阿库

---

① 人在树上或杆子上安装状如小木匣的笼子，给椋鸟（或欧椋鸟）住。

林娜，真是老糊涂啦……”

她从炉子里掏出一个大馅饼，用手指敲了敲烤得焦硬的表皮，恶狠狠地啐了一口说：

“嘿，焦了，硬得像石头！竟烤成了这样，真糟糕！嗨，这帮魔鬼，恨不能把你们全都撕成碎片！你这个猫头鹰，干吗这么瞪眼？我把你们全当破盆破罐打碎了才称心！”

她气得哭出来了，噘起嘴，把大馅饼翻过来、覆过去，手指在馅饼干硬的外壳上敲着，大滴的眼泪吧嗒吧嗒地落在馅饼上。

外祖父和母亲走进了厨房，外婆把馅饼砰的一声扔到桌上，桌上的几个盘子被震得跳了起来。

“你们瞧，就是因为你们，烤成了这个样，叫你们不得好死！”

母亲现在情绪很好，已经不生气了，她搂住外婆，劝她不要抱怨。外公无精打采、筋疲力尽，坐到桌旁，把餐巾系在颈上，阳光照得他眯缝着肿起的眼睛，嘟嘟囔囔地说：

“算了吧，不要紧！以前吃的全都是好馅饼。上帝有点吝啬，几分钟就把多少年的账全算清了……他从不承认付利息。你坐下吧，瓦里娅……将就吃吧！”

他像精神失常了，吃饭时滔滔不绝地谈上帝，谈渎神的亚哈①，还谈当父亲的艰难等等，外婆生气地阻止他再说下去：

“你就吃饭吧，瞧你说什么！”

母亲明亮的眼睛闪闪放光，开着玩笑。

“怎么，刚才吓坏了吧？”她碰了碰我，问道。

其实，当时我并不十分害怕，现在我倒感觉不自在了，不明白是怎么回事。

他们吃饭又像平常过节时那样了，吃了很久，时间长得令人不耐烦，而且吃得很多，仿佛半小时前相互大喊大叫准备打架，激动得涕泗涟洏呼天抢地的不是他们。在某种程度上，我已不相信他们刚才那样是严肃认真的，有点觉得他们哭似乎是家常便饭。他们流泪，大声叫骂，相互折磨，常常一碰

① 《圣经》上记载的一位以色列王，他背叛祖宗的信仰，做了许多有罪的、违背教义的事。

就暴跳，但旋即烟消云散。这种现象，我已习以为常，越来越不使我震惊，越来越不能激动我的心了。

很久以后，我才明白，俄罗斯人，因为穷困和生活内容贫乏，一般都像孩童似的喜爱用痛苦来解闷，用痛苦来消遣，极少因为自己是不幸的人而羞愧。

在无穷无尽的日常生活中，痛苦就是过节，失火就是娱乐，在好端端的脸上加个伤疤也成了点缀……

十一

这事发生以后，母亲立刻变得更坚强了，她腰杆挺得笔直，成了一家之主，而外祖父反而变成无足轻重的人了，整天心事重重，沉默寡言，简直不像原来的他。

他几乎足不出户，总是孤独地一个人坐在阁楼里读一本神秘的书《我父亲的札记》。这本书他一直锁在一个小匣子里。我不止一次看见，他在把书拿出来之前，都先洗手。那本书短短的，但很厚，棕红色的硬皮封面。在有些发青的扉页前，俨然写着几个已经退色的花体字：怀着感激之情衷心赠给尊敬的瓦西里·卡希林留念，落款的姓很怪，最末的一个字母像是画成了一只飞鸟。每次外祖父小心翼翼地翻开沉甸甸的硬封面，总戴上银丝边老花眼镜，为了看清签字，鼻子动了好久才对好光。我不止一次地问过他，这是什么书？他敛容回答说：

“这你不需要知道。你等着，我死后，作为遗产送给你。那件浣熊皮外套也留给你。”

从那时起，他跟母亲说话，比以前温和，而且也少得多了。母亲说话，他都注意倾听，就像彼得伯伯那样，眼睛里不时地微微闪光。常常嘴里嘟嘟囔囔，不耐烦地挥手将我撵开。

他的几只箱子里装满了奇装异服：花缎裙子，妇女穿的旧式的缎子坎肩，银丝装饰的绸萨拉凡①，过去已婚妇女节日戴的缀有珍珠的双角帽子和盾形头饰，绣着各色各样五颜六色花朵的帽子和三角巾，用珠子、钱币或彩色宝石等串成的沉甸甸的莫尔多瓦项圈和各种宝石项链等等。他把这些东西全都抱到母亲的房间里，所有椅子和桌子上都摆得满满的，母亲一件件、一样样地欣赏，外祖父说：

"我们过去穿的衣服，比现在丰富多彩！衣服也比现在多，生活虽没有现在讲究，但过得和睦。那个时代过去了，一去不复返了！你试试，穿上戴上看看怎样……"

有一次，母亲到隔壁房间去，过了一会工夫从那房间走出来，身上穿了件蓝底绣有金丝的萨拉凡，头戴一顶缀珍珠的双角帽，向外祖父一欠身，问道：

"这样行吗，父亲大人？"

只听见外祖父喉咙里咯地一声，不知怎么地，整个人顿时容光焕发。他绕着母亲走了一圈，摊开双手，手指颤动，像说梦话似的含含糊糊地说道：

"嗨，瓦尔瓦拉，要是你有大把大把的钱，倘若周围跟你交往的都是些好人，该有多好啊！……"

现在母亲住前屋的两个房间，房间里常宾朋满座，最常来的是马克西莫夫两兄弟：一个叫彼得，是个军官，身强力壮的美男子，蓄着浅色的大胡子，蔚蓝色的眼睛，我曾对那个人啐了一口，骂他是老贵族，过后外祖父为此当着他的面揍了我一顿。另一个叫叶甫根尼，他个头高，腿很细，面色苍白，黑色的尖胡子。他的一对大眼睛活像两只大李子，总穿一件浅绿色的制服，制服上有一排金黄色的纽扣，狭狭的肩章上用金线绣着一排花体的缩写字。他常麻利地把头一甩，将挂在又高又滑的脑门上的长波浪头发甩到后面，脸上挂着宽厚的笑容，声音低沉地叙述什么。他每次讲话开头都先婉转地取

① 萨拉凡是俄罗斯妇女穿的肥大的无袖长衣。

悦对方说：

“您知道吗，我是这样想的……”

母亲眯起双眼，面带微笑听着，有时打断他的话说：

“您还是个孩子，叶甫根尼·瓦西里耶维奇，请您原谅……”

那位军官用宽厚的手掌拍着膝部叫道：

“确实是个孩子……”

圣诞节的那些天过得热火朝天，几乎每天晚上母亲的房间里都聚满了穿戴漂亮的客人，她自己也打扮得鲜艳夺目——往往是屋里最好看的人，常和客人们一起出去。

每次当她和一群穿得花枝招展、五光十色的客人走出大门以后，整座房子就仿佛沉入了地下，到处悄然无声，孤寂得可怕。外婆像老母鸡似的在两个房间里游来游去，把弄乱的东西收拾整齐，外祖父则背靠着炕炉的瓷砖，自言自语地说：

“嘿，好吧，好……让我们瞧瞧，能乱成什么样……”

圣诞节后，母亲送我和米哈伊尔舅舅的儿子萨沙去上学。萨沙的父亲又结婚了，后母一过门就讨厌继子，开始打他。由于外婆坚持，外祖父把萨沙领到自己身边。我们上了近一个月的学，在学校所教我的所有的功课里，我仅仅记得，如果别人问我“你姓什么？”时，不能简单地回答“彼什科夫”，而应当回答：

“我姓彼什科夫。”

也不能对老师说：

“小子，你别嚷嚷，我不怕你……”

从一开始，我就讨厌学校了，可我的表哥却没上几天课就对学校很满意，不费难就找到了朋友，但有一天上课时，他睡着了，在梦中可怕地大声喊了起来：

“我不了……”

被叫醒后，他向老师要求出去一下，为此被大家狠狠地嘲笑了一番。第二天上学，当我们下坡走向干草广场的山谷时，萨沙停下对我说：

“你去吧，我不去了！我还不如去玩玩呢。”

他蹲下身子，用心地把书包埋进雪里后就走了。那是一月的晴朗天气，银白色的阳光普照大地。我羡慕起表哥来了,但仍然克制自己的惰性去上学,因为我不想使母亲伤心。当然,萨沙埋在雪里的书包不见了。第二天,他不去上学就名正言顺了,到第三天他逃学被外祖父知道了。

这下我们两个人受到了“审讯”:外祖父、外婆、母亲坐在厨房的桌子后面,详细地查问了我们。现在我还记得,萨沙回答外祖父的问题非常滑稽:

“究竟你为什么不去学校上课?”

萨沙用温顺的目光直视着外祖父的脸,不慌不忙地回答说:

“我忘了学校在哪儿了。”

“忘了?”

“是的,我找了又找……”

“你不会跟着列克谢走吗?他记得!”

“我找不到列克谢了。”

“找不到列克谢了?”

“是的。”

“这是怎么回事?”

萨沙想了想,叹了口气说:

“刮暴风雪,什么也看不见。”

大家都笑了,这几天根本没刮风,天气晴朗。萨沙也忍不住地笑了笑,外祖父龇起牙,挖苦地问道:

“你怎么不拉住他的手,拉住他的腰带?”

“我原来是拉着的,可被风刮得拉不住了。”萨沙解释说。

他懒懒地、失望地说着这些我听了很不自在的、不攻自破的笨拙的谎言,同时我又很惊奇,他的脾气竟这样执拗。

为此,我们两个人都挨了一顿打。家里专门雇了一个人每天送我们去上学。那个老头儿过去当过救火队员,断了一只胳臂。他负责盯住萨沙上学,不准他乱跑,但这也不管用,就在第二天,表哥一走到山谷就突然弯下腰来,脱下一只毡靴远远扔出去,接着又脱掉另一只,抛向另一个方向,脚上只剩下一双袜子,向广场奔去。小老头哇哇直喊,小跑着去拾靴子,然后惊魂未定地把我领回家去。

外祖父、外婆和我的母亲整整一天跑遍了全城的大街小巷,寻觅逃走的人,直到傍晚才在修道院旁边的奇尔科夫小酒馆里找到萨沙,原来他正在那儿跳舞给大家看呢。他们坐车把他带回家,甚至都没打他,这孩子桀骜不驯的性子把他们吓得惶恐不安。他和我躺在宽板床上,脚翘得高高的,磨蹭着天花板,他悄悄地说:

“后娘不爱我,父亲不爱我,爷爷也不爱我,干吗我还要和他们一起过?我这就去问奶奶,强盗住哪儿,我去投奔他们,到时候你们就会知道……要不,我们一起跑,好吗?”

我不想和他一起跑,因为那时候我有自己的目标,我想当一名军官,脸上蓄起浅色大胡子,为达到这个目标,我必须学习。当我把这个计划讲给表哥听时,他想了想,表示同意,说道:

“这也很好。你将来当军官的时候,我已经是强盗头儿了。那时你需要捉我,不是你杀死我,就是我杀死你,或者谁俘虏谁。不过,我不杀你。”

“我也不杀你。”

在这问题上,我们就这样说定了。

外婆来了,她爬上炕炉,向我们看了看,说道:

“说什么啦,这两只小耗子?唉,这两个孤苦伶仃的孩子!”

她可怜了我们一阵后,开始骂萨沙的后母,骂那个小酒馆老板的女儿——肥胖的娜杰日达了。接着她又骂所有的后母、继父,顺便她还讲了一个故事:有一个贤明的隐居修士名叫约纳,他父亲是乌格里奇人,是在别洛耶湖上打鱼的渔夫。约纳在少年时期,曾和后母打官司请求神来裁判:

年轻的妻子丧尽了天良,
灌满了丈夫烈性的酒浆,
还给他喝了迷魂药汤。
昏迷的丈夫被送上了小船,
橡木小船像棺材一样;
婆娘拿起了槭木船桨,
亲自划船到别洛耶湖的中央,
就在那黑洞洞有漩涡的地方,
妖婆干出了可耻的勾当:

只见她弯下身子用力一晃，
轻盈的小舟底儿朝上；
丈夫像铁锚沉入了湖底，
她却急忙游到岸上。
到岸就往地下一躺，
恶毒的婆娘放声号丧：

　　她故作不幸，装模作样，
　　善良的人们轻易地上当，
　　替她流泪，陪她悲伤：
　　“啊，你这年轻的遗孀！
　　女人最大的不幸，降你身上，
　　可我们的生命由上帝执掌，
　　是万能的上帝赐我们死亡！”

只有那继子约努什科，
他不相信那流泪的后娘，
他把手儿放到继母的胸前，
态度温和地对她言讲：

　　“啊，你，我的灾星，我的后娘，
　　你是黑夜之鸟，恶毒的心肠，
　　我不信你流出的眼泪：
　　因为你快乐的心儿，咚咚直响！
　　让我们诉诸万能的上帝，
　　去问那所有的神灵上苍：
　　请谁拿出锋利的宝刀，
　　把刀抛向圣洁的天上，
　　倘若你是真心——
　　　　宝刀将我杀死，
　　倘若我说得对——
　　　　宝刀落到你的身上！”

后母抬头把他打量，

两眼迸出狠毒的凶光,
她猛然起立站定了身子,
面对约纳论短争长:
　　“咳,你这畜生失去了理智,
　　你这早产的弃儿丧心病狂,
　　你的想法怎么这样荒唐?
　　你怎能够这样信口雌黄?”
人们察言观色,静听他们争论,
觉察到事情异乎寻常。
众人神色颓唐,苦思冥想,
窃窃私语,互相商量。
一位年迈的渔夫终于出场,
他先向众人躬身致意,
最后的决定,由他宣讲:
　　“善良的人们请听端详,
　　请把那宝刀放我手上,
　　我将宝刀抛向天空,
　　谁有罪过,让刀落在谁的身上!”
老人接过快刀一把,
钢刀像鸟儿在白发的上空飞翔,
那是老人将它抛上了高高的天空,
等啊,等啊,就是不见刀落地上。
众人脱帽紧紧聚拢,
向清澈的天穹,举首仰望,
钢刀仍在空中游荡,不知它将落向何方!
鲜红的霞光映得湖水如炽烈的火焰,
后母冷冷一笑,满脸放出红光,
只见宝刀像只飞燕直落地面,
一下插进了后母的胸膛。
　　善良的人们纷纷俯身下拜,

祝祷万能的上帝，灵验的上苍：
“主啊，你公正无比，无上荣光！”
渔夫老人拉起了约努什科的手，
领他到遥远的穷乡僻壤，
到清澈的凯尔仁查河畔的隐修院，
在那看不见的基杰查城的近旁……①

次日，我一觉醒来，全身都是红色斑疹，出天花了。家人让我睡在后楼阁上，我有很长一段时间躺在那里，什么也看不见，手脚全用宽绷带紧紧地绑住，日日夜夜地被光怪陆离的噩梦折磨着，其中有一个噩梦差点送了我的命。只有外婆常来用匙子像喂小小孩似的给我喂饭，给我没完没了地讲以前从未听过的童话。后来，我已渐渐好了，手脚已经松绑，但为了防止我在脸上抓痒，手指头全用绷带裹着，像戴了一双无指手套。有一天晚上，外婆不知因为什么，该来的时候还没有来，这使我十分惊慌，后来我似乎突然看见外婆脸朝下两手叉开，趴在阁楼门外积满灰尘的木板上，脖子上像彼得伯伯那样被割断了一半。在灰蒙蒙的暮色里，我还似乎看见一只好大的猫，贪婪地瞪大了碧绿的眼睛，慢慢逼近外婆。

我猛地从床上跳下来，用脚蹬，又用肩膀撞，把窗框打掉，跳进了院子，冲到雪堆里。那天晚上，母亲在她房间里招待客人，谁也没有听见我打破玻璃和弄坏窗框的声音，我在雪里躺了很长时间，幸好没有一处摔伤，只是一只胳膊脱了臼，身上不少地方被玻璃划破，两条腿冻坏了。我躺在床上三个月左右，腿完全不听使唤，只能躺在床上用耳朵听。家里越来越热闹，我听到楼下乒乒乓乓的开门关门声和很多人进进出出的走路声。

令人烦闷的暴风雪刮得屋顶沙沙作响，寒风在阁楼的门外游荡，烟囱呜呜的叫声犹如送葬的哀歌，火炉的风门发出刺耳的颤抖的声音，白昼乌鸦苦呀苦呀地叫着，夜深人静时，从旷野传来凄楚的狼嗥——在这种音乐的伴奏下，我的心在成长。后来，胆怯的春天睁开那明亮的三月春晖的眸子，偷偷

① 在坦波夫省鲍里索格列布斯克市科留潘诺夫卡村，我曾听到过这一传说的另一种说法：从天上落下来的刀杀死的是诽谤后母的继子。——作者

地、羞答答地，但又一天比一天亲切地向窗里窥视，屋顶和阁楼上叫春的猫儿呜啊呜啊地号叫，春的簌簌沙沙的声息，透过墙壁传进了屋里——屋檐下滴水结成的晶莹的冰溜断落了，融雪一块一块地从屋脊上滑下来，马车上叮当作响的铃声比冬天更多了。

外婆常来；她说话的时候，口中越来越多地散发出酒味，而且酒味越来越浓，后来她索性带来一个白颜色的大壶，藏在我的床下，向我挤着眼说：

“心肝宝贝，你不要告诉外祖父那个家神爷！”

“你为什么喝酒？”

“别吭声！你长大后就知道了……！”

她从壶嘴吮吸了一会儿酒，用袖子擦干嘴唇，甜蜜蜜地笑着问道：

“好吧，我的小少爷，昨天我到底讲什么来着？”

“讲我父亲。”

“讲到哪儿啦？”

我提醒了她后，她便滔滔不绝像小河流水一样，连贯流畅地讲了很久很久。

关于我父亲的情况，是她主动对我说的。有一天她来到我的身旁，看出来她没有喝酒，但神色忧郁而疲惫，说道：

“我梦见你父亲了，他在走路，仿佛是在野外，手里拿着一根胡桃木的棍子，不时轻轻地吹着口哨，一条花狗跟在他的身后跑着，狗舌头不住地颤动。不知为什么，我现在常常梦见马克西姆·萨瓦杰维奇，仿佛他的可怜的灵魂在到处漂泊，没有安宁……”

一连几个晚上她讲的都是我父亲过去的事情。父亲的故事像她讲的其他所有的故事一样使我感到有趣。

我父亲是一个军官的儿子。我祖父在当军官前也当过兵，可当军官后因虐待下属被流放到西伯利亚，我的父亲就出生在西伯利亚的一个什么地方。当时生活艰苦，他很小就常从家里逃跑。有一次，我爷爷带着狗在森林里像捉兔子似的满处找他，还有一次，祖父捉住他以后，狠狠地打他，幸亏邻居把他抱走藏了起来。

“小孩总得挨打吗？”我问道。外婆平静地回答说：

“总要挨打的。”

我的祖母很早就去世了，我父亲满九岁时，我爷爷也去世了。父亲的教父是个木匠，他把我父亲带回家去，替他登记加入了彼尔姆城①的行会，并且开始把自己的手艺教给他，但我父亲又从他教父那儿逃跑了，到集市上给瞎子带路。他十六岁那年来到尼日尼，到科尔钦的轮船上，在当木匠的包工头手下干活。二十岁他已是一名手艺高超的细木匠、家具蒙面匠和装潢匠了。他工作的作坊在铁匠街上，紧靠外祖父的房子。

"真是围墙不高人胆大，"外婆笑眯眯地说，"有一天，我和瓦里娅正在花园里采马林果，突然他，就是你父亲，'通'地一声从围墙跳了过来，嗬，我吓坏了！我看到从苹果树丛里走出一个身强力壮的小伙子，身穿白衬衫、波里斯绒裤子，但光着脚，没戴帽子，用一根细皮条扎着长发。他突然求婚来了！这个人以前我见过，他常从窗前走过。我一看见他，心里就想：真是个棒小子！当他走近时，我便问他：'哎，小伙子，你怎么有路不走啊？'谁知他扑通一下跪在我面前，说道：'阿库林娜·伊万诺夫娜，瞧我整个人、整个灵魂都跪在你面前了，瓦里娅也在这里，看在上帝分上，你帮帮我们吧，我们想结婚。'我一下子愣住了，舌头也不听使唤了。抬头一看，你母亲，这小滑头，她正躲在苹果树后面，满脸通红，比马林果还要红，正在向你父亲打手势呢，可她眼睛里已噙满泪水了。我说：'嘿，叫你们遭电打雷轰，你们怎么想得出？瓦尔瓦拉，你怎么了，疯了怎么的？还有你，小伙子，你想想吧：鸡子能攀上凤凰？'那时候你外公财大气粗，还没给孩子们分家，有四幢房子，又有钱，又出名。在这不久前，因为他九年连任行会会长，奖了他一顶饰有金银绦带的帽子和制服，当时他可傲慢呢！该说的我全说了，自己吓得直哆嗦，但看他们俩脸色忧郁得发暗，心里又可怜他们。这时你父亲说：'瓦西里·瓦西里耶维奇绝不会甘心情愿把瓦里娅嫁给我，这我是知道的，所以我要偷偷地娶她，只是恳求你帮助我们。'嘿，竟要我帮这个忙！我甚至抡起手来打了他一下，他连动都没动一下，他说：'哪怕你用石头我也让你砸，但还是求你帮帮我们，反正我不达目的誓不罢休！'这时瓦尔瓦拉也走上前来，把手搭在你父亲肩上，说道：'你告诉妈妈，我们早在五月份就已经结婚了，现在只不过需要举行一次婚礼！'我顿时天旋地转，猛地摔晕过去。老

---

① 俄国彼尔姆州的一个城市。

天爷呀！”

外婆笑得浑身发抖，接着嗅了一下鼻烟，擦去笑出的眼泪，愉悦地叹息了一声，继续讲下去：

“你现在还不能明白结婚是怎么回事，更不懂什么是举行婚礼，不过你要知道，如若一个姑娘，没有举行婚礼就生孩子，那就是件见不得人的丑事了！你记住，你长大以后，可别撮弄姑娘干这种事，不然你就作了大孽，姑娘会受一辈子罪的。生孩子不合法，是私生子，你可要记住了，千万当心！你跟女人过日子，就要怜惜女人，要真心实意地爱她们，不能胡作非为，我对你讲的全是金玉良言！”

她陷入了沉思，坐在椅子上晃着身子，后来猝然一抖，又接着说起来：

“嗬，到底怎么办呢？我敲马克西姆的脑门子，揪瓦尔瓦拉的辫子，马克西姆冷静地对我说：‘打不能解决问题！’瓦尔瓦拉也说：‘你先想想该怎么做才好，然后再打也不迟！’我问你父亲：‘你有钱吗？’他说：‘以前有钱，可后来我用那些钱给瓦里娅买了一只戒指。’‘你还有多少，三个卢布吧？’他说：‘不，将近一百个卢布呢！’那时候的钱值钱，东西便宜，我瞧着他们俩，打量着你的母亲和父亲，心里想：这两个孩子，真是一对小傻瓜！你母亲说：‘为了不让你们看见，我把那只戒指藏到地板下面了，可以把戒指卖掉嘛！’唉，完全是小孩子！不管怎么说，我们还是商量定了：他们的婚礼定在一个星期以后，要我亲自去和神甫商量安排。尽管这样，我仍然号啕大哭，心惊肉跳，生怕你外公知道，就连瓦里娅也提心吊胆的。后来，终于安排好了！

“但是，你父亲有一个仇人，他是个工匠，是个坏家伙，你父母的事他早就看出来了，一直暗中盯着他们。那天，我把我唯一的可爱的女儿尽可能地打扮漂亮一些，领着她走出大门。在街角有一辆三套马车等在那儿，女儿上了车，马克西姆打了个口哨，马车就走了！我含着眼泪走回家，这时，突然那个坏蛋迎面走来。那个下流坯说道：‘我这个人心眼好，不想扰乱他们的婚礼，只不过，阿库林娜·伊万诺夫娜，为了这你得给我五十卢布！’我身上没钱，我不喜欢钱，从不攒钱，瞧我当时真糊涂，对他说：‘我没有钱，也不给你钱！’他说：‘你答应给我就行了！’我问：‘我怎么能答应，我以后从哪儿弄到钱啊？’他说：‘嘿，从你男人那儿偷点还费难吗？’我真笨，当时我要跟他谈一会儿话，拖住他也好啊，可我却对着他的鬼脸啐了一口，就走我的路了！

谁知他抢先跑到我前面,进了院子就要无赖!”

外婆闭上眼睛,含笑说道:

“甚至现在一回想起干的这些事就觉得可怕!你外公气得暴跳如雷,像野兽似的咆哮起来,这不是拿他开玩笑吗?他常常一面打量着瓦尔瓦拉,一面夸口说:‘我要把她嫁给一个贵族,嫁给一个老爷!现在竟是这么个贵族,竟是这样的老爷!至圣圣母比我们清楚谁和谁般配。你外公像被火燎似的在院子里跑来跑去,喊来了雅科夫和米哈伊尔,约了那个麻脸工匠,还有马车夫克里姆。我看见你外公还带了一个像古代兵器似的短柄链锤,就是在一根细皮带上扣了个秤砣,米哈伊尔拿了火枪。我们家的那几匹马都是好马,性子烈,四轮轻便马车跑得又快,我一想,不好,他们会被赶上的!就在这时候,瓦尔瓦拉的保护天使指点了我,我立刻拿起小刀,偷偷地把连接车辕和马颈套包的皮环割破了一点,我想,皮环在路上兴许能断掉!果然是这样:车辕在半路上脱落了,险些把你外祖父、米哈伊尔、克里姆砸死;就这样,他们被耽搁了一些时间,等他们把车整好,快马加鞭赶到教堂时,瓦里娅和马克西姆已站在教堂门前的台阶上,婚礼已经举行过了,啊,荣耀归于主!

“我们那帮人上去就打马克西姆。嗬,他可是身强力壮的小伙子,力气出奇地大!一下子就把米哈伊尔从台阶上扔了下去,你舅舅的胳膊脱了臼,克里姆也被碰伤了,你外公和雅科夫以及那个工匠害怕了。

“可是,你父亲虽然怒气冲天,仍然没有失去理智,他对你外公说:‘把铁锤扔掉,别对着我晃荡,我不喜欢打架,我要的是上帝赐给我的,谁也不能夺走,我也不需要你任何其他的东西。’他们从他身边退了回去,你外公上了马车,喊道:‘瓦尔瓦拉,现在就永别了,你不是我的女儿,你活也好,饿死也好,我不想再见到你。’你外公回家以后,我任他打,任他骂,我只哼哼,死活不作声:我想,一切都会过去的,反正生米已经煮成熟饭了!后来他对我说:‘喂,阿库林娜,你给我注意了,你已经再没女儿了,我不准你再认她,记住!’我有我的想法:这个红毛鬼,随你吹得再多,恨是冰,见热就化!”

我聚精会神又贪婪地听外婆讲。在她讲的故事里有些地方使我惊奇:外祖父形容母亲的婚礼和外婆说的完全两样,外公说:他是反对这桩婚姻的,他们在教堂举行婚礼后,他没有允许母亲回家。按外祖父的说法,母亲的婚礼不是秘密举行的,他去了教堂。我不想问外婆他们两个人谁说得对。

因为外婆讲的故事动听,我更爱听。她讲的时候,身子一直晃悠着,就像坐在小船上荡漾。倘若讲到痛苦和可怕的情节时,就摇晃得厉害起来,双手向前伸出,仿佛在空气里要抓住什么似的。她常常半合上眼睛,在她脸颊的皱纹里掩藏着一种好似盲人的慈祥的笑容,浓密的眉毛微微有点颤动。这种宛似盲人的对一切都逆来顺受的慈祥,有时触动着我的心灵,有时真想要外婆讲一些言词激烈的话,或者高声大喊大叫。

“最初,有两个星期,连我也不知道瓦里娅和马克西姆住在什么地方,后来瓦里娅打发了一个挺可爱机灵的孩子来告诉了我。我等到星期六,装着去做彻夜祈祷,亲自去他们那儿!他们住得很远,在忙坡街的一个小厢房里。整个院子里杂草丛生、垃圾成堆,住满了各行各业的工匠,吵吵嚷嚷,可他们对这却毫不在意,简直像一对小猫咪,小两口过得快快活活,成天唧唧哝哝,哼哼唱唱,打闹着玩。我把能带的全给他们带去了:茶叶、糖、各种杂粮、果酱、面粉、干蘑菇、钱——不记得多少钱了,是从你外祖父那里慢慢偷来积聚起来的。你知道,只要不为自己,偷也不要紧!你父亲却什么也不肯收,他觉得伤了自尊心。他说,我难道是叫花子?瓦尔瓦拉也随声附和说:咳,妈妈,你干吗要这样?……我数落了他们几句,我说:‘傻瓜,我是你什么人,我是你的丈母娘,我是你什么人,傻丫头,我是你的亲娘!难道就可以让我生气啦?要知道,母亲在人间受气,圣母在天上就会痛哭!马克西姆听我说了这番话,猛地把我抱了起来在房间里打转转,还跳起了舞,他那力气可大呢,简直像只大狗熊!而这时瓦丽卡这丫头像只孔雀,仪态万方、步履从容地在房间里走来走去,就像在夸耀刚买来的洋娃娃那样夸耀自己的丈夫。她不断扑闪着眼睛,一本正经地唠叨着家务事,仿佛就是个管家婆,看她那样子真笑死人了!喝茶时,她端出了奶渣饼,饼硬得就是狼也要把牙齿啃断,奶渣做得就像大砂粒儿,不黏在一起,全是散的!

“他们就这样过了好长时间,直到你快要生下来的时候,你外公这个家神,还是不闻不问,一声不吭,真倔!我时常偷偷去看望他们,他知道,可装着不知道。家里不准任何人说一句关于瓦里娅的事,大家都绝口不提,我也不哼不哈,可我心里有数,父亲的心肠不会永远那么硬的。果然有一天,我朝思暮想的那个时刻到来了——那是一个漆黑的夜,外面狂风呼啸,大雪纷飞,就像有好多只狗熊要向窗子里爬,烟囱吹得呜呜叫,好似大鬼小鬼都挣脱了锁链。我和你外公躺在床上,怎么也睡不着。我说,在这样的夜里,穷人的日子不好过,谁要是心里不安那就更难过了!突然你外公问:'他们过得怎么样?'我说:'还好,听说过得挺不错。'他说:'你知道我问的是谁?'我说:'你问的是女儿瓦尔瓦拉,是女婿马克西姆。''你怎么猜到我问的是他们?'我说:'够了,孩子他爸,不要再闹别扭了,收起你那套把戏吧,嗳,你那套把戏有谁受得了?'你外公叹着气说:'你们这帮鬼东西,你们这些愚昧无知的鬼东西!'接着他又探问:'有人说,他是个大混蛋,'他这是说你父亲,'果真是个混蛋?'我说'自己不愿干活,靠别人养的人才是混蛋呢,你瞧瞧你的儿子雅科夫和米哈伊尔吧,不正是两个靠人养的混蛋?家里是谁干活,谁挣钱?是你。他们帮了你多大的忙?'他听了这话后,顿时骂起我来了,骂我是混蛋,说我可恶,下贱,替他们拉皮条,现在我都记不得他是怎么骂的了!我一声不吭。他说:'你怎么能被一个来历不明、不知道他是怎样的人骗了呢?'我仍然不作声。等他骂累了,我说:'你去看看他们过得怎样也好啊,他们过得挺好的。'他说:'那就太给他们面子了,让他们自己来吧……'我一听他这话,高兴得哭了出来。平时他喜欢玩我的头发,这时松手放开我的头发,喃喃地说:'别哭了,傻瓜,难道我没有心肝?'我们的外公啊,他从前真是很好很好的人,可自从他异想天开地认为世上再没有比他更聪明的人以后,就变得又凶又蠢了。

"有一天,是圣日,也就是四旬斋前最后一个星期日,你母亲和父亲来了。小夫妻俩高高大大,穿得整齐清洁。马克西姆站到你外公的面前,外公只齐到他的肩膀,你父亲说道:'瓦西里·瓦西里耶维奇,看在上帝的分上,请别认为我来是要嫁妆的,不,我是来向我妻子的父亲表示敬意的。'这几句话你外公听了很高兴,他微笑着说:'咳,你这傻大个儿,小强盗!别胡闹啦!搬来和我一起住吧!'马克西姆皱起眉头说:'这事就要看瓦里娅的想法了,我反正怎么都行!'他们之间马上开始你一句我一句谁也不让谁地磨起牙来了!我不住地向你父亲使眼色,用脚在桌肚里碰他,可怎么也不管用,他仍然一个劲儿地按自己的想法说!你父亲那双眼睛可漂亮呢:晶莹透亮,一看就叫人高兴。两道乌眉,有时他把眉头一皱,眼睛就藏到眉毛下面去,脸上露出刚毅倔强的神色。这时候,除了我,谁的话他也不听。我爱他,大大胜过爱我自己亲生的两个儿子,他知道这,他也爱我!有时候他紧紧偎着我,拥抱我,再不然就是把我一抱,在屋里来回转。他说:‘你是我真正的母亲,你就像生我养我的大地,我爱你胜过爱瓦尔瓦拉!’这时候,你母亲,那个欢天喜地的调皮鬼,就猛地向他扑过去,大声喊起来:‘你这个彼尔米亚克捣蛋鬼,你怎么能说这种话?’我们三个人就这样闹着玩。我们过得可快活呢,我的心肝宝贝!他跳舞也是绝无仅有的,会唱很多好歌,是从瞎子那儿学来的,瞎子唱歌可是顶呱呱的,歌手比不上他们!

“那时,他和你母亲住在花园里的一间小厢房里,你就是在那儿生的。生的时候正好是中午,你父亲回来吃中饭,你迎接他。一见儿子,瞧他高兴得那样子,真像发狂似的,疯得简直把你母亲累得精疲力竭,仿佛他一点儿不明白生孩子有多难,有多苦!他把我放到自己肩上,扛着我穿过院子去向你外公报喜,告诉他添了个外孙。你外公听了甚至笑起来,他说:‘嘿,马克西姆,你真是个怪物!’

“可是你的两个舅舅不喜欢他,因为你父亲从不喝酒,加上他的嘴不饶人,主意多,有时异想天开地玩鬼花样。为了这,你的两个舅舅让他吃了苦头!有一天,是大斋期,刮起了大风,突然整个房子上发出了单调的声音,呜呜地响得可怕,大家被这莫名其妙的怪声搞糊涂了,惊呆了,出鬼啦?你外公吓傻了,立刻吩咐屋里屋外所有地方全点上灯,急得团团转,大喊大叫:‘快做祷告!’这时,响声忽然停了,大家就更怕得魂不附体了。雅科夫舅舅一下子猜到了,他说:‘这一定是马克西姆搞的鬼!’后来,你父亲自己承认了,是他把各式各样的玻璃瓶安放在天窗口,风一吹到瓶口便发出呜呜的怪声,瓶子大小不一样,声音也不一样。外祖父吓唬他说:‘马克西姆,当心,你要再玩这些把戏,就把你送到西伯利亚,让你永远回不来!’

“有一年冬天,冷得特别厉害,野外的狼开始光顾城里,今天咬死你家的狗,明天惊了他家的马,有时把喝醉酒的看门人吃掉,闹得人心惶惶,鸡犬不宁!你父亲拿了一支猎枪,穿上滑雪板,深更半夜跑到旷野里。你瞧吧,一次就拖回来一条狼,有时打两只。他剥下狼皮,把狼头掏成空壳,眼洞里装两只玻璃球,活像只真狼!你舅舅米哈伊尔有一次去过道那边解手,突然直往回跑,头发竖起,两眼发直,喉咙像塞了团棉花,一句话也说不出来。他连裤带也没系,裤子掉下来,绊住脚,摔了个跟头,轻声哆哆嗦嗦地说:‘狼!’大伙儿随手操起能拿到的棍棒,带着灯扑向过道,一看,哎呀,真有一只狼从过道的大柜子里伸出头来！不过无论用棍子打，还是向它放枪，它都无所谓，一动不动！仔细一瞧，原来是一张狼皮加一个空脑袋壳子，前面的两只狼爪子用钉子钉在柜子边上！为此，你外祖父对马克西姆大大动了一次肝火！你舅舅雅科夫也跟你父亲一起恶作剧：马克西姆用马粪纸粘成一个狼头的模样，有鼻子、眼睛、嘴巴，再贴上麻絮当狼毛，然后戴着它，和雅科夫一起满街乱窜，把两个可怕的狼脸伸到人家的窗子里，看到的人当然害怕，吓得狂喊乱叫。一到夜里，他们就蒙上床单去吓唬神甫，把神甫吓得奔到岗棚子里，岗警也害怕，便拼命喊救命。这样的恶作剧他们玩了很多，怎么也管不住他们。我不止一次地对他们说：'别再胡闹了。'瓦里娅劝他们，他们也不听，仍然惹是生非！马克西姆笑着说：'那些人碰到这么一点小玩意儿就吓破了胆，拼命地逃，看他们的样子，真滑稽可笑极了！'你去试试，哪能说得服他！

"他因为一心玩这套把戏险些送了命：你的舅舅米哈伊尔就像外公，心眼儿窄，爱记仇，他暗暗打算弄死你父亲。有一年刚入冬，马克西姆、你的两个舅舅，还有一个教堂的执事四个人做客回家——顺便说一句，后来那个执事因为打死了车夫被教堂开除了——他们把马克西姆从驿站街骗到久科夫水塘，说是再滑一会儿冰，就像小孩子那样站在冰上滑。他们诓骗他到冰上，把他推下了冰窟窿，这件事我以前曾经给你讲过的……"

"为什么舅舅这么坏？"

"他们不是坏，"外婆嗅着鼻烟，安详地说，"他们只不过是愚蠢！米什卡既刁滑又愚蠢，雅科夫还马马虎虎，是个傻里傻气的男人……嘿，你父亲被他们推到水里以后，又划出水面，两手抓住冰窟窿的边，他们就踩他的手，十个手指都被他们的靴后跟踩烂了。幸好你父亲没喝酒，头脑清醒得很，而他们却喝得醉醺醺的。他好像有上帝保佑似的，在冰下面挺直了身子，待在冰窟窿中间，脸朝上喘气，你两个舅舅够不到他，便用小冰块砸他的头，砸了一会儿便走了，他们说，他自己会淹死的！等他们走后，你父亲爬了上来，上岸后就跑到警察局。你知道，警察局就在那儿，就在广场上。警察分局局长认识他，我们全家人他都认识，他问你父亲：'这事是怎么发生的？'"

外婆画着十字，感激地说道：

"主啊，你让马克西姆·萨瓦捷伊奇和你的虔诚的教徒们安息吧，他值得这样！你知道，他瞒过了这件事，没把事情的经过告诉警察局。他说：‘我喝多了，无意间走到了池塘的冰上，摔进了冰窟窿。警察分局局长说：‘不对，你没喝酒！’在分局里不知过了多少时间，他们给你父亲用酒搓擦整个身子，换上干衣服，再用大皮袄裹起来，然后用车子送他回家。分局局长亲自带来两个人护送他回来。他到家时，雅什卡和米什卡还没回来呢，他们跑到大大小小的酒馆去散布你爸爸妈妈的谣言去了。我和你母亲看到马克西姆时，他人已经变了形了。他浑身上下红得发紫，十个指头血肉模糊，不住地往外渗血，两边太阳穴上像是有积雪，可是不化，原来是鬓角白了。

“瓦尔瓦拉一见马克西姆那副模样，大叫：‘他们把你怎么啦？’那位分局局长习惯对什么事都用鼻子嗅嗅，刨根问底，听你母亲这么一说，便仔细追问起来；哎哟，我预感到要出事了，这不是好兆头！我便要瓦里娅先缠住警官，自己趁机悄悄问马克西穆什卡[①]：‘出了什么事？’他低声向我说：‘你先去迎住雅科夫和米哈伊尔，教他们说：他们是在驿站街和我分手的，分手后他们就到圣母节大街去了，叫他们说我是拐弯向纺纱巷走的！记住，别说错了，不然他们就要吃警察局的苦了。’我立刻找到你外公，对他说：‘你快去跟那个警察磨磨牙，拖住他，我到大门口去等两个儿子，告诉他们，大祸临头了。’你外公一面穿衣服，一面发抖，嘟嘟哝哝地说：‘我早就知道，这是意料中的事！’你外祖父全是瞎说，其实他什么都不知道！嘿，总算等到了，我迎上去就给这两个不要脸的小子几个嘴巴，米什卡吓得马上清醒了，雅申卡[②]那个宝贝醉得舌头都短了，可嘴里还嘟嘟囔囔地说：‘我什么也不知道，全是米哈伊尔干的，他是老大！’我们好说歹说才使警察局长不再追问，那位警察先生可是个好人啊！他说：‘哼，你们注意，要是你家再出什么坏事，我会知道是谁犯的罪！’说完这话他就走了。你外祖父走到马克西姆面前对他说：‘咳，谢谢你，要是别人遇到你这种情况，绝不会这么做的，这事我心里有数！还有你，我的女儿，我也谢谢你，你带到娘家来的是个好人！’要知道，你外公这个人过去就这样，他高兴的时候，说得挺在理的，可后来变蠢了，昏头昏脑就像心窍给堵住了似的。屋里就剩下我们三个人，马克西姆·

① 马克西姆的小名。

② 雅科夫的小名。

萨瓦捷伊奇哭了,开始好像说胡话似的问我:‘他们为什么要害死我啊,我对他们做了什么坏事啦?妈妈,为什么?’他不喊我‘妈’,像孩子一样喊我‘妈妈’,他那性格也像个小孩子。他不断地问:‘为什么?’我号啕大哭,除了这,我还能说什么呢?我生的孩子,怎么我也心疼他们!这时,你母亲把上衣的扣子全都揪掉了,披头散发、衣衫不整地坐在那里,像刚打过架,大发雷霆地吼叫:‘我们搬走,马克西姆!兄弟反成了仇敌,就算我怕他们好了,我们搬走!’我大声责备她说:‘你就别火上加油了,就这样房子已经要烧着了!’你外公立刻命令那两个混蛋来赔罪,请求原谅。你母亲向米什卡猛扑上去噼噼啪啪狠刷他的嘴巴,骂道:‘这就是原谅!’你父亲抱怨他们说:‘兄弟啊,你们怎么能这样?要知道,你们这样会把我搞成残废的,没有手还做个什么手艺人啊?行了,不论怎么说,好歹我们已经和解了。’你父亲病了一段时间,躺了约莫七个星期,偶尔对我说:‘妈妈,跟我们一起到别的城市去吧,住在这里闷得慌!’过了不久他就到阿斯特拉罕去了。夏天皇帝要到那里巡视,你父亲承建凯旋门。他们是搭开春后的第一班轮船走的。他们要离开,我就像掉了魂似的,你父亲也很悲伤,不住地劝我,我真恨不得也跟他一起去阿斯特拉罕。瓦尔瓦拉高兴得不得了,她甚至不愿掩盖自己快乐的心情,真不怕难为情……他们就这样走了。好,全讲完了……”

外婆咕嘟喝了一口酒,嗅了嗅鼻烟,隔一会儿若有所思地看看窗外瓦灰色的天空,说道:

“说真的,你父亲虽然不是我的亲骨肉,可我们是一个心眼儿……”

有时,她正讲着故事,外祖父走了进来,仰起他那黄鼠狼似的脸,用尖削的鼻子嗅嗅空气,疑心地打量着外婆,听着她讲,嘴里咕哝说:

“尽是胡说,尽是胡说……”

忽然他冷不防地问:

“列克谢,外婆常在这儿喝酒吗?”

“没有。”

“撒谎,我从你眼睛里就看出来了。”

外公终于犹豫不决地走了。外婆向他背后挤挤眼睛,说了句俏皮话:

“老爷子再诈,我老婆子也不怕……”

有一天,他站在房间当中,眼看着地板,轻声问道:

“孩子他妈!”

“哎,喊我干吗?”

“那事儿你知道不?”

“知道。”

“你怎么想的?”

“这是命啊,孩子他爸！记得吗,你不是一直想寻找个贵族吗?”

“就是啊。”

“这不是找到了。”

“穷光蛋。”

“咳,那是她自己的事!”

外祖父走了。我预感到出了什么不好的事情,便问外婆:

“你们刚才讲的是什么?”

“什么你全要知道,”她一面替我揉着不能动的两条腿,一面埋怨我说,“你从小就把什么都打听完了,到老就没什么好问的了……”说着便摇晃着脑袋笑起来了。

“唉,老爷子,老爷子,你在上帝的眼里只不过是一粒小小的灰尘！廖恩卡①,这事你就别问啦！你外公的家业要毁了！他借给一个贵族老爷有一大笔钱,好几千卢布,可那个贵族老爷破产了……”

她面带笑容沉思起来,很长时间坐在那儿不说话,宽大的脸上渐渐现出皱纹,慢慢变得忧郁阴暗起来。

“你在想什么?”

“我在想讲什么给你听,”外婆身子猝然一抖,说道,“对,我就给你讲讲叶夫斯季格涅伊,好吗？好,我现在就讲:

有个书记官叫叶夫斯季格涅伊,
自以为世上最聪明的人就是他,
神甫和贵族大臣当然不在话下,
就是那最老的猎狗也不如他!

---

① 阿列克谢的昵称。

他自吹就是那西林神鸟，①
走路像火鸡，妄自尊大，
左邻右舍都被他训遍，
不称心这，不满意那。
瞧了瞧教堂——太低！
瞧了瞧街道——太狭！
苹果熟了，他说不红！
太阳升起，他说早啦！
别人无论给他看什么
他都说——”

外婆鼓起嘴巴，瞪大眼睛，慈祥的脸上装出又蠢又可笑的神情，用懒洋洋的声音接着说：

“这玩意儿我是拿手好戏，
别人做的东西全比我做得差。
不过我的事情太多，应接不暇。”

她面带笑容停了一会儿，轻悄悄地接着说：

深夜几个小鬼到他身边说：
“书记官，你在这儿不称心吗？
走吧，和我们一起去地狱，
那里的炭火烧得顶呱呱！”
聪明的书记官还没来得及戴帽子，
小鬼们就伸出爪子将他抓。
拖的拖，拉的拉，
又打号子，又胳肢他。

---

① 俄罗斯古传说中头和胸是女人的神鸟。

还有两个小鬼往他肩上跨，
到了地狱就把他向烈火上一架。
“叶夫斯季格涅尤什卡[1]，
　　这儿舒服吧?”
书记官被烤得焦头烂额，
但仍眼看四面手一叉，
目空一切地把话答：
“咳，你们这儿的煤气味儿可真大!”

外婆用那懒洋洋的浑厚的嗓音讲完了这个寓言，又恢复成了往常的神情，轻声笑着给我解释说：

“叶夫斯季格涅伊死不认输，自以为是，就像我们外公一样，是个犟种!好了，睡吧，到时候了……”

母亲很少到阁楼上来看我，即使来，和我也待不了一会儿，总是急急匆匆地说几句就走了。她打扮得愈来愈漂亮，穿得越来越好看了。但是她和外婆一样，我总觉得她心里有一件瞒着我的事情，我常有这样的感觉，常在脑子里琢磨和揣测着。

外婆的故事越来越不能使我像从前那样着迷了，连她讲父亲的往事都不能安抚我心中隐隐的，然而却日益增长的担忧和焦急。

“为什么父亲的灵魂会不安啊?”我问外婆。

“这怎么知道呢?”她微微闭起眼睛说道，“这是上帝的事，老天爷管的事，我们可不知道……”

夜深人静，我常常睡不着觉，透过窗户看着星星在蓝色的天空慢慢地飘浮。我脑子里不断臆想出许多凄惨的故事，这些故事中的人物主要是父亲，他总是孤零零的一个人拄着棍子向什么地方走去，后面跟着一条毛茸茸的狗……

---

① 叶夫斯季格涅伊的爱称。

十二

有一天傍晚我睡着了,醒来后感觉到我的腿有点能动了,便从床上把脚放到地上。这时腿又不能动弹了,不过我心里陡然有了信心,我的腿完好无损,以后还能走路。这简直太好了,我高兴得叫了起来,试着站起来将整个身子的重量放在两条腿上,谁知一下摔倒在地。但我立刻向门口爬去,顺着楼梯向下,脑子里想象着大家在楼下突然看见我时惊讶的情景。

现在我已不记得当时我是怎么爬到母亲房间的了,我坐在外婆膝上,外婆面前站着几个我不认识的人,一个干瘪的脸色发绿的老太婆正在气势汹汹地说话,她的嗓音压倒了所有人的声音,只听她说:

"用马林汤[①]灌他,再用被子把他连头蒙住……"

老太婆全身都是绿的:衣裙、帽子是绿色的,连那张眼睛下长了个疣的脸,甚至疣上的一小撮毛,像草一样,也是绿的。她撇着下嘴唇,翘起上嘴唇,龇着满口发绿的牙齿,用一只戴着黑色的钩花的无指手套的手,放在眼睛上遮着光看着我。

"这是谁啊?"我胆怯地问。外祖父不高兴地回答说:

"她算是你奶奶呢……"

母亲淡淡一笑,把叶夫根尼·马克西莫维奇向我前面推了推,说道:

"这是你父亲……"

接着她很快地说了几句话,我听不懂她说的是什么,马克西莫夫稍稍眯

---

① 即悬钩子,冲剂可以发汗。

缝上眼睛，俯身向我，说道：

“我要送给你画画的颜料。”

房间里雪亮，屋角的桌上的银质枝形烛台上点着五支蜡烛，中间供着外祖父心爱的圣像“忽哭我圣母”，圣像法衣上的珠子在烛光中忽亮忽暗，圣像头上金色光轮的深红贵榴石光芒四射。黑糊糊窗户外面站着几个人，他们不声不响；从屋里向外看，只见一张张模模糊糊的圆圆的脸像煎饼似的贴在玻璃上，鼻子都压扁了。我觉得周围的一切在向什么地方浮动，在旋转，那个全身是绿的老太婆一面用冰冷的手指摸我的耳朵后面，一面说道：

“一定要，一定要……”

“他晕过去了。”外婆说了一句，她抱起我向门口走去。

实际上我没有晕过去，只不过闭上了眼睛。当她吃力地抱着我上楼梯的时候，我问她：

“你为什么以前不把这事讲给我听？……”

“够了，你别说了！……”

“你们都是骗子……”

外婆把我放到床上，自己累得一头倒在枕头上，浑身哆嗦，哭出了声，她哭得两肩都颤动起来，抽抽噎噎嘟囔地说：

“你要哭就哭吧……”

我不想哭。阁楼上又暗又冷，我颤抖着。床摇晃得发出吱吱嘎嘎的声响，那个绿色的老太婆仿佛还在我的眼前。我假装睡着，外婆便下楼去了。

一连过了几天空虚的日子，无聊得就像一股细水单调地无声无息地淌过去了。母亲订婚以后便到外地去了，家里冷清得令人难受。

有一天早晨，外祖父手里拿了一把凿子走进了屋。他走到窗前开始把冬天封住窗框的油灰剔下来。外婆端来了一盆水，带了抹布来，外祖父悄声问她：

“怎样，老婆子？”

“什么怎样啊？”

“你高兴了，是吧？”

外婆就像在楼梯上回答我似的回答他说：

“够了，你别说了！”

这几句简单的对话具有特别的含义,在这几句话后面隐藏着一件重大的、令人忧愁的,无须说出来大家都已清楚的事。

外祖父仔细起出窗框,拿到外面,外婆把窗子全部敞开。花园里的椋鸟在高声鸣叫,麻雀儿唧唧喳喳,已经解冻的大地散发出的醉人清香充溢满屋,炕炉上的发青的瓷砖似乎难为情地发白了——看着这些瓷砖都觉得有点冷。我从床上爬到地板上。

"不要光脚丫在地上走。"外婆说道。

"我要到花园里去。"

"那儿地还没干呢,再等两天吧!"

我不愿听她的话,甚至看见大人就不愉快。

花园里,小草已经长出了嫩绿的尖叶,苹果树上的幼芽已经长大,有的花蕾已经绽开,彼得罗夫娜家小屋顶上的青苔已经令人愉快地发绿了。到处莺歌燕舞,鸟儿成群,随处可以听到快乐的声响,一股股清新的芳香浓郁的气息,使人感到一种愉快的眩晕。在彼得伯伯抹脖子的那个坑里,被雪压断的棕红色的野蒿东倒西歪,凌乱不堪。看见这个坑就叫人沮丧,坑里没有一点春的气息,那些失火未烧尽的黑木段仍然哀伤地发亮,我觉得这个坑简直是多余的,刺激人的神经。我气愤得恨不能把坑里的野蒿全部拔掉,踩烂,清除那些破砖烂瓦、黑木段,把坑里所有乱七八糟的垃圾和废物打扫得一干二净,在坑里给自己安置一个清洁的小窝,夏天我就一个人住在这里,避开大人。想着,想着,我就动手干了起来。这一干,马上就使我忘了家中所发生的一切,忘得干干净净,而且时间很长。虽然家里的事仍然使我感到十分气恼和难受,但随着日子一天天地过去,越来越引不起我的注意了。

"你干吗老是绷着脸?"有时外婆问我,有时母亲也问我,她们问得我很不自在,因为我并不是生她们的气,只不过是家里发生的一切都和我格格不入罢了。在我们吃午饭、喝晚茶和吃晚饭的时候,那个绿色的老太婆常常在座,桌旁活像撅着一根旧篱笆上发出腐烂气味的木桩。她的两只眼睛仿佛是用看不见的线缝在脸上似的,眼珠儿转得很灵活,似乎眼看就要从皮包骨头的眼坑里滚出来。那双眼睛好像什么都能看见,什么都能发现。当她说到上帝的时候,眼睛就向天花板上翻,一谈到家务事,眼皮就耷拉到腮帮子上。她的眉毛就像用麸皮粘上去的。她的裸露的大牙能咬断她塞到嘴里的一切,而且一点声音也没有。她弄姿作态地蜷曲起手,翘起小指头,咀嚼时耳朵旁边一对圆骨头滚来滚去,耳朵跟着一动一动,连疣上的一小撮绿毛也像爬似的、在干净得令人厌恶的蜡黄的皱皮上微微蠕动。她浑身上下干净得和她的儿子一样,甚至碰他们母子一下都觉得不好意思,甚至是大逆不道的事。刚来的那几天,有一次她想把自己那只死人般的手伸向我的嘴唇,手上散发出一股喀山的黄肥皂的味儿,我扭身逃跑了。

她常常对她儿子说:

"这孩子一定要好好教育,懂吗,叶尼亚[①]?"

她儿子顺从地低着头,皱起眉头一声不响。他在这绿色老太婆面前总是皱着眉。

我恨死那个老太婆和她的儿子,真是恨入骨髓了。这种难以忍受的心情使我挨了很多次的打。有一次在吃午饭的时候,老太婆可怕地瞪起眼睛说:

"哎呀,阿廖申卡,你为什么吃得这么快?为什么这样大块大块地狼吞虎咽啊!亲爱的,你要噎住的!"

我立刻从嘴巴里掏出一块来,重新把它插在叉子上,递到她面前说:

"要是你舍不得,就拿去吧……"

母亲把我从桌旁拉走,我被屈辱地赶到了阁楼上。外婆来了,她捂住自己的嘴巴哈哈大笑说:

"啊,我的老天爷啊!哈,你真调皮,耶稣保佑你……"

我不喜欢她把嘴捂住,便避开她跑了。我爬到屋顶上,在烟囱旁坐了很久。真的,我非常想捣蛋,对所有人我都恶言恶语,要想克制住这种愿望很难。有一次,我在我未来的继父和新奶奶坐的椅子上涂满了樱桃树的胶,两个人都被粘住了,好笑极了。外祖父狠揍了我一顿以后,母亲来到我住的阁楼上。她把我拉到面前,用两个膝盖紧紧夹住我,说道:

"你听我说,为什么你总要任着性子干?你可知道,这么干我心里有多难过,我会倒霉的!"

她热泪盈眶,把我的头紧紧贴在她的脸颊上,这使我心里特别沉重,不

---

① 叶夫根尼的小名。

如她狠狠地打我一顿反好受些！我说我以后再也不得罪马克西莫夫家的人了，永远不了，只要她不哭。

“对，对了，”她轻声说，“别胡闹了！我们很快就要举行婚礼了，然后就去莫斯科，然后再回来，你就和我住在一起。叶夫根尼·瓦西里耶维奇是个很善良又聪明的人，你会和他相处得好的。你将到学校去学习，然后当一名大学生，就像他现在这样，然后做医生。你想干什么？有学问的人能干想干的事。好了，去吧，去玩吧……”

对她一个接一个摆的这一连串的“然后”，我觉得仿佛是向下面什么地方延伸的一架梯子。这架梯子通到黑暗的深渊，使母亲离开得越来越远，去过孤寂的生活，所以它并不使我高兴。我很想对母亲说：

“请你别嫁人吧，我能养活你！”

然而这句话我没有说出口。从前，母亲总是激起我对她很多很多亲切的思念，但是这些思念从来没有决心说出来。

我在花园里的那项工作进行得十分顺利：我用手拔，用柴刀砍，清除了坑里的野蒿，在坑的四周泥土塌落的地方，用碎砖破瓦填平围实，还用那些砖头瓦砾砌了一个宽大的坐位，大得甚至可以躺在上面睡觉。此外，我又收集了许多彩色玻璃和破碗碎瓷，用黏土把它们砌进碎砖破瓦的缝隙里，太阳一照进土坑，这些碎片就立刻闪耀出光彩夺目像彩虹般的光环，像在教堂里一样。

“想的主意真不赖！”有一天外公仔细地打量着我的工程说道，“只是你没把野蒿根刨掉，以后还会戳你的！去拿把铁锹来，我来帮你把土再翻一遍！”

我拿来了一把铁锹，他向手掌上吐了口唾沫，喉咙里咯咯响了几声，用脚把铁锹深深地蹬进肥沃的土里。

“把蒿子根拣出来扔掉！以后我替你在这儿种一些向日葵和锦葵，长起来才好呢！真好……”

突然，他抓着铁锹弯下身去，一声不响地发愣。我走到他面前仔细一看，只见从他那小小的像狗一样的眼睛里，不断流出的一小滴一小滴的眼泪落到了土里。

“你怎么啦？”我问他。

他全身抖动了一下,用手掌擦去脸上的泪水,茫然地看了我一眼。

“我出汗了！你瞧,多少蚯蚓!”

接着他又挖起土来了,他突然说:

“你这小窝白造了！白费力,小兄弟。这房子我很快就要卖掉了。大概要交秋的时候我就卖掉它。要钱用,给你母亲办嫁妆。就这样,让她能过上好日子,上帝保佑她……”

他抛下铁锹,挥了挥手,到浴室后的花园角落去了,那里有他的小温房。于是我便开始翻土,谁知刚翻就被锹弄伤了脚趾。

脚伤了,母亲去教堂举行婚礼,我没能去送,只能走到大门口看着她挽着马克西莫夫的胳膊,低着头,小心翼翼地踏着人行道上的砖头和从砖缝里冒出来的青草,仿佛她脚下踩的是铁钉尖。

婚礼举行得很冷清。他们从教堂回来后,闷闷不乐地喝茶。母亲换去了礼服,到自己卧室去收拾箱子,继父坐在我的身旁,说道:

“我答应过送你画图画的颜料,但这城里没有好的卖,而我自己用的颜料又不能给你,我以后从莫斯科买来寄给你……”

“我用颜料干什么呢?”

“你不爱画画吗?”

“我不会画。”

“那我给你寄别的东西吧。”

这时母亲来了。她说:

“你知道,我们很快就会回来。你父亲要参加考试,考过试,毕业后就回来……”

他们像跟大人说话似的和我交谈,这倒使我很愉快,但当我听到已经长了胡子的人还在学习时,感到很奇怪。就问:

“你现在学习什么?”

“学土地测量。”

我懒得再问土地测量是怎么回事了。家里孤寂无聊,只能觉察到一种像动物擦毛发出的极轻微的沙沙声,我真想黑夜快点到来。外祖父背脊紧倚着炕炉,微眯上眼睛看着窗外。绿色老太婆一面帮母亲收拾东西,一面不断地唠叨,唉声叹气,而外婆中午就喝醉了酒。家里人怕她丢脸,送她到阁楼上，把她锁在里面。

母亲是次日清晨走的，临别时她拥抱了我，轻轻把我从地上抱起，用一种我从未见过的目光探察我的眼睛，亲吻着我说：

“别了……”

“你对他说，要听我的话。”外祖父眼睛看着朝霞尚未退去的天空，阴郁地说。

“要听外公的话。”母亲在我胸前画了十字说道。我一直等她讲一些别的什么话，所以很生外祖父的气，就是他给打搅了。

他们坐上了四轮双座敞篷的轻便马车，母亲的衣裳下摆被什么东西挂住了，她气呼呼地拉了很久。

“你帮着拉一下，难道没看见？”外祖父对我说道，他不知道这时我已经难过得不能帮母亲拉了。

马克西莫夫急急匆匆地把自己穿着蓝裤子的两条长腿在马车上摆好，外婆把几个包袱塞到他手上，他就把包袱都堆在自己的腿上，用下巴抵住包袱，胆怯地皱起苍白的脸，拖长了声音说：

“行——啦，够——多啦……”

绿色的老太婆和她当军官的大儿子坐上了另一辆敞篷马车，她坐在那里一动不动，像画的一样，那个大儿子则用军刀柄挠着自己的胡子，一个接一个地打着呵欠。

“就是说，您要去打仗啰？”外祖父问道。

“肯定要去。”

“好事。土耳其人该打①……”

他们走了。母亲几次回头，挥动着头巾，外婆一只手撑着墙，另一只手在空中向她摇晃着，老泪横流。外祖父也用手指从眼睛里挤出几滴泪水，结结巴巴地咕哝着：

“不会有……好结果的……在那儿……不会有的……”

我坐在石墩子上，望着两辆马车在路上颠颠簸簸地走远了，眼看马车在街角转弯以后，我的胸口似乎什么东西啪的一下合上，紧紧地被关住了。

---

① 指一八七七至一八七八年俄国为巩固自己在巴尔干半岛的影响而发动的那次战争。

这时天色还很早，家家户户的百叶窗还虚掩着，街上空空荡荡，我从未见过大街上这样空旷沉寂。远处有个牧人在惹人厌烦地吹着笛子。

“我们回去喝早茶吧，”外祖父抓住我的肩膀说道，“看来，你命里注定跟我住在一起，你这条小鱼离不了我这洼水，你就使劲儿到我水里来游吧！”

从早到晚我和外祖父闷声不响地在花园里忙。他翻松田畦，把马林枝扎紧，刮去苹果树干上的苔藓，捻死毛毛虫，我仍然忙着建造和装饰我的那个小窝。外祖父把烧焦的木头上端砍去，将一根根细棍子插到土坑四周，我就把笼子里养的小鸟分别挂在木棍子头上，用干蒿草扎成密密的篱笆，还在那宽大的椅子上搭了个凉棚用来挡太阳和露水，我那个小窝简直舒服极了。

外祖父说：

“你学着自己把自己安排得尽量好一些，对你很有好处。”

他说的这话我十分重视和珍惜。有时他躺在我那用草皮铺成的“宝座”上，从容不迫慢吞吞地开导我，一字一句仿佛是费了好大劲才从嘴里挤出来似的。

“现在你要离开你母亲独自一个人生活了。她以后还要生孩子，她对那些孩子比对你亲。如今你外婆又喝起酒来了。”

他很久没有说话，似乎在留心听什么，然后又不乐意地脱口说出一些令人心情沉重的话语：

“这是她第二次酗酒了，米哈伊尔要去当兵的时候，她猛喝起酒来。那个老糊涂劝我去替他买张免役证。我想，也许他当了兵后能变了个人……唉，你们啊……我是快要死了。就是说，以后就剩下你一个人了，要自己照顾自己，自己的生活花费靠自个儿挣，懂吗？嗯，就是这样。你要学着自己独立干工作，不要听别人摆布！要平平静静安安稳稳地过日子，可是要坚强！什么人的话都要听，但做的时候，要想想怎么做对自己最有利……”

整整一个夏天，当然除了刮风下雨，我都在花园里度过，温暖的夜里，我甚至就在花园里躺在外婆送给我的一条羊毛毡上睡觉。外婆自己也常在花园里过夜，她抱来干草，铺在我的“床”旁，躺下来，久久地给我讲些什么。她在讲的过程中，常常打断自己的话头，出其不意地插上一两句：

“你瞧，又落下了一颗星星！这是什么人的纯洁的魂灵儿忧闷不安，思念大地母亲了！就是说，现在什么地方有个好人出生了。”

或者她指着星星对我说：

“一颗新的星星升上天了，瞧啊！多鲜艳多明亮啊！哦，美妙的天空啊，你是上帝的绚丽的法衣……”

外祖父嘟哝说：

“你们要受凉的，一对傻瓜，这样要生病的，要不然会中风，或者小偷钻进来把你们掐死……”

有时候，太阳一下山，宽阔的天空仿佛涌流出几条火红的河。火红的河一烧尽，金黄色的灰烬便洒落到花园里天鹅绒般的绿茵上，接着你就感到周围的一切逐渐变暗，慢慢扩展膨胀，整个大地沉浸在温暖的朦胧中。吸足了阳光的叶子低垂着，青草弯向地面，愈来愈变得柔和松软，静悄悄地呼吸着各种亲切得宛似音乐的气息，而这时音乐也从远处，从旷野里缓缓飘浮过来：军营里正在吹晚点名号。夜正在降临。随着夜的到来，一种强烈的、清新的、宛如慈母爱抚似的感情渐渐注入人的心田。静谧犹如温馨的、毛茸茸的手温柔地抚慰着我的心，记忆中需要忘记的一切，白天里沾染的所有腐蚀人心灵的灰尘正在被荡涤干净。仰面躺在那里，注视着灿烂的群星在炽烈地燃烧，使天空永无止境地深邃下去。那深邃的天穹愈来愈高，让人不断地发现新的星星，似乎感觉到它在将你从大地上轻轻托起，这种感受多么令人陶醉！多么奇怪，不知是整个大地缩小到和你一样了呢，还是你自己奇迹般地变大了。你在扩展，熔化、和周围的一切汇成了一体。一切逐渐变得更暗、更静了，但是，似乎到处都延伸着灵敏的琴弦，弦上发出的每一个音符——或是小鸟在梦中歌唱，或是刺猬窸窣跑过，或是人声突然轻微响起——无论什么声音，都因为周围那种令人觉得极为敏感的亲切的寂静而特别显得比白天响亮。

响起了一会儿手风琴声，传来了一阵女人的笑声，军刀碰到人行道砖头上的声响和狗突然的一声尖叫，所有这些都令人厌烦，犹如日落黄昏时的最后的落叶。

常有些夜晚，突然从旷野和街上传来了醉鬼的叫声，或有人踏着沉重的脚步橐橐地跑过去，这些我都习以为常，引不起我的注意。

外婆久久地不睡觉，双手放在脑后躺着，稍带点激动地讲述着什么，根本不关心我是否在听她讲。她很善于选择讲那些使夜变得更有意思、更美的童话。

在她那一句一句有节奏的讲述中,我不知不觉地睡着了,清晨和小鸟一起醒来。阳光直接照在脸上,暖洋洋的,早晨的空气无声无息地飘动,露珠从苹果树的叶子上不时地掉落下来,润湿的青草上的反光愈来愈亮,像水晶似的清澈晶莹,青草上缓缓冒起一层薄纱似的蒸汽。淡紫色的天空上,阳光宛如扇子般地向外扩展,天空愈来愈蓝。云雀在目力难及的高空婉转地歌唱。所有这一切赏心悦目的色彩和音响,宛似露水缓缓沁入我的心脾,使我产生一种恬静的喜悦,激起我想快点起来做点什么事情,引发我和周围一切有生命的东西友爱地一起生活的愿望。

这是我一生中最最平静,感受最多和剖析自己内心世界最多的一段时光,正是这一个夏天,我对自己力量的自信在内心形成并巩固了。我变孤僻了,有点离群了。我常听见奥夫相尼科夫家孩子们的呼喊声,但我不为所动,不到他们那儿去,即使我的表兄弟来了,也丝毫引不起我的高兴,他们来只能引起我的担心,怕他们破坏了我在花园里的小安乐窝,那是我平生第一件靠我独自力量完成的事业。

外祖父的话再也引不起我的兴趣了,他说话愈来愈枯燥无味,唠唠叨叨和唉声叹气。他开始常常和外婆吵嘴斗气,把外婆从家里赶出去。外婆不是去雅科夫舅舅那儿,便到米哈伊尔舅舅家。有时她干脆一连几天不回家,外公便自己忙饭吃,手被烫了就大喊大叫,破口大骂,摔碗掼盆,显然逐渐变得贪婪了。

有时他到我的窝棚里来,舒舒服服地朝草皮上一坐,久久地盯着我看,一声不响,出其不意地问我说:

“你为什么不说话?”

“不为什么。干什么要说话?”

他开始教导我了:

“我们不是老爷。没有人教我们,什么事都得自己弄明白。你看,那些书是为别人写的,学堂也是为别人盖的,我们什么都赶不上趟。一切都得自己去干……”

每当他陷入沉思时,就显得憔悴不堪,一动不动,像哑巴一样,简直有点怕人。

秋天,他把房子卖了,在卖屋前不久,一天吃早茶的时候,他突然阴沉、果断地向外婆宣布说:

"喂,孩子他妈,我以前一直养着你,实在养够了!现在你自己挣钱养活自己吧。"

外婆对他的这两句话泰然自若,好像早就知道他要讲这话似的,只不过一直等他说出来罢了。她不紧不慢地掏出鼻烟壶,填了点鼻烟到她那海绵似的鼻子里,说道:

"好吧,既然这么说,那就这么办吧……"

外祖父在山脚尽头一所旧房子的地下室租了两间小屋,当我们搬到那两间屋里去的时候,外婆拿起一只系有长带子的旧草鞋,将它扔到炕炉下面①,蹲下来,开始唤家神②说:

"家神爷,你是一家之主,给你雪橇,你乘上它和我们一起到新家去,去保佑我们家新的幸福吧!"

外祖父从院子里向窗里看了一眼,喊道:

"等着,我给你送去,你这异教徒!你试试再给我丢脸……"

"哎哟,孩子他爸,你小心,要招祸啊。"她认真地警告说,可外祖父火冒三丈,不准她把家神请过去。

外祖父两三天里就把家具和各种零星杂物陆续卖给了几个收破烂的鞑靼人,卖的时候,他们讨价还价,相互咒骂,外婆从窗户里看着外面,一会儿哭,一会儿笑,压低声音说:

"拉走吧!毁掉算了……"

我也不住地想哭,舍不得我的花园,我那窝棚。

我们搬家时用两部大车拉东西,我坐在一辆车的家具什物中间,那辆车颠簸得非常厉害,好像过一会儿就要把我摔下车去似的。

以后,大约有两年时间我一直在这种不断要把我颠簸到什么地方去的感觉中度过,直到母亲去世。

外祖父搬到地下室后不久母亲就回来了,她面色苍白,瘦了,眼睛显得

① 俄罗斯式火炉下面有一空处。

② 迷信观念,类似中国旧时的灶神或灶君、灶爷、灶王爷等。

更大,眼里闪烁着感情深厚的惊异的光。不知为什么,她看什么都仔细地端详,仿佛第一次看见她的父亲、母亲和我,而且看时一言不发,而继父则一个劲儿地在屋里踱来踱去,轻轻地吹着口哨,不时地咳嗽几声,两只手背在后面,不住地动弹着玩自己的手指。

"老天哪,你长得好快啊!"母亲用滚热的手掌紧紧捂着我的脸颊对我说。她穿得不好看,是一件宽大的棕红色的连衣裙,肚子鼓起来。

继父向我伸出了一只手,说道:

"你好啊,小兄弟!你怎样啊,好吗?"

他嗅了嗅空气,说道:

"嗳,知道吗,你们这儿太潮湿了!"

他俩仿佛刚才跑了很长时间,精疲力竭,满面倦容,衣服上全是皱褶,还有磨破的地方。他们什么也不需要,只想躺下休息休息。

在一起喝茶时,大家兴味索然,外公看着窗外的雨洗涤着窗玻璃,问道:

"这么说,全烧光了?"

"全烧光了,"继父肯定地说,"我们人好不容易才逃出来……"

"是这样。水火无情啊。"

母亲紧靠外婆的肩,附着她的耳朵低声说些什么,外婆眯着眼睛,就像被光线刺得睁不开似的。一切显得更加沉闷无聊了。

外祖父突然大声地说起话来,语气挖苦但心平气和:

"叶夫根尼·瓦西里耶夫先生,我听到传闻说,压根儿没有失火,只不过是你打牌把家当输了个精光罢了……"

屋里突然哑然无声了,像在地窖里一样,只听见烧开的茶炊发出噗噗的声响和雨珠拍打在玻璃上的声音,过了一会儿,母亲说话了:

"爸……"

"喊什么啊——爸啊爸的,"外祖父震耳欲聋地大声喊叫起来,"还有什么好说的?我不是对你说过,三十岁不能嫁二十岁的人吗?你活该,你瞧,他长得多清秀啊!好一个贵族公子哥儿,是吗?怎么啦,小女儿?"

四个人一起喊了起来,叫得最响的是继父。我跑到过道里,坐在柴堆上,真是惊得呆若木鸡了。母亲似乎换了个人,完全不像从前的她了。我在屋里还不太觉得,可在这儿,在昏暗中,脑海里立刻清楚地浮现出了她从前的模样。

后来，记不清为什么我住进了索莫夫镇①的一所房子。房子里的东西都不是从家里带去的，四壁没有糊墙纸，墙是由一根根原木排列起来的，原木中间的隙缝里用麻丝填塞，麻丝里有很多蟑螂。母亲和继父住两个房间，窗户朝街，我和外婆住在厨房里，只有一个天窗。工厂的一根根乌黑的烟囱，就像俄罗斯表示嘲弄或轻蔑时握住拳头从食指与中指间伸出来的拇指，从屋顶向天空翘着，冒起一圈圈的浓烟。冬天的风把烟刮得到处都是，使全镇烟雾弥漫，我们冰冷的房间里总是充满浓浓的糊焦味。每天一早，汽笛就像狼一样地嚎叫：

"噢呜，噢呜，噢呜——"

倘若站到凳子上，可以从窗户上端的玻璃越过房顶看见被灯照亮的工厂大门。敞开的大门就像一个老叫花子张着没牙的黑洞洞的嘴巴，密密麻麻的小人儿成群结队地向里面爬。中午时分，又是一阵汽笛声，工厂撇开乌黑的嘴唇，张开了黑魆魆的深洞，令人作呕地吐出了被反复咀嚼过的工人，他们像一股污浊的黑流淌到街上。风刮着白色的毛茸茸的雪沿街疾驰，追赶着人群，并把他们抛到各自的家中。村镇上很难见到天。落满煤烟子的屋顶、雪堆的上空日复一日地低垂地覆盖着另一层灰蒙蒙的平顶，它紧紧束缚人们的想象力，那忧郁的千篇一律的色调使人眼睛发花。

每天晚上，工厂上空有一种浑浊的、发红的反光在晃荡，照亮了烟囱顶端，似乎一根根烟囱不是由地面向天空矗立，而是从烟云里由上向下降落，一面降落，一面吞吐着红色的火光，哀号着，吼叫着。这一切看在眼里令人厌烦和恶心，一种使人难以忍受的无聊啃啮着人的心灵。外婆当厨娘，每天做饭，拖地板，劈柴，挑水，从早到晚忙个不停，躺下睡觉时已经筋疲力尽，不住地哼哧哼哧、唉声叹气了。有时她烧好了饭，套上短棉袄，高高地掖起裙子，准备到城里去，说道：

"去看看老头子在那儿过得怎样……"

"把我带去！"

---

① 一八七六年底至一八七八年初，高尔基的继父在索莫夫工厂当职员，他和继父、母亲、外祖母住在一起。

“你要冻坏的,瞧多大的风雪!”

每次去城里,她要在雪夜里在被人们遗忘的路上走七俄里。母亲怀着孩子,脸色蜡黄,怕冷地用一条灰色的有穗子的破烂披巾裹着身子。我恨那条破披巾,因为它使母亲高大匀称的身材变了形。我恨那像尾巴似的穗子,想扯掉它们。我恨那所房子,恨那个工厂和村镇。母亲穿着一双已经走了样的毡靴走来走去,不住地咳嗽,震动着难看的大肚子,她那灰蓝的眼睛里显露出冷漠气忿的神情,经常盯着空无一物的墙壁,就像目光被粘到墙上了。有时,她整整一个钟头看着窗外的大街,那条街就像颌骨,一些牙齿老得发黑,东倒西歪,另一些牙已经掉落,新牙镶得十分难看,大得和颌骨很不相称。

“干吗我们要住在这儿呀?”我问道。母亲回答说:

“唉,你别问了……”

她很少和我讲话,要说也是命令我:

“你去一趟,给我……去把……拿来。”等等。

家里人很少让我上街,因为我每次到街上去都被一些野孩子打得鼻青眼肿回来。打架是我的爱好和唯一的快乐与享受,我常常忘情地打,要打就打个痛快。母亲用皮带抽我,可惩罚更刺激了我,下次和那些孩子打得更狂暴,母亲便更厉害地惩罚我。有一次我警告母亲说,如果她还打我,我就咬她的手,逃到荒野地里,在那里冻死,她一听,吃惊地推开我,在屋里转了一圈,累得气喘吁吁地说:

“这小野兽!”

在我心灵中,那生机盎然却又忐忑不安地称之为爱的情感所构成的色彩斑斓的虹退色了,而那对一切愈来愈频繁地喷发出无法抑制的恼恨的蓝色火焰,一种难以忍受的愤懑和在这灰色的、死气沉沉的无聊环境中的孤独感,却在心中隐隐燃烧。

继父对我极端苛刻,不和母亲说话,老是吹口哨,咳嗽,午饭后久久地站在镜子前,经心地用松明细棒剔他那参差不齐的牙齿。他越来越多地跟母亲吵嘴,生气地用“您”来称呼她。他用这个“您”称呼我母亲使我怒不可遏。吵架时他总是严严关上厨房的门,不愿我听到他骂的话,但我仍仔细听,仍然听见他那低沉的声音。

有一天，他突然跺脚大喊一声：

“都是您这个难看可笑的大肚子，弄得我连客人都不能请，您简直是头蠢牛！”

我大为骇然，简直像受了奇耻大辱，身子在宽床板上猛然向上一跳，头撞到了天花板，重重地把自己的舌头咬出了血。

每逢星期六，都有几十个工人来找继父卖粮条，这些粮条是工厂当钱发给工人的，他们可以凭这些粮条在工厂开的小铺子里去换取粮食。继父做粮条倒手买卖，用半价收进。他就在厨房里接待那些工人，大模大样地坐在桌旁，阴沉起脸，拿着粮条说道：

“一个半卢布。”

“叶夫根尼·瓦西里耶夫，你难道不怕上帝……”

“一个半卢布。”

这种荒谬的黑暗生活没有持续多久，在母亲生孩子之前，我被送到外祖父那里。那时他已搬到库纳维诺了，在一所两层楼房子里租了一个狭窄的、带有俄式火炉的房间，房间里有两扇朝院子的窗户。这所房子坐落在沙土街上，从这条街往下到小山丘，便是纳波尔教堂墓地的院墙。

“怎么啦？”外祖父迎着我说道，尖叫着笑起来了。“俗话说，‘再心爱的朋友也比不上亲娘’，如今看来我们要说，‘不是比不上亲娘，而是比不上老鬼外公’啦！唉，你们啊……”

我还没来得及仔细看看这新地方，外婆和母亲就带着孩子来了。继父因为掠夺工人被赶出了工厂，但他去了什么地方一趟，马上受聘去火车站当售票员了。

过了很多天空虚无聊的日子，我又被送到母亲那儿，住在一幢石头房子的地下室里。母亲随即将我送去上学，从上学的第一天起，学校就引起我的厌恶。

上学时，我穿的是母亲的矮靿皮鞋，用外婆的上衣改缝的旧大衣，黄衬衣和撒腿裤子。这一身打扮立刻引起了同学们的嘲笑，由于我穿的是黄衬衣，便得了个绰号叫“方块”①。不过我和男孩子很快就和睦相处了，可教师

① 俄国囚服背上缝作标记用的红色或黄色的方块布。

和神甫不喜欢我。

教师是脸色蜡黄的秃头，鼻子经常流血。他每次走进教室时，鼻孔里都塞着棉花，坐到桌子后面，齉着鼻子问我们的功课。他问着问着，突然话说到半截就不说了，拉出鼻孔里的棉花，摇晃着脑袋翻来覆去地仔细看。他的脸盘扁平，黄铜般的颜色，萎靡不振，皱纹里仿佛布满了像铜绿似的东西，一对完全多余的呆板无神的眼睛，使那张脸显得特别丑陋。就是这对眼睛经常讨厌地盯住我的脸看，使得我总想用手掌把两颊擦干净。

我在一班第一排坐了几天，课桌几乎紧靠着教师的桌子，这简直令人难以忍受，仿佛除了我以外，他谁也看不见，老是齉着鼻子说：

"彼斯科夫①，换一件衬衫！彼斯科——夫，脚不要在地上磨蹭！彼斯科夫，你鞋子里又流出了一汪水了！"

为此，我狠狠地搞了一次恶作剧报复他：有一天，我找到半个冰冻西瓜，掏空里面的瓤儿，用细绳系在过道门的滑轮上。门开着时，西瓜随着滑轮拉到上面，教师来上课，随手一关门，西瓜皮就落下来，正好套在他的秃头上。事后，门房带着教师的字条把我送回家，我为这次淘气所付的代价是受了一场皮肉之苦。

另一次，我在他桌子抽屉里撒了许多鼻烟，上课时他接二连三地打起喷嚏来，无法停止，不得不到教室外面去，最后不得不要他女婿来替自己代课。他女婿是个军官，强迫全班学生唱《愿上帝保佑沙皇》和《啊，自由啊，我的自由》。谁唱错了，他就用尺子敲谁的脑袋，不知怎么的，敲得特别响，令人好笑，但不痛。

神学课教师是个年轻漂亮、头发蓬松的神甫，他不喜欢我是因为我没有《创世纪》，还因为我滑稽地模仿他说话的神情、语调和姿态。

他一进教室第一件事就是问我：

"彼什科夫，你书带来了没有？对了，书？"

我回答说：

"没有。没有带来。对了。"

"什么'对了'？"

---

① 彼什科夫是高尔基的姓，教师说不清楚，将"什"读成了"斯"。

“没有。”

“好吧，你就回家吧！对了，回家。因为我不想教你。对了。不想教你。”

这并不使我伤心，我离开学校，一直到放学之前都在镇上的几条肮脏的街上闲逛，细细地察看镇上的喧闹的生活。

这位神甫有一张端庄文雅基督式的脸，亲切的女人似的眼睛和一双碰到一切都亲切温柔的小手。每样东西，无论书、尺、羽笔，他去拿的动作，都惊人地轻柔优美、温文尔雅，似乎他拿的是有生命的脆弱的东西。十分钟爱它，唯恐不小心把它碰坏似的，可是他对孩子们却不那么亲切和蔼，不过孩子们仍然喜欢他。

尽管我学习得还算不错，但不久仍然通知我说，由于我的行为不端要把我赶出学校。我十分懊丧，一场极为不快的波澜威胁着我：因为最近母亲变得越来越容易动怒，打我的次数越来越多了。

但是，救星来了——突然学校里来了一个叫赫里桑夫[1]的主教，在我记忆中他是驼背。

这位身材矮小的主教，穿着一件肥大的黑袍，在桌后坐下，从袖子里抽出双手，说道：

“我的孩子们，让我们交谈交谈吧！”教室里顿时感到温暖如春，气氛活跃起来，似乎微微飘来了一阵从未体验过的令人愉快的轻风。

继许多同学之后，我也被叫到他的桌前，他认真地问我：

“你几岁啦？才这么大啊？小弟弟，你长得这样高啊，是吗？你常常站在外面让雨浇的，对吧？”

他把一只瘦瘦的、留着又长又尖指甲的手放在桌上，另一只手捏着稀疏的小胡子，慈祥的眼睛一直凝视着我的脸，提议说：

“喏，你给我讲讲《创世纪》里你喜欢的一段，好吗？”

当我告诉他我没有书，没有学《创世纪》时，他扶了一下头上戴的高筒

---

① 赫里桑夫是著名的三卷本著作《古代世界的宗教》、论文《埃及的轮回》和政论《论婚姻和妇女》的作者。这篇政论我年轻时曾经读过，给我留下了深刻的印象。论文标题我可能写得不对。论文是刊载在七十年代的某一本神学杂志上的。——作者

帽子,问道:

“这是怎么回事?要知道,这是一定要学的!那也许你知道一些什么别的,从前听到过的?《诗篇》你知道吗?这很好!会念祷词吗?嗬,你瞧吧!那么说《使徒传》你也会啰?还能念圣诗吗?哦,你是我的学识渊博的学生。”

我们的那位神甫满脸通红,气喘吁吁地来了,主教在他面前画了十字,做了祝福,正当他要数说我的时候,主教举起了一只手,说道:

“请等一等……喂,你讲讲上帝的仆人阿历克谢,好吗?”

“这是极好的诗,小弟弟,是吗?”当我忘了哪一行诗,稍稍停顿一下时,他说道,“你还会什么?……大卫王的故事,会吗?我很想听听!”

我发现,他确实在听,是真喜欢诗的。他问了我很久,后来突然停住,很快地向我打听:

“你以前学《诗篇》是谁教的?是慈祥的外公?是很凶狠的吗?难道是这样?那你一定很顽皮!”

我窘得说不下去了,但还是说了声:“是的。”教师和神甫一齐啰里啰唆地说了我一大堆坏话,证明我应该认错,主教垂下眼睛听他们数落我,然后叹了口气说道:

“你听到他们都说你什么了吗?嗯,到我跟前来!”

他把一只发出檀香木气味的手放在我的头上,问道:

“你为什么要这样顽皮呢?”

“学习很枯燥。”

“枯燥?小弟弟,你这话说得就有点不对了。倘若你真的觉得学习枯燥,那你就学不好了,可是老师们都证明你学得不错。就是说,还有点别的什么原因。”

他从怀里掏出一本小笔记簿,边写边说:

“彼什科夫·阿历克谢,就这样。呣,小弟弟,你还是要克制自己,不要顽皮得太过分!稍微顽皮点儿——可以,顽皮得太厉害了,就叫人讨厌!孩子们,我说得对吗?”

大家齐声地回答:

“对。”

“你们自己不大顽皮,对吗?”

“不,我们也很顽皮! 很顽皮!”

主教往椅背上一闪,将我紧紧拥在怀里,惊奇地说了几句话,说得大家——包括教师和神甫在内——都笑了,他说:

“这事儿真怪,我的小弟弟们,要知道,我在你们这年龄的时候,也是个头号淘气鬼! 为什么会这样,小弟弟们,啊?”

孩子们笑着,他详细地问了大家很多问题,十分巧妙地使大家七嘴八舌地辩论,教室内快乐的气氛愈来愈浓了。最后他终于站起来说:

“顽皮鬼们,和你们在一起很愉快,可我该走了!”

他举起一只手,把大袖子捋到肩膀,挥起胳膊,在每个人胸前画个大十字,祝福说:

“以圣父圣子圣灵的名义,祝福你们去为最美好的事业效劳。再见了。”

大家高喊:

“再见了,大主教! 您要再来。”

他戴着那高筒帽子向我们点了点头,说道:

“我来,我来! 我给你们带书来!”

他从容地走出教室,对教师说:

“放他们回家吧!”

他牵着我的手走进过道,在过道里俯下身子悄声对我说:

“那你要克制自己一些,好吗? 我理解你为什么要淘气! 好,再见吧,小弟弟!”

我十分激动,仿佛胸中有一种非常特别的感情在沸腾,甚至教师放走了全班同学,只留下我一个,说我现在应该表现得比水还要安稳,比小草还要顺从,我都会认真地心甘情愿地听完他的话。

神甫一边穿着皮衣,一边拖长了低沉的声音和蔼地说:

“从今以后,你应该来上我的课! 对了。应该上课。但你要安安静静地坐着! 对了。安安静静的。”

我在学校里的事情刚搞顺当,可在家里却闹出了一件糟糕透顶的事——我偷了母亲的一个卢布,但这不是我预先策划好的犯罪。有一天晚上，母亲出门到什么地方去，留下我在家看小孩。由于枯燥无聊，我便翻看继父的一本书——大仲马的《医生札记》[①]。书页中夹有两张钞票，一张十卢布的，一张一卢布的。书我看不懂，便合上它，但转而一想，一个卢布不仅可以买到《创世纪》，说不定还能再买一本讲鲁滨逊的书。在这不久以前，我在学校里得知有这样一本书。那天很冷，课间休息时我在给几个小男孩讲童话故事，突然其中一个孩子鄙薄地说：

"又是童话，胡说八道，不好听，瞧，鲁滨逊，那可是真人真事！"

还有几个看过鲁滨逊的男孩，他们都夸这本书好，我很气恼，外婆的童话故事他们竟不喜欢，于是我决定要看一遍写鲁滨逊的书，以便我也能说："那才是胡说八道！"

第二天，我带了一本《创世纪》、两本破破烂烂的安徒生童话集、三磅白面包和一磅香肠到学校去。在弗拉基米尔教堂的菜园旁边的一间昏暗的小铺子里，有一本薄薄的黄封面的书，第一页上印着一个身裹兽皮、头戴尖顶椭圆形的毛皮帽、满脸大胡子的人，单这身打扮就使我不喜欢了，童话书上印的图画，连人的外表都令人觉得可爱，尽管书已被翻得破烂不堪。

在课间大休息时[②]，我和孩子们分享了面包和香肠，接着便开始读异常优美的童话《夜莺》，这个童话立刻抓住了大家的心。

"在中国，所有的居民都是中国人，连皇帝本人也是中国人。"我清楚地记得，这句话以其质朴无华的语言、令人快乐和微笑着的音乐韵律和包含的惊人美好的内容，顿时就使我感到极为愉悦和惊愕。

《夜莺》我没能在学校里读完，因为时间不够，回家时，母亲正站在炉口前的小平台旁，手里拿着煎锅活柄在煎鸡蛋，她用一种很怪的压低了的声音问道：

"你拿了一个卢布？"

"拿了。瞧，买的书……"

她用煎锅柄狠打了我一顿，两本安徒生童话则被她没收了去，藏到什么

---

① 法国作家大仲马（一八〇二—一八七〇）的著作，原名为《约瑟·巴尔萨莫》，俄译本为《医生札记》。

② 课间大休息时间一般为二十至三十分钟。

地方，我一直没能找到，这比打我更使我伤心。

我几天没有去上学，在这段时间里，大概继父把我的“功绩”讲给他的同事听了，那些同事又把这事告诉了自己的孩子，其中有一个孩子将这事传到学校里。当我上学的时候，同学就用给我起的新绰号迎接我，喊我小偷。这绰号既简短又明了，但不正确：因为我并没有隐瞒那一个卢布是我拿的。我试图向大家解释清楚，他们不相信我，于是我便跑回家告诉母亲说我不去上学了。

母亲又怀孕了，她脸色苍白，失常的眼神里充满了痛苦。她在喂小弟弟萨沙，眼睛看着我，嘴巴就像鱼似的张着。

“你撒谎，”她低声说，“谁也不会知道你拿了家里一个卢布。”

“你去问好了。”

“是你自己说走嘴了。哞，你说，是不是你自己？你当心，明天我亲自去问，是谁把这事传到学校去的！”

我说出了那个同学的名字。她愁眉苦脸，潸潸泪下了。

我离开母亲回到厨房，躺到自己床上——床铺在炕炉后面箱子上——躺着听母亲在房间里哀号：

“我的天哪，我的天哪……”

被烤热了的沾满油污的抹布散发出一阵阵难闻的气味，熏得我再也躺不住了，我便起来到院子里去，但母亲大声喝住了我：

“你到哪儿去？去哪儿？到我这里来！……”

后来我们坐在地板上，萨沙躺在母亲的膝盖上，抓着她连衣裙上的纽扣，头一点一点的，说：

“纽纽，就是扣扣。”

我紧紧依偎在母亲的身边，她搂住我说道：

“我们是穷人，我们每一个戈比，每一个戈比……”

她那滚热的胳膊紧抱住我，总是有些什么话没有全说出来。

“真是个坏蛋……坏蛋！”冷不防她说出了这句话，这句话我已听她说过一次。

萨沙学着重复说：

“‘忽’蛋！”

这个小孩挺怪：长得不匀称，大头，总是用那双非常好看的蓝眼睛看着一切，脸上带着温顺的微笑，似乎在期待着什么。他很早很早就开始牙牙学语了。他从来不哭，一直处于恬静的快乐的状态中。他的体格较弱，刚刚学爬，一看见我就高兴，伸出两手要我抱，喜欢用他那软绵绵的小手指搓揉我的耳朵，不知为什么，他的小手指上总是散发出一股紫罗兰的香味。后来他出人意外地死了，没有生病就死了。他早晨还好好的，像平时一样，文文静静地高高兴兴地玩，可是傍晚时分，在教堂敲响晚祷前的钟时，已经躺在桌上了。他是在又一个孩子尼古拉出世后不久死的。

母亲允诺我要做的事，她全做了。因此我在学校里的事已得到圆满的解决，一切正常，但是，我又被扔到外祖父那里去了。

有一天吃晚茶的时候，我从院子里进厨房听见母亲声嘶力竭地喊：

“叶夫根尼，我求你了，求求你了……”

“愚——蠢！”继父说。

“可我知道，你是到她那儿去！”

“去又怎么样？”

他们两人沉默了几秒钟，母亲一面咳嗽一面说：

“你这个坏蛋太恶毒……”

我听见，似乎他重重地打了母亲，我奔进屋，看见母亲被打得摔倒在地上，脊背和两肘撑着椅子，胸口向上凸起，仰着脸，口中不断发出呼哧呼哧的声音，眼睛里可怕地闪着光，而继父打扮得干干净净，穿着新制服，正在用他的长腿踢母亲的胸口。我抓起桌上的骨柄镶银刀——那是我父亲去世后留下的唯一的东西，是用来切面包的——我抓起刀就用尽全身的力气向继父的腰上刺去。

幸好母亲及时把马克西莫夫往旁边一推，刀从腰旁滑过，但把他的制服划开一个大口子，只划破了他的皮。只听到继父啊呀一声大叫，捂住腰部从房间里奔了出去，母亲抓起我，稍稍举起，一声怒吼把我向地板上一摔。继父从院子里跑回来，抢走了我的刀。

天已经很晚，他仍然出去了。母亲到炕炉后来找我，小心翼翼地轻搂着我，亲我，哭着说道：

“原谅我，是我不好！唉，亲爱的，你怎么能这样呢？怎么能动刀子？”

我说了完全发自内心的，而且我完全懂得的话，我对她说，我杀死继父，然后我也杀死自己。我想，这一点我能做到，无论怎么样我都要试试。甚至现在，仿佛那条穿着有一道鲜明镶边裤子的长腿还在眼前，它似乎还在我眼前来回晃动，用脚尖踢女人的胸脯。

在回忆野蛮的俄罗斯生活中的这些像铅一般沉重的令人厌恶的丑事时，我时刻反问自己："值不值得提起这些卑鄙龌龊的事情呢？"每一次我都怀着重新恢复起来的信心回答自己："值得"。因为这是长久存在的丑恶的真实。这种丑恶至今尚未死亡。这是一定要从根上认识的真实，只有这样才能从记忆中，从人的心灵中，从我们沉重的、可耻的生活中，把它从根上彻底铲除。

还有另一个迫使我描写这些丑恶的真实的积极原因是：这些丑事尽管令人厌恶，虽然使我们压抑，把无数美好的灵魂压扁至死，然而整个俄罗斯人的心灵仍然是那样健康和朝气蓬勃，他们正在不断地战胜那些丑恶，而且一定能战胜它们。

我们的生活是令人惊讶不已的，这不仅因为我们生活中这层孳生出形形色色畜生般的坏蛋的土壤是如此肥沃和多产，而且还因为新鲜的、健康和富有创造性的事物，仍然透过这层土壤发芽，成长。善良，人所固有的善良，在不断地生长，它在唤醒坚不可摧的渴望，向往着光明的人的生活的复苏。

十三

我又住在外祖父那里了。

"怎么啦，你这小强盗？"他用手敲着桌子迎面对我说，"哼，现在我不想再养着你了，让你外婆养你吧！”

“我养就我养，”外婆说道，“你以为这是什么大不了的难题！”

“那你就养他吧！”外祖父大叫一声，但立刻又平静地向我解释说：

“我和她完全分开过，现在我们什么都是各过各的……”

外婆坐在窗下麻利地织着花边，织花边的小木杆欢快地发出撞击声，像小枕头似的插针包上密密麻麻插满了铜针，在阳光照耀下闪闪发亮，活像一只金色的小刺猬。连外婆自己也像是铜铸的，还是老样子，一点没变！可外祖父人更干瘪了，满脸皱纹，棕红色的头发已变灰白，昔日的那种泰然自若、满不在乎的举止已变得心急火燎、手忙脚乱。他那两只绿眼睛总是怀疑地看这看那。外婆嘲笑地把她和外祖父分家的情形讲给我听：外祖父把所有的坛坛罐罐、锅碗瓢盆都分给她，说道：

“这是你的，你别想再向我要什么了！”

然后，他把外婆所有的旧式衣服、物件、宽大斗篷式的狐皮大衣等全都拿走，卖了七百卢布，卖的钱交给他的教子——一个卖水果的犹太人去放债生利息。外祖父简直像得了吝啬症，吝啬得失去了羞耻心。他竟跑遍了老朋友、过去行会里的同事和富商的家，向他们诉苦，说被自己的孩子搞破了产，向他们哭穷，要钱。他利用别人对他的尊敬，得了大把大把的钞票，他拿一张钞票在外婆鼻子下面晃来晃去，就像小孩子似的吹牛皮。

“傻瓜，看见啦？人家连百分之一也不会给你！”

他把集聚起来的钱一部分交给他的新朋友——一个镇上人都喊他为“细长条儿”的瘦高个儿的秃头毛皮匠——去生利息，一部分钱借给“细长条儿”的妹妹——小铺子老板娘，一个大块头、红脸蛋、褐眼睛、娇滴滴、甜蜜蜜，像糖稀似的婆娘。

家里一切都分得一清二楚：一天是外婆出钱买食品做饭，第二天是外祖父买食物和面包，每轮到外祖父出钱时，伙食就差些。外婆总是买好肉，而他买的都是下水，什么肝啦、肺啦、牛肚子之类的内脏①。茶叶和糖都是各人自己保管，但在一个茶炊里烧茶。每到烧茶时，外祖父都慌忙说：

“别忙，等一下，我看看你放多少茶叶！”

---

① 俄国人一般不吃或很少吃猪、牛的内脏，内脏的价格便宜。

他把茶叶倒在自己手掌上，一片一片细细地数，说道：

“你的茶叶比我的小，那我该少放些，我的茶叶大，茶汁浓。”

他非常注意，要外婆把他的茶杯也倒满，给他的茶也要同样浓，两个茶杯里的茶要一样多。

“最后一杯了，要不要喝完？”在茶壶快倒完茶之前外婆问道：

外祖父向茶壶里看了看，说：

“好吧，最后一杯也喝掉！”

甚至圣像前长明灯里的油也是各买各的，共同生活了五十年之后竟能做出这种事！

看到外祖父玩的这些把戏，我感到又好笑又恶心，而外婆仅仅觉得好笑。

“你啊，算了吧，别说啦！”外婆安慰我，“这是怎么回事呢？老头儿老了，越老越糊涂啦！他已经八十了，活像八十年倒过来了！让他糊涂去吧，你看谁倒霉？我能挣到钱餬咱祖孙两个的口，别怕！”

我也开始挣钱了：每逢节假日，一早我就拿起口袋，挨家挨户、串街走巷地去捡牛骨头、破布、废纸、废铜烂铁。收破烂的人收购一普特破布废纸给我二十戈比，废铁也是这价钱，一普特骨头十戈比或八戈比。平时我在放学以后干这事，每星期六，我能卖各种废品得三十或五十戈比，运气好还能多卖些。外婆接过我的钱，急忙塞到裙子口袋里，垂下眼睛连连夸奖我说：

“谢谢你，心肝宝贝！我和你能养活自己，养活我们自己，对吗？真是了不起的事儿啊！”

有一次，我偷偷地看见她把我交给她的五十戈比放在手掌上，看看戈比，默默地哭着，一滴浑浊的泪水挂在她的那有许多小孔眼的像浮石似的鼻头上。

比拾破烂挣钱更多的营生是到奥卡河岸边的木栈或者在集市季节后去彼斯基岛上偷木头和薄木板。人们在岛上用破旧木料搭起临时木板房做铁器买卖，集市季节一过，临时木板房就拆了，那些细杆和薄木板都堆成一垛一垛的放在岛上，几乎一直要放到第二年春汛。一块好薄板，小市民房主给五十戈比，每天可以偷两三块，但一定要在天气不好的时候，暴风雪或大雨逼着那些看守躲到屋里去的时候才能偷到手。

我们几个要好的小孩结成了一伙：一个莫尔多瓦女叫花子的小儿子，叫桑卡；维亚希尔，是个非常可爱的小孩，性格温顺，总是安安静静、乐呵呵的；一个没有父母的科斯特罗马，那是个鬈毛的、骨瘦如柴且生有一对又大又黑眼睛的男孩，十三岁那年，因为偷了一对鸽子被送到少年犯教养院，在那里上吊死了；另一个是鞑靼孩子哈比，十二岁的大力士，浑厚、善良；扁鼻子亚济，看墓兼掘坟穴工人的儿子，八岁上下，成天像鱼一样的闷声不响，经常受癫痫病的折磨；岁数最大的寡妇裁缝的儿子格里什卡·丘尔卡，他遇事审慎而且公正，非常喜欢和人斗拳。大家都是一条街上的孩子。

在这镇上偷窃已经成风，几乎成为半饥半饱小市民维持生活的唯一手段，算不上犯罪。一个半月的集市贸易所挣的钱，不够一年的生活，连很多受人尊敬的小业主也在河上捞外快——捞被汛水泛滥冲来的木柴和原木。他们用平底小木船搞零星货运，但主要还是偷大货驳上的东西，一般他们是在伏尔加和奥卡河上“做手脚”，凡是放不稳、扎不牢的东西，他们都盯住不放，偷了就走。每逢节假日，大人们就大言不惭地炫耀自己如何得手，而小孩们便在旁边听着、学着。

春天，在集市即将开始的最忙的时候，每天傍晚，村镇的每条街上满是喝得醉醺醺的工匠、车夫和各行各业的工人，村镇上的小孩经常搜他们的腰包，这是合法的活计，孩子们无所顾忌地当着大人的面干这事儿。

他们偷窃木匠的工具，偷窃载人马车车夫的木板子，偷窃出租运货马车车夫的轮轴和大车木轴下面的衬铁，但我们这伙孩子不干这种勾当。有一天，丘尔卡坚决声明说：

“我不去偷东西，我妈不许我干这种事。”

“干这种事我害怕！”哈比说。

科斯特罗马对偷东西的小孩有一种厌恶感，他说“小偷”这两个字时声音特别重，一看见其他孩子掠夺醉汉，他就去把他们赶走，如果他逮住一个小孩，就狠狠揍他一顿。这个大眼睛、忧郁的孩子认为自己已经长大成人，走路的姿态很特别，摇摇摆摆，就像那些使用抓钩的装卸工人走路，说起话来竭力装成粗嗓门，成天寡言少语，显出一副胸有成竹、少年老成的样子。维亚希尔则相信——偷是做坏事。

但是，从彼斯基岛上拖薄木板和细木杆，我们并不认为是做坏事，干这事谁也不怕。大家想出许多方法，使我们干这活儿时能顺利而轻松。晚上天黑或者刮风下雨，维亚希尔和亚济从河湾沿着漫出的潮湿的冰走到彼斯基岛上，他们两人大摇大摆堂而皇之地走，竭力引开看守人的注意力，我们四个人便神不知鬼不觉一个一个分散地钻进去。被维亚希尔和亚济惊扰的那些看守人，一直注意着他们两个人的行动，我们则在预先约好的木材堆旁边集合，各人选好自己要拖走的薄板或木杆，趁腿快的伙伴故意逗那些看守盯着他们追的时候，立刻往回跑。我们每人后面拿一根绳子，绳头上扣着一个拧弯了的大铁钉，紧紧钩住木板或木杆，拖着它们在雪或冰上跑，看守人几乎没有一次发觉我们，即使发觉了，也追不到我们。卖了那些东西以后，我们把卖的钱分成六份，每个小兄弟能得到五戈比，有时可得七戈比。

我们原可以用这钱饱饱地吃上一天，但是不行。如果维亚希尔一天不给他母亲带回去一什卡利克[①]或半瓶伏特加酒，她就要揍他；科斯特罗马把钱积聚起来，他想攒钱养鸽子；丘尔卡的母亲生病，他拼命想挣钱，愈多愈好；哈比也不肯花钱，他是他舅舅带到这里来的，但舅舅来尼日尼后不久就淹死了，他打算到他出生的城市去，可又忘了这个城市的名字，只记得它在卡马河边，离伏尔加河不远。

不知为什么，那座城十分惹我们发笑，我们便编了一个顺口溜，唱着逗那个斜巴眼的鞑靼小孩：

卡马河边一城堡，
问在哪里不知道！
手也摸不着，
脚也走不到！

起先哈比生我们的气，但有一次，那个外号叫“鸽子”的维亚希尔[②]也像鸽子叫那样柔声细语地对他说：

“你怎么啦？难道能对伙伴生气吗？”

---

① 旧俄量酒单位，约合〇．〇六升。

② 维亚希尔（Вяхирь）俄语意思是：斑尾林鸽。

小鞑靼不好意思了，后来自己也唱起了“卡马河边一城堡”。

其实，比起偷木板来，我们更喜欢的是拾破布和骨头。春天干这事儿特别有趣。雪化了，下了几场雨后，空无人迹的集市上用石块铺砌的街道被冲洗得干干净净。就在那里，在集市场地的水沟里常常可以收集到很多钉子和废铁，不少次我们还拾到钱，拾到铜币和银币，但为了商贩的看守不把我们撵走，不夺走我们装破烂的袋子，我们就得付给他们两戈比铜币，或者一个劲儿地哈腰行礼央求他们。总之，我们要想挣一点钱实在不容易，但大家和睦相处，虽然有时也斗几句嘴，但我记得，我们之间从未打过架。

万一我们之间发生了什么不愉快的事，维亚希尔就是我们的和事佬，他总善于在适当的时候对我们说几句很有特别含义的话，话语简单明了，说得大家目瞪口呆，感到难为情。他说出那些话连他自己也感到惊奇。亚济常搞恶作剧，维亚希尔既不生气也不害怕，所有的坏事他都认为不该去做，都被他从容自若但令人信服地否定了，他说：

“喂，这又何必去做呢？”他问道，于是我们便清楚地发觉——没有必要干这事！

他称自己的母亲为“我那莫尔多瓦女人”，他这样说并没使我们发笑。

“昨天我那莫尔多瓦女人又喝得烂醉回家了！”他那圆溜溜的、金色的眼睛里闪着光，兴高采烈地叙述着。“她砰的一声推开门，朝门槛上一坐便唱啊，唱啊，真像只老母鸡！”

干什么事都认真的丘尔卡问道：

“她唱什么？”

维亚希尔用手掌轻轻拍打着膝盖，尖声尖气地模仿着他母亲唱歌：

呵，只听门外笃笃响，
那是年轻的放羊郎，
他用手杖敲门窗，
我们奔到大街上！
只见牧人鲍里卡，
芦笛一吹呜呜响，
红红的晚霞布满天，

全村老少入梦乡！

他会唱很多这样生动的歌子，而且唱得十分顺溜。

“真的，”他接着说，“她就这样坐在门槛上睡着了，门也关不上，屋里弄得冷极了，我直打哆嗦，差点冻僵了，拖她吧，我又拖不动。今天早上我对她说：‘你怎么醉得这么厉害？’她竟然说：‘没关系，忍着点儿，我活不多久了！’”

丘尔卡认真地证实说：

“她浑身浮肿，是快要死了。”

“你可怜她，是吗？”我问维亚希尔。

“当然啰，那还用说！”维亚希尔对我的问话很惊讶。他说：“她是我的好妈妈……”

我们都知道，虽然那个莫尔多瓦女人平时对维亚希尔举手就打，但他还是相信她是好人，甚至有时我们不走运没弄到钱，丘尔卡仍然建议说：

“我们每人凑一个戈比给维亚希尔的母亲去买酒吧，要不然她又要打他了！”

我们这一伙孩子里，识字的只有两人——丘尔卡和我。维亚希尔非常羡慕我们，他揪住自己尖尖的老鼠耳朵柔声细气地说：

“等我葬了我那莫尔多瓦女人后，也去上学。我要跪在老师面前央求他收我。我毕业后去大主教那儿当花匠，不然就直接到沙皇那里去！……”

春天，莫尔多瓦女人和一个募化建寺院基金的老头儿，连同一瓶酒，一起被倒塌的木柴垛压伤了，那女人被人送到了医院。一本正经的丘尔卡对维亚希尔说道：

“走吧，住到我家去，我妈妈能教会你认字……”

过了不久，维亚希尔就仰起头念店铺的招牌了：

“货杂店……”

丘尔卡纠正说：

“杂货店，你这怪人！”

“我看见，可那些母字会跑来跑去的。”

“又错了，是字母！”

“它们活蹦乱跳的,有人念它们,高兴着呢!”

维亚希尔对花草树木非常珍爱,爱得使我们大家感到好笑和惊讶。

这个村镇上的房子零零落落地分布在沙地上,很少植物,只在有些人家的院子的什么地方,孤零零地生出几棵苍白瘦弱的白柳,歪歪扭扭的接骨树丛,此外还有一点灰蒙蒙、干巴巴的草茎胆怯地藏在围墙下面。如果有谁坐到那些草茎上,维亚希尔就生气地咕哝说:

“干吗你们要糟蹋草啊?坐到旁边沙土上不是一样吗?”

有他在旁边,谁都不好意思折一支白柳,揪下正在开花的接骨树枝或者弄断奥卡河畔一根柳条,万一有人这么做了,他总是耸起双肩两手一摊,惊讶地说:

“你们为什么老要毁坏树啊?真是见鬼了!”

看他这种吃惊的神情,大家都很难为情。

每逢星期六,我们都搞一次快乐的游戏,为了这次游戏通常我们要准备整整一个星期。我们满街收集破草鞋,把它们堆在僻静的角落里。星期六傍晚,当一群群鞑靼制钩工人从码头上回家的时候,我们就在十字路上的什么地方摆好阵势,开始向他们扔破草鞋。开始时,他们常常被激怒,跟在我们后面追,破口大骂,但很快他们自己也开始喜欢玩这个游戏了。他们晓得每逢星期六要有一场草鞋战,便也用大量草鞋武装起来走上战场。不仅如此,他们还窥视我们藏军火的地点,不止一次偷了我们的破草鞋,我们埋怨他们说:

“哪有这样玩法的啊!”

于是他们又把破草鞋分一半给我们,重新战斗。通常他们的阵地在空旷的地方,我们则尖声喊着围住他们一面飞跑,一面向他们扔草鞋,他们也大声吼叫,每当我们中有谁在奔跑中被他们准确扔在脚前的草鞋绊倒,一头栽到沙子里,跌了个狗吃屎时,他们便震耳欲聋地哈哈大笑。

草鞋战常常进行得很久,有时一直玩到天黑,集聚了镇上的很多小市民,他们从各个角落里观战,嘀嘀咕咕,但不打扰我们。沾满尘土的灰色的草鞋像乌鸦似的满天飞,有时我们有人被打得很痛,但快乐的心情压过了疼痛和委屈。

鞑靼人兴高采烈得不亚于我们。结束战斗后我们常和他们一起去他们合伙办的伙房，他们请我们吃甜马肉，还有一种用蔬菜做的味道特别的汤粥。晚饭以后，一起就着夹有奶油核桃的甜点心，喝浓浓的砖茶。我们很喜欢这些身材高大的鞑靼人，他们像经过精心挑选出来的清一色的大力士，身上有一种孩子似的毫不隐讳的东西，特别使我叹服的是他们对人毫无恶意，有着不可动摇的善良禀性和互相关心、认真干活的态度。

他们都极其爱笑，能笑得上气不接下气憋出眼泪来。他们中有一个卡西莫夫人，是个弯鼻子、有神仙般力气的汉子，有一天他把一口有二十七普特①重的大钟从驳船上弄到岸上很远的地方，他笑着，高声打着号子喊：

“哟——哟！说空话呀——是草包哟，说空话呀——不值钱啰，那金币呀——也扯淡哟！”

有一次，他把维亚希尔托在自己手掌上，举得高高的，说道：

“瞧，你住在哪儿了，在天上！”

碰到刮风下雨，我们就集聚在亚济家，他父亲住在墓地的看坟小屋里，我们就在那里聚会。他父亲全身骨骼都变形了，长胳膊，衣服又破又脏，他那很小的头和黝黑的脸上，毛发肮脏不堪，一绺绺地长出来，像灌木丛一样。脑袋活像干枯的带刺状花序的牛蒡，细长颈子像花茎。他甜蜜蜜地眯缝着有些枯黄的眼睛，像说绕口令似的很快咕哝说：

“老天别让我睡不着觉！噢嗬！”

我们买一点茶叶、糖和几小块面包，此外一定给亚济的父亲带一点儿伏特加酒，丘尔卡常常严厉地命令他：

“糟糕的男人，去生茶炊！”

那糟糕的男子汉便微微笑着去生白铁茶炊了，我们趁等茶喝的时候，讨论自己的事，他在旁边给我们出主意说：

“你们注意，后天特鲁索夫家办四十忌日②要大办宴席，那儿有你们要捡的骨头！”

“特鲁索夫家的女厨娘也收集骨头呢。”万事通的丘尔卡提醒说。

维亚希尔望着窗外的墓地，遐想地说：

① 约四四二公斤。

② 俄国风俗，人死后第四十天的追荐仪式。

“很快我们就能到森林里去了，啊，多美的森林啊！”

亚济总是闷声不响地用忧郁的眼睛注视着大家，他还默默地把自己的玩具——从垃圾箱里捡到的木头小兵、断了腿的马、破铜片、纽扣拿出来给我们看。

他父亲把各式各样的碗、杯子放在桌上，端上茶炊，科斯特罗马坐下来分别给大家倒茶。亚济的父亲喝完了给他的伏特加后，便爬到炕炉顶上，从上面伸出细长颈子，用猫头鹰似的眼睛，仔细看我们每一个人，咕哝说：

“嗯！真要死了，好像你们都不是孩子了吧，啊？嘿，你们这些贼，老天别让我睡不着！”

维亚希尔对他说：

“我们根本不是贼！”

“好吧，那就是贼娃儿……”

如果亚济的父亲使我们厌烦了，丘尔卡就生气地大声喝住他：

“别烦人了，你这糟糕的男人！”

这个人一数说起哪家有人生病、镇上谁快死了时，我、维亚希尔和丘尔卡就非常讨厌。他说这些时，津津有味，毫无同情心，发现我们对他说的话不高兴，还故意地逗弄我们，撩拨我们生气：

“啊哈，你们这些小魔鬼，害怕啦？我说的是真的，真的！有个胖子就快死了。唉，好长时间他才能烂掉！”

大家阻止他，他仍喋喋不休地说：

“要知道，你们也是要死的，在污水坑里活不了多久啦！”

“嗯，我们本来是要死的。”维亚希尔说。“收我们去当天使……”

“收你——们？”亚济的父亲吃惊得倒吸了口气。“你是说——收你们？去当天使？”

他哈哈大笑，又撩逗我们，讲了很多关于死人的令人恶心的事。

但是，有时这个人突然用压低了的声音轻声细语地讲起了一些令人不解的怪事。

“孩子们，你们等会儿走，听我说吧！就在前三天，埋葬了一个婆娘。孩子们，我打听到她的过去了，她是一个怎样的女人呢？”

他讲的差不多全是女人的事，一讲起来就满口脏话，但在他的讲述中总含有一种疑问的、如怨如诉的成分,仿佛在邀请我们和他一起思考。我们入神地听他讲述。他虽然不善言辞,讲得前言不搭后语,而且常常被自己的问话打断,但是听他讲了以后,我们的脑海里总留下了一些令人忐忑不安的片断,譬如:

“有人问她:‘是谁放的火’她说:‘我放的火!’‘你糊涂了,怎么会这样,那天夜里你不在家,你生病躺在医院里呢!’‘是我放的火!’她为什么要这样说?嘆,老天别让我睡不着……”

村镇上每一个经他手埋葬在这凄凉的、光秃秃的墓地沙土里的居民,他几乎都知道他们的生平。他仿佛在我们面前打开了每家每户的大门,我们走进了各家,看见了人们怎么生活,感觉到某种严肃的重要的东西。好像他能讲一整夜,一直讲到第二天早上,但是一当小屋的窗外变暗,暮色降临,丘尔卡就从桌旁站起来,说道:

“我要回家了,要不,妈妈会担心的。谁和我一起走?”

大家都要走,亚济把我们送到栅栏边,插上大门,把他阴郁、瘦削的脸紧贴在格栅上,声音低沉地说:

“别了!”

我们也对他喊道:“别了!”每次把他一个人留在墓地里,我们总觉得很不自在。有一次,科斯特罗马回头看了一下,说道:

“也许我们明天一觉醒来,他已经死了。”

“亚济过得比谁都苦。”丘尔卡常常说,而维亚希尔总是反驳他说:

“我们过得根本不苦……”

依我看,我们过得并不苦,相反,我倒很喜欢这种在街头上自由自在的生活,这些小伙伴我也很喜欢,他们常激起我一种强烈的感情,心里觉得不平静,总想为他们做点好事。

谁知,我在学校里的处境又困难起来了。同学们嘲笑我,喊我拾破烂的,叫花子。有一天吵架以后,他们告到老师那里,说我身上散发出一股臭水坑味儿,不能和我坐在一起。现在我还记得,告这样的状,对我的侮辱实在太大了,在这以后,我去上学感到多么地为难。这是出于恶意杜撰出来的诬告,因为每天早晨上学之前,我都拼命地洗干净,从来不穿捡破烂时穿的那身衣服。

不过,最终我还是通过了三年级的考试,得了一本《福音书》、一本硬封面的《克雷洛夫寓言》,一本没有封面、书名我看不懂的叫《摩根蜃景》[1]的小书,学校还给我颁发了奖状。当我把这些奖品带回家的时候,外祖父高兴极了,动感情地说,所有这些他都要保存好,说他要把书锁到自己的小匣子里去。外婆已经生病躺了好几天,身边没有钱了,外祖父一会儿唉声叹气,一会儿尖声叫道:

"你把我喝光吃净,只剩骨头了,唉,你们啊……"

我把几本奖给我的书拿到小铺子里,卖了五十五戈比,把钱全交给了外婆,又在那张奖状上题了些字,把奖状弄脏了,然后交给外祖父。他没有打开奖状,所以没有发现我乱涂的字,小心翼翼地收藏起来。

我摆脱了学校以后,又开始上街头挣钱过日子了。现在比前些时更好了,正当春光明媚的季节,能挣的钱很多。每逢星期日一清早,我们这一伙儿就去野外,到小松树林里,很晚才回到村镇,虽然很累,但非常愉快,彼此感到更亲密无间了。

但好景不长。这种生活没继续多久,继父被解雇了。被解雇后他人又不知去向,母亲只好带了小弟弟尼古拉搬到外祖父家,我便担负起小保姆的责任。外婆进城住在一个富商家,她去刺绣那盖在祭坛棺材模型上并有基督棺中遗体像的罩布。

成天隐忍不言、憔悴不堪的母亲,行走蹒跚,看任何东西的眼神都是可怕的。小弟弟患有瘰疬病,脚踝溃烂,虚弱得连大声哭都不能,饿了只能颤抖着呻吟,吃饱了就打瞌睡,微睡中还奇怪地吁着气,像小猫儿似的轻轻打呼噜。

外祖父仔细地抚摸他,说道:

"要好好地喂他,不过我的饲料已经不够喂养你们所有的人了……"

母亲坐在床角上,嘎哑地叹了口气说道:

"他只要吃一丁点儿……"

"这个一丁点儿,那个一丁点儿,合起来就不是一点儿了……"

---

① 摩根蜃景(意 fata morgana),海市蜃楼的一种。地中海一些国家(意大利、埃及等)可见到的一种蜃景:在地平线上出现的复杂而奇异的光学幻景。

他挥了一下手，转身对我说：

“要把尼古拉抱到露天里去晒晒太阳，用沙土把他围起来……”

我用口袋分几次拖来一些洁净的干沙土，在窗户下面的太阳地里堆成一堆，按外公指示把弟弟围埋在沙里，一直围到脖子，小家伙坐在沙土中很高兴，甜甜地眯着眼睛向我闪着光，他那双眼睛与众不同，没有眼白，只有一对蔚蓝色的眼珠，眼珠周围是一道雪亮的小圈圈。

我立刻就对小弟弟产生了依依不舍之情，我感到，仿佛我想什么，他全懂得。我就在窗下躺在他旁边的沙土上，外祖父尖溜溜的嗓音从窗里传出来：

“死并不费难，你要有本事活下去才行！”

母亲不住地咳嗽起来……

小家伙把两只小手从沙土里拔出来，摇晃着他的白色的小头，把手伸向我。他的头发很稀，有点斑白，脸蛋像个小老头儿，一脸聪明样。

倘若鸡子、猫咪向我们走近，科利亚①便久久地注视它们，然后再看看我，脸上露出一丝微笑。他的微笑使我有点难为情，是不是小弟弟已经觉察出我和他在一起感到有点无聊，想丢下他到街上去？

院子既小又拥挤不堪，而且很肮脏。从大门口起，有一排用带树皮的毛板搭成的小板棚、柴屋、地窖，然后转过弯去，最末是间澡堂。棚顶上放满了小船的碎块、劈材、木板、碎木片——所有这些都是小市民们在流冰期和春汛时从奥卡河上打捞来的。整个院子乱七八糟地堆满了各种各样的木柴；这些在水里泡透了的木柴发了霉，放在太阳下晒，散发出一股股霉味。

旁边是一家小牲畜屠宰场，几乎每天早晨那里都传出小牛哞哞地喊、绵羊咩咩地叫的声音，血腥味很浓，有时我感觉到一阵阵腥味，就像有一张透明的血红色的网在布满尘埃的空气中晃荡。

每当传来牲口被斧背猛击两角之间发出震耳欲聋的吼叫声时，科利亚就微微眯起眼睛，鼓起嘴巴，也许是想学牲口叫的声音，但结果只吹出了一口气：

“呼……”

---

① 尼古拉的小名。

中午,外祖父将头伸到窗外,喊道:

“吃饭啦!”

他把小孩抱在自己的腿上,亲自喂他——先将马铃薯、面包放在自己嘴里嚼一会儿,然后用弯曲的指头塞进科利亚的小嘴里,把小弟弟的两片薄嘴唇和尖尖的下巴搞得一塌糊涂。外祖父喂了一点以后,微微掀起孩子的小衬衣,用一个手指轻轻按按他鼓起的小肚子,自言自语地说:

“够不够?要不要再喂点?难道还要给点儿?”

从门旁昏暗的屋角里传来了母亲的声音:

“您不是看见,他还在用手够面包吗?”

“这小孩真笨!他都不知道他要吃多少……”

于是他又向科利亚嘴里塞嚼烂的东西。看他这样喂孩子,我羞耻到极点,觉得喉咙下面一阵阵窒息和作呕。

“好,够了!”外祖父终于说,“抱去吧,给他母亲。”

我抱起科利亚,他哼着,身子探向桌子。母亲迎着我呼哧呼哧地站起来,伸出两只干枯无肉的胳膊,身子又细又长,活像一棵被折光了树枝的细云杉。

她已完全麻木了,像哑巴一样,极少再听到她用那激动得沸腾的声音讲一句话了。有时,她整天躺在屋角沉默不语,像快死的样子。我当然感觉到,而且也确实知道她是不久于人世了,加上外祖父当时极为频繁地、惹人厌烦地谈论死,特别是晚上,外面已经天黑,一股热乎乎油腻腻像熟羊皮散发出的腐烂气味钻进窗户的时候,他谈死谈得最起劲。

外祖父的床放在屋前角,几乎就在圣像下面。他头冲着圣像和小窗睡,躺上床后还在黑暗里喋喋不休地咕哝说:

“瞧吧,大限到了。我们有什么脸去见上帝啊?我们说什么?一辈子忙忙碌碌,虽然做了一点事……到头来又怎样呢?”

我睡在炕炉和窗子当中的地板上,这地方不够我的身长,只好把两只脚伸到炕炉下面的空处,常有蟑螂爬在脚上使我发痒。在这角落里我亲眼见到不少次令人幸灾乐祸的事:外祖父在做饭时,炉叉和火钩头常把窗玻璃捣碎。令人好笑和奇怪的是,他这样聪明的人竟然想不到把火叉截短一段。

有一次,汤罐里什么东西烧过头了,他手忙脚乱没了主意,用炉叉将瓦罐猛然往外一拉,火叉头把窗框上的横木捣落下来,打碎了两块玻璃,把在炉门前的小平台上的汤罐打翻并撞成碎块。这使老头儿伤心得坐到地板上大哭起来。

"老天爷呀,老天爷呀……"

白天趁他出去,我拿了把切面包的刀,将火叉砍掉四分之三,可外祖父看见我干这事又骂开了:

"该死的小鬼头,该用锯子锯下来,要用锯子!锯下来的一头可以做根擀面杖,可以卖掉,你这鬼小子!"

他挥着双手跑到过道里。母亲说:

"他的事你别管……"

母亲是八月里的一个星期日约莫中午时分去世的①。去世前继父刚从外地回来,他又在什么地方找到事了。外婆和科利亚已搬到他那儿去,住在车站附近一套清洁的房子里,过几天母亲也将搬去。

在母亲去世的那天早晨,她轻声对我说,说话的声音比平时清晰和轻松:

"你到叶夫根尼·瓦西里耶维奇那儿去一趟,对他说,我请他来!"

她从床上欠起身子,一只手撑着墙坐起来,又补充了一句:

"快跑!"

我觉得,她仿佛在微笑,在她眼里闪现出一种从未见过的神情。我去时,继父正在做日祷,外婆叫我到犹太女老板的小店去买烟,恰巧没有现成的鼻烟,要现磨,我只好在老板娘那里等,磨好后才买了送给外婆。

当我回到外祖父家的时候,母亲正坐在桌旁,穿上干干净净的雪青色的连衣裙,头发梳得很好看,像从前一样仪态万方。

"你好些了吗?"我不知为什么,有点胆怯地问。

她神情可怕地看着我,使我胆战心惊,说道:

"你过来!你又到哪儿闲逛去了,啊?"

我还没来得及回答,她就一把抓住我的头发,另一只手拿起用锯条做的又长又韧的刀子,一连用刀面狠狠地打了我几下——刀从她手中滑落到

---

① 高尔基的母亲于一八七九年八月五日死于肺结核病,时年三十五岁。

地上。

“拾起来,给我……”

我拾起了刀,扔在桌上,母亲推开我,我坐到炕炉的小台阶上,惊惶地注意着她。

她从椅子上站起来,慢慢地移动着身子到她的角落里,躺到床上,开始用手帕擦脸上的虚汗。她的手已经不听使唤,有两次落到脸旁的枕头上,手帕在枕头上擦过。

“给我水……”

我从桶里舀了一碗水,她费了很大力才微微抬起头,呷了一点点水,重重地叹了口气,冰冷的手推开了我的手。然后,她看了一眼屋角里的圣像,又把目光移到我身上,颤动着双唇,仿佛苦笑了一下,长长的睫毛慢慢地垂下,合上了眼睛。她的两肘紧紧地贴住两肋,手指轻微地颤抖着,两手慢慢挪动到胸口,向喉咙移近。阴影在她的脸上慢慢散布开来,逐渐扩展到整个脸,蜡黄的皮肤渐渐绷紧,鼻子变尖了。她的嘴惊异地张着,但已经听不见呼吸声了。

我端着碗站在母亲床边,看着她的身体渐渐僵直,脸渐渐变灰,不知过了多久多久。

外祖父进屋了,我对他说:

“母亲死了……”

他看了看床上。

“你胡说什么?”

他走到炉前,开始从炉里取出馅饼,把炉门和烤盘弄得乒乒乓乓震耳响。我知道母亲已经去世了,希望他也知道。

这时继父来了,他身穿帆布上衣,戴着白色的大檐制帽。他不声不响地拿起椅子,放到母亲的床边,突然他把椅子通地一声往地板上重重一扔,像吹铜喇叭似的大喊一声:

“她死啦,你们看……”

外祖父瞪大了眼睛,手里拎着炉门,像睁眼瞎子似的磕磕绊绊,悄悄从炕炉边走开。

当人们向母亲的棺木上撒干沙土的时候,外婆像瞎子一样,摸索着向坟堆中间走去，一头撞在十字架上，碰破了脸。亚济的父亲将她领到小屋里，在外婆洗脸的时候，他低声安慰了我几句：

“唉，你啊，老天别让我睡不着觉，你干吗这样啊？人生在世，就这么回事……外婆，我说得对吗？富也好，穷也罢，最后大家都得进棺材，是不是这样，外婆？”

他向窗外一瞧，突然从小屋里跳了出去，但立刻又和维亚希尔一起回到屋里，喜气洋洋地说道：

“你瞧瞧，”他拿着一个坏了的马刺递给我看，说道：“瞧，这是什么东西！这是我和维亚希尔送给你的。瞧，这小圈圈儿，看见啦？准是哥萨克戴的，给弄丢了……我以前想给维亚希尔两戈比把这玩意儿买下来的……”

“你为什么撒谎！”维亚希尔低声但生气地说，可亚济的父亲在我面前跳来跳去，向他挤眉弄眼地说：

“维亚希尔啊，你干吗啦？真是够厉害的！好吧，不是我，这是他送你的，是他……”

外婆洗好了脸，用头巾包住浮肿发青的脸，喊我回家。我不肯回去，因为我知道在家里追悼亡灵酬客宴上他们又要喝酒了，说不定还要大吵一场。米哈伊尔舅舅在教堂里就长长地吁着气对雅科夫说：

“今天我们要喝个痛快，好吗？”

维亚希尔竭力想逗我笑：他把马刺的小圈圈像戴首饰似的挂到下巴上，伸出舌头够它，亚济的父亲故意哈哈大笑，高声叫道：

“你瞧，瞧啊，他在干什么！”可是，当看到无论什么都不能使我高兴时，亚济父亲严肃认真地说：“好了，你脑子清醒清醒吧！我们都要死的，就连鸟儿也是要死的。你听我说：我把你母亲坟上铺满草皮，要不要？我们现在就到墓地去——你、维亚希尔、我；我的桑卡也和我们一起去。我们先铲草皮，然后再把坟铺好——这样做再好不过了。”

这倒使我很高兴，于是我们便到墓地去了。

葬了母亲后，过了几天，外祖父对我说：

“喂，列克谢，你不是奖章，不能总挂在我的脖子上，这不是你待的地方，去吧，你到人间去挣钱糊口吧……”

于是，我去了人间。

经典译林

Yilin Classics

书名	单价	书名	单价
癌症楼	78.00 元	艾青诗集	35.00 元
爱的教育	39.00 元	爱丽丝漫游奇境	29.00 元
安娜·卡列尼娜	65.00 元	安徒生童话选集	42.00 元
傲慢与偏见	36.00 元	奥德赛	92.00 元
八十天环游地球	32.00 元	巴黎圣母院	42.00 元
白洋淀纪事	39.00 元	百万英镑	35.00 元
包法利夫人	38.00 元	悲惨世界（上、下）	98.00 元
背影	28.00 元	被侮辱与被损害的人	39.00 元
边城	36.00 元	变色龙：契诃夫中短篇小说集	39.00 元
变形记 城堡	38.00 元	草叶集：惠特曼诗选	39.00 元
茶馆	32.00 元	茶花女	35.00 元
查拉图斯特拉如是说	38.00 元	沉思录	29.00 元
城南旧事	29.00 元	大卫·科波菲尔（上、下）	79.00 元
当代英雄	45.00 元	稻草人	29.00 元
地心游记	32.00 元	飞鸟集·新月集：泰戈尔诗选	39.00 元
飞向太空港	39.00 元	福尔摩斯探案集	58.00 元
复活	42.00 元	傅雷家书	49.00 元
富兰克林自传	36.00 元	钢铁是怎样炼成的	39.00 元
高老头	39.00 元	格列佛游记	35.00 元
格林童话全集	49.00 元	给青年的十二封信	38.00 元

书名	单价	书名	单价
古希腊悲剧喜剧集（上、下）	118.00 元	海底两万里	38.00 元
红楼梦	69.00 元	红与黑	49.00 元
呼兰河传	35.00 元	呼啸山庄	39.00 元
基督山伯爵（上、下）	108.00 元	纪伯伦散文诗经典	42.00 元
寂静的春天	35.00 元	假如给我三天光明	32.00 元
简·爱	39.00 元	金银岛	35.00 元
经典常谈	29.00 元	荆棘鸟	45.00 元
静静的顿河	128.00 元	镜花缘	49.00 元
局外人·鼠疫	38.00 元	菊与刀	35.00 元
克雷洛夫寓言	32.00 元	宽容	32.00 元
昆虫记	39.00 元	老人与海	32.00 元
理想国	45.00 元	聊斋志异	55.00 元
了不起的盖茨比	38.00 元	列那狐的故事	39.00 元
猎人笔记	38.00 元	林肯传	39.00 元
鲁滨逊漂流记	39.00 元	鲁迅杂文选集	36.00 元
绿山墙的安妮	36.00 元	罗马神话	16.80 元
罗生门	39.00 元	骆驼祥子	32.00 元
美丽新世界	35.00 元	名人传	39.00 元
拿破仑传	49.00 元	呐喊	29.00 元
牛虻	38.00 元	欧·亨利短篇小说选	36.00 元
欧也妮·葛朗台	32.00 元	彷徨	32.00 元
培根随笔全集	38.00 元	飘（上、下）	88.00 元
普希金诗选	42.00 元	骑鹅旅行记	36.00 元
乞力马扎罗的雪	39.80 元	热爱生命·海狼	38.00 元

书名	单价	书名	单价
人间草木：汪曾祺散文精选	49.00 元	伊索寓言：555 则	36.00 元
人性的弱点	39.00 元	人类群星闪耀时	36.00 元
儒林外史	42.00 元	日瓦戈医生	68.00 元
三国演义	59.00 元	三个火枪手	59.00 元
莎士比亚喜剧悲剧集	49.00 元	沙乡年鉴	42.00 元
神秘岛	48.00 元	少年维特的烦恼	28.00 元
十日谈	68.00 元	神曲（共三册）	128.00 元
双城记	45.00 元	世说新语（上、下）	89.00 元
四世同堂（上、下）	78.00 元	水浒传	69.00 元
苔丝	39.00 元	宋词三百首	39.00 元
谈美书简	36.00 元	谈美	35.00 元
汤姆叔叔的小屋	45.00 元	汤姆·索亚历险记	32.00 元
堂吉诃德	78.00 元	唐诗三百首	39.00 元
童年	38.00 元	天方夜谭	42.00 元
瓦尔登湖	36.00 元	童年·在人间·我的大学	49.00 元
乌合之众	35.00 元	我是猫	39.00 元
雾都孤儿	44.00 元	物种起源	42.00 元
西游记	62.00 元	西顿野生动物故事集	38.00 元
悉达多	32.00 元	希腊古典神话	49.00 元
乡土中国	36.00 元	小妇人	45.00 元
小王子	29.00 元	星星离我们有多远	35.00 元
喧哗与骚动	58.00 元	雪国　古都	39.00 元
羊脂球	38.00 元	一九八四	36.00 元
一间自己的房间	36.00 元	伊利亚特	82.00 元

书名	单价	书名	单价
尤利西斯	58.00 元	月亮和六便士	45.00 元
约翰·克利斯朵夫（上、下）	98.00 元	朝花夕拾	22.00 元
战争与和平（上、下）	108.00 元	子夜	49.00 元
中国民间故事	39.00 元	罪与罚	66.00 元
最后一课	36.00 元